死了一個娛樂女記者之後

Tabloid

柯映安——著

追尋他人鬼火前，娛樂記者如何先制伏自身心魔？

文——馬欣（作家）

看完《死了一個娛樂女記者之後》，心想這樣的魍魎之境一點都不陌生，愈靠近名利之處，如同有熊熊火焰燃燒，愈明亮的舞台，四周的黑暗就更深邃，這是自古皆然。

於是讀完後，曾與本書的故事原型與素材提供者分享心得，書中的幾位娛樂女記者，每日真槍實彈地接觸第一線新聞，雖然女主角自認熱血，但要在這樣的名利場裡揪出知名人物的慾望鬼火，她是否又能制伏自己的心頭鬼？

我在當影劇線編輯時，台灣影劇業正是風光大好之時，日日是熱鬧的記者會，大排場的慶功宴更是開不完，娛樂記者像置身大觀園一樣，一路花紅柳綠，彷彿有開不完的宴席。

如此繁盛的產業，也把人的慾望養得跟池中的錦鯉一樣活跳跳地爭食，無論幕前或幕後的人得利，周邊的娛記也如大觀園的丫頭與姥姥們爭著排名，爭的不僅是八卦與獨家，爭的更多的是權力的展示。

九〇年代整個熱錢燒起來，記者收禮的風氣開始浮濫、唱片與經紀公司不斷製造假新聞、透露別家公司藝人的八卦來換取自家的版面、大牌記者搶著為主打歌作詞的高報酬等等。影劇線在社會眼光看來或許風花雪月，但在當時是個肥缺，因此辛苦是必然的，對內總有人要搶這肥水多的線，幾個記者在社內大戰時有所聞，對外每家大媒體記者自己的面子與排場更要做足。

說穿了，這是一個不僅明星要作態，幕後與記者都要擺出排場的圈子。固然有不少認真跑線的記者，但浮誇氣氛已成，九〇年代末，唱片與戲劇品質開始下滑，各種作態與擺譜足以混淆視聽。遠看簡直是本《紅樓夢》，預見遲早得樓起樓落，內在崩壞地迎來二十一世紀時台灣影劇業的蕭條。

這樣彼此歌功頌德、做新聞如做假球的時代，迎來香港八卦雜誌的攻城略地，以夠腥更狠辣的方式，掀開了之前台灣九〇年代唱片圈的醬缸文化，如此造就了這本書中的自命要追求真相的記者劉知君與林姵亭，還有兩位女主管，這樣緊咬不放的記者特質，看似追求真相（是也追到了一些真新聞），不想像以前許多記者那般粉飾太平，他們是追出的飯局慣、吸毒趴、耍大牌、潛規則等新聞頭條，久了也知道那只是咬出冰山的一角，咬出了空虛的本身，這類新聞開始無限循環，如吃不完的流水席，八卦隔週只有廚餘的溫度。因為周刊本身用字是鹹膩過火的，字這東西寫得過重會吃掉一切核心。

這一行只有作品能論功夫真假，其他就是造夢，連明星當事人與幕後推手都難分真假圈子，觀眾目光追逐的是他們一早就預約的一哄而散，與古時候鄉鎮戲台子一搭無異，人們湊近，半日的熱鬧就是圖個以假亂真。

因為眾人的不當回事，影劇記者很像活在自己的世界裡，無論裡面如何廝殺，搶到了什麼頭條，或是如愛高調收集多少明星朋友當作「江湖地位」的虛榮，都是自己的黃粱一夢，他人只當閒事一樁。如同被關在大紅燈籠裡，誰也不踏實地在這五光十色中，彼此看似熱絡卻從不真切。

這本小說裡的四位女記者，主管或嗜血，或收賄，或是臥底追獨家而犧牲了生命，或主角鍥而不捨追蹤到某大經紀強迫旗下藝人性招待的真相，故事中呈現出的記者的焦慮生活，的確寫實。寫出我這十多年來看到的娛樂記者的眾生相：犧牲生活、為流量產出大量文字，在這樣異常的節奏中，有人開始上癮，即使偶爾感到搶即時新聞的空虛，偶爾感到交淺言深才是這行的本質，但如滾輪上的老鼠也回不去。

這樣的狀況發生在經紀、企宣人員、記者都是如此，我們被紅燈籠的皮影戲所吸引著，以至於自己同樣在演也都不自覺。但隨時散場的落寞，卻是我在影劇圈邊緣遊走時最大的心得發現，包括藝人都無法承受這隨時散場的落寞，我們都緊接著要去找另一場大戲，即使那紅豔豔的世界裡有亮光但也到處都是鬼影，如同小說中所呈現出的黑幕。但與其說我們是為了多有使命感而追新聞，更接近的是一群怕寂寞的人在追尋光源，即使懷疑這一切是幻象，人們也吃不完這一切的空泛，且永不飽足，不僅書中的四個女記者被這幻象吞食進去，裡面受害的援交網紅也是，我們空吃著那些霓虹光，幾年下來餵大了我們更多的黑暗。

這大概是我在月刊當採訪的原因，因為離一步觀看前方的修羅場太吸引人了，我每每看得入神。無論是誰的慾望之鬼吞食了對手的名聲；還是誰出賣了敵手的致命八卦，或是哪個記者長期被唱片公司餵養八卦以致受制於人，抑或是當年哪位大牌記者搬家，會指定唱片公司送他各式名牌電器，也是想挨近藝人求歡的褓姆緋聞，這哪有什麼稀奇呢？我看著人們的心頭鬼跳上跳下，誰可以幸運地看到這樣如同陰陽師安倍晴明眼下的妖魅世界？

關於這本小說最有趣的，不是那兩位年輕記者如何臥底抓新聞，而更像是被這娛樂場子內化了的人，極盡所能想把這圈子的妖怪現形，哪知在她們追新聞時，也對映出了自己心頭的那些鬼火。所以我曾思索為何這書名要註明是「女」記者，的確，這行是陰性的，在看似開放實則封閉的工作生態裡，女記者的歇斯底里時有所聞，多數因為自己的不被重視而前帳後算，或是要裝出一個甄嬛的威儀，壓制其他的女性同業。這「女」字，顯影了我們的宮鬥劇基因到現在還沒去除，那種守住腹地的陰狠是這行爭鬥常有的特質。

於是女記者居多的影劇圈對於權力的抓取仍是舊宮闈的思維與手段，也一如書中所寫，記者圈女性彼此的厭女昭然若揭，對無形的權力順服更是女主角劉知君的特質，她對體制的乖引出了她的狠，因為只有一個視角的盲目而毀了另一個女明星，劉知君的自命正義，何嘗不是渾然不知的平庸之惡？

這圈子太有趣，我曾經歷過，看到這一切現形，一路是有很多值得敬佩的從業者，但慾望這景幕把多數人給抓住，不是沒好人，但正常人不多。這多年下來讓我這雙眼看盡張愛玲說的那襲華麗袍子下的蚤子，你要看嗎？都在這書裡，主角們都是蚤子。

專文引介

桃紅色的斯德哥爾摩症候群

文——李桐豪（退役娛樂記者）

那是報紙一天熱賣五十萬份的年代；那是全民爭看《超級星光大道》的年代，節目尾聲蕭敬騰逆襲、楊宗緯退賽，最後一集火影忍者似大亂鬥鏖戰到午夜仍未知結果；那是三立偶像劇猶可如同芒果香蕉外銷大陸的年代，《敗犬女王》、《命中注定我愛你》，便利貼女孩被內射成孕，總裁與小資女在愛情裡的傲慢與偏見分分合合，誰都想知道薑母島村姑情歸何處，收視率一度飆高十三。那個年代的娛樂新聞多好看吶，然而華麗往事如煙消逝，俱往矣，一切的回憶都像是白頭宮女的天寶遺事。

那時候，我是木瓜霞，就職於蘋果日報娛樂中心工作，先編輯後記者，時間約莫是孫燕姿發《完美的一天》到《逆光》兩張專輯之間的事情。

嚴格來說，應該是整個辦公室，無論編輯或記者，都是木瓜霞。八卦碎嘴、小奸小壞、搬弄是非……那是我們的共同人格，新進的編輯和記者都從這個單元開始練刀。

娛樂編輯所學何事？過午應卯，午夜離開，每日作息大致如下：兩點刷卡進公司發預發版面，聽鋤報。所謂鋤報，即各部門高層們當日新聞的意見反饋，誰把蔡依林的三圍罩杯寫錯了、誰拼錯了孫芸芸跑趴身上行頭品牌的英文名，誰就準備提著人頭領旨謝罪。傍晚時分，編輯頭目開定版會議，討論記者回報的新聞孰輕孰重，林志玲或舒淇誰做頭版？志玲姊姊上海記者會有露奶？那就決定是妳了。

會議上，誰都是一顆富貴心，兩隻勢利眼，影劇版拜高踩低，跟紅頂白，從來只有錦上添花，沒有雪中送炭。照片嘛，誰擔當領銜的宮鬥劇正夯，誰打了一個噴嚏都可以做頭條，那個星光一班誰啊，兩年沒工作，戶頭只剩五十塊？啊又不紅，寫兩百字，擺後面就好了。

會議結束，各人有各人分配的版面，根據新聞提要找照片，當日攝影記者拍回來的照片，或者是資料室調照片。挑圖要領，女明星照片清涼暴露為原則，翻白眼醜怪照也很歡迎。備妥照片，和美編討論版面，此刻，外頭跑線的記者也陸續回公司了。我們坐在電腦前等記者供稿，改稿下標。「某某哥，你稿子裡楊祐寧皮衣是古馳還是亞曼尼？」「某某姊，蕭亞軒緋聞表兄弟圖表要先上傳給我喔？」我們隔空喊來喊去，兵荒馬亂之中上傳稿子給美編，坐立難安等對方打電話說可以看初排，再跑到他的座位，一校、二校，出清大樣，主管簽核，得，九點準時降版，結束，如此的一天。

「《色，戒》首映，章子怡踩場當湯唯透明」、「謝欣穎被譏小奶臉，火辣擠美溝堵鄉民嘴」，娛樂新聞是一席華麗的宮廷盛宴，譬如紫禁城，唱片天后情歌王子閃閃發亮，而我們只是最低階的宮人太監，擦亮每個新聞標題。標題，標題，始終是標題，好標題是門面，決定新聞賣相。下標，雖小道必有可觀焉。女明星學插花的新聞能有什麼好看的？神來一筆那個誰「學花藝插出快感」，即刻活色生香。八點檔小生醫院探視生病前女友，偶然被拍到一張疲倦地打呵欠逼出眼油的照片，好編輯一出手，即是「舊愛傾盡情淚」。

奶香提味是必然，「白歆惠祕生子後暴升四罩杯，二十五吋纖腰扛不住」、「瑤瑤晃半球力壓孟耿如美背」……女明星胸前一對車頭燈照亮星途，影劇版無奶不歡。影劇版不必做到白居易「語質詞俚，卻是老嫗能解」，但力求青春期的中學生可以理解，此乃影劇版讀者最大公約數，哪個發育中的男孩不愛盯著瑤瑤一對豪乳打轉，哪個中學女生不愛看著GD、宋仲基等一堆歐巴的胸肌思春呢？

娛樂新聞不是文學作品，我們總不能寄望記者在報導裡像佛洛伊德一樣做心理分析，我們寧可含沙射影地嘲弄，女明星短期遊學就是伴遊，飯局就是賣淫，娛樂新聞的兩性觀就是金錢觀，真鈔換貞操，女明星不用十八公分，一張新台幣千元大鈔長十六點五公分就可以頂到肺。

主管耳提面命，只要人有了比較，就有了八卦，勝負表是娛樂版基本菜色，比收入，比身材，比學歷。謠言止於智者，但智者往往不在辦公室。身處娛樂編輯台，我們樂於搬弄是非，散播八卦。無風不成浪，無八卦不成明星，但凡豔星都有飯局價碼，但凡豪門婆媳妯娌皆不合。粉絲崇拜偶像，去他們的演唱會，看他們的電影，偶像無法佔有粉絲，但粉絲卻可以藉由八卦佔有偶像，原來伊能靜也會跟小哈利去逛ZARA，原來蔡依林也會和錦榮去威秀看電影，他們也喝可樂吃爆米花，八卦把她們拉下神壇，打回肉身凡胎，變成我們。

我們散播明星八卦，也說自家人八卦。茶水間謠傳誰誰誰保溫杯裡恆常裝著威士忌，故始終可以維持著迷濛而溫暖的微笑；誰上不三不四的交友網站約砲，照片穿著暴露，觸鬚都探出內褲來。八卦如口香糖，放在第一人嘴巴咀嚼最是熱辣芳香，傳了好幾口，味都變得淡寡而無味，故八卦搶先也搶鮮，辦公室裡，八卦以時速九十公里的速度流竄著。

辦公室前途茫茫，唯有八卦鵬程萬里。八卦為抒壓，八卦為娛樂，八卦也為鬥爭。誰誰誰肖想某個主管的缺，八卦就會搶在他跟前替他爭取，說他去慈祐宮旁的夜市批文王鳥卦，半仙說他奉天丞運，志在必得，然而八卦同時也搶在他面前壞他好事，八卦說女上司去算塔羅牌，抽中寶劍，大師說另一個某某某比他更輔佐女主。

誰都有委屈，誰都有怨恨，然而，辦公室裡有情皆孽，無人不冤，八卦說控制眾人生死的大魔頭，情場失歡，只能寄情於職場，把整條命都填進去了，下班了，眾人都離開了，想起今天還沒吃飯，沖一碗泡麵，卻連舉起筷子的力氣都沒有，趴在桌上，睡著了。用最俗氣的譬喻，即我們被囚在一座華麗的監獄，這樣工作何苦來哉？問某個大前輩，他這樣舌燦蓮花八面玲瓏，何以在此伏低做小，大前輩說去賣車賣房子要扛壓力，哪個工作又可以像現在這樣可以睡到自然醒，每天看到這麼多帥哥美女，永遠有免費的演唱會電影可以看呢？我們誰都是被一份吃不飽，但也餓不死的薪水綁架著。有本事離開的，偶爾見面也是這是笑著追憶往事，患難中再虛假，也是一份感情，那是最華麗的斯德哥爾摩症候群。

我們都愛娛樂新聞，為了生計，也為了心中某個情感的核心。個人需要娛樂新聞，我們膜拜偶像，明星之所以為明星，乃是我們在孤單的少年時代，在一首情歌、一場電影裡得到安慰，寂寞的夜裡，一抬頭看到明星閃閃發亮的光芒。時代也需要娛樂新聞，商女不知亡國恨，隔江猶唱後庭花，正是因為現實太粗糙，我們需要在一首又一首的靡靡之音，忘記外面的世界有多危險，故而我們閱讀娛樂新聞，「費玉清《晚安曲》淚崩捨不得」、「朱延平龍套弟跳級A咖名導　金城武進貢鮑魚報恩」……一張張娛樂新聞報紙是華美的壁紙糊在蒼白空洞的人生版面上。

推薦語

滕關節（台灣影評人協會理事長）

相當具有寫實度的媒體描繪（至少我也在報社七、八年，對影劇新聞運作有一定熟悉度），帶領一般觀眾理解媒體水深火熱的悲慘截稿輪迴。如此聳動的書名標題，呈現茶餘飯後的影劇新聞也可以變成奪人性命的社會新聞。

海裕芬（主持人／演員／製作人）

「記者」，多有使命感的身分啊！為了別人的難題奮不顧身、為了別人的愛情喜不自禁、為了別人的家庭夜不成眠。「記者」，多有責任感的身分啊！以為讀者都想知道就揭露、以為社會都有興趣就曝光、以為群眾都可公評就定論。「記者」，多有正義感的身分啊！不符合普世的標準就點名、不容於世俗的眼光就標記、不正視媒體的報導就負評！「記者」！真是彰顯了公義？！還是被勢力左右了輿論風向？生活周遭充斥著監視器，卻不代表眼見為憑！非得《死了一個娛樂女記者之後》，才發現原來根本摸不透遊戲規則，能被撰寫出來的永遠不可能是全部的真相。這本書，有多少是為求娛樂而杜撰、有多少是為求公理而真實、有多少是為求避嫌而改編，身為讀者，反正我是信了！

目次

楔子

身為一個娛樂記者，習慣躲在文字身後的劉知君沒有想過，有一天，她也會捲入風暴中心，受萬千視線所監視，動輒得咎，一步一步越走越錯，終至無法自拔。

所有事情的開端，抑或說是「禍端」，應回溯到許多個日子以前，那一個殺機暗伏的寒冬說起。

第一章

林姵亭死前最後一個往外發送的求救訊息，安安靜靜地躺在劉知君的手機內。

那是一個年節過後的夜晚。

在八卦週刊擔任娛樂記者的劉知君，硬生生扛了兩期的封面題目之後，總算能夠在午夜以前回家，並且好好睡超過五個小時。這並非能者多勞，純粹是被趁機揩油，讓其他人能輕鬆過年而已，但她並不在乎，反正舉凡大小節日，只要打著團圓的名號，她都非常反感。

這天晚上，她踩著虛浮的步伐，走過台北雨後潮濕昏暗的小巷，再舉步維艱地踏上狹窄逼仄的老公寓樓梯，一路直上頂樓加蓋的六樓套房。

大學以後，劉知君從中部某個偏僻的西部沿岸漁村來到台北生活，日子在大學破敗漏水的宿舍、房東違建隔起的雅房中度過。當年，剛剛出社會的她，背負著學貸跟母親龐大的債務，領著初入社會微薄的薪水，住在一個潮濕的地下室雅房當中，唯一的對外窗是鑲嵌在牆壁上緣的氣窗，那氣窗甚至沒有比一個餅乾盒子大多少。

那段時間，每天下班後，她唯一想做的事情，就是躺在床上，表情麻木地盯著那扇隱隱透出街燈的氣窗看。記者這工作必須時刻與人群打交道，導致回家之後，只剩下自己一個人時，心裡有了極大的寂寞反差。

氣窗外照進來的街光、或是行車經過時，捲上牆壁的影子及走動聲，這些對一個獨自在外打拚、毫無家庭後援的女孩子來說，全是微不足道但非常重要的精神支柱。

那時，她依靠隔音差勁的隔房動靜、氣窗外偶爾經過的各種噪音維生。唯有這些聲音還在，她才有辦法入睡。現在的她，經濟狀況比較寬裕了，於是搬到這間頂樓加蓋的套房，隔音依然相當差勁，但隔壁的人聲依然是促使她入睡的催眠良曲。

出社會後那個在地下室的小房間，是她在疲倦工作、毫無朋友，沒有任何依靠時唯一對外溝通的管道。事實上，表面堅強的她不只怕黑還怕鬼，那個小氣窗傳來的任何消息，都是一點點與人有所連繫的證明。她非常喜歡。

工作數年後，拚命三郎的她，從那個住著體育大學男學生、父親與啟智兒子、一個把房間堆積了無數垃圾的老女人的地下室，輾轉一路搬到了現在這個位於六樓的頂樓加蓋套房，即使隔音差勁，能清楚聽見室友電話聲、洗衣機運轉嘎拉嘎拉的聲音，但五坪大的空間、溫暖的木質地板、一些好看的家具，已經與過往是地獄天堂的差別。其中她最喜歡的就是那面對外的大窗戶。往後的日子裡無論她流轉何處，她總是有這樣的需求：一面對外的窗戶，早晨灑進的陽光，一目了然晴朗與否的天空。

那天回到套房，一如既往地，她先推開了窗戶，窗外透入涼風，她刻意添購的白色蕾絲窗簾隨著涼風擺盪。彷彿完成了今日最後一道手續，睡意侵襲，指頭方離開窗沿，她便感到一股難以抗拒的睡意。

她真的太久沒有好好睡上一覺了，今天是個絕佳的時機。以往她總要職業病地反覆確認幾個屬於記者、公司的群組，確認一切無事，才能夠安然入睡。事實上她確實想這麼做，但倒在床鋪上，方才打開通訊軟體，她眼皮便逐漸沉下，眼前的文字消融成一團，變成沒有意義、進不了腦袋的符號。

她側躺在床鋪上，仍亮著螢幕的手機從她手心緩緩滑落，倒在床鋪上。

她的睫毛眨動幾下，最後完全閉上，呼息緩慢而規律。

與此同時，半滑落在手心與床鋪之間的手機螢幕重新亮起，來訊者的名字，叫做林姵亭。

*

一片漆黑的房內，月光灑了半邊床鋪。

白色月光沿著劉知君的手肘，描上指尖，來到她手心上的手機螢幕。

手機又亮又暗、又暗又亮。

來自林姵亭的訊息寫著：

「知君，救我」

「他們想殺了我……」

「救救我」

「救命」

「他們要殺　　」

螢幕反覆亮了數次，終於暗去。

而劉知君沒有及時醒來。

*

一名女記者在高級酒店內遭餵毒身亡，為年節過後的臺灣社會投下一枚震撼彈。

根據媒體初步披露的消息，指出這是一個富商們的狂歡派對，邀請不少小模同歡，現場有使用毒品的痕跡，而在這場派對中身亡的女記者林姵亭，擁有足以匹敵小模的姣好容貌、E奶身材，這些都化身為某種符號，現身在各大新聞畫面的聳動標題當中。

畫面中的林姵亭臉部被打上薄薄一層馬賽克，仍然可見其靈動的大眼，巧笑倩兮的可人樣貌。新聞畫面被五顏六色的跑馬燈佔據，畫面一轉，主播指著身後秀出的一張手機通訊軟體截圖，顯示在林姵亭死亡前半小時內，曾經傳訊息給閨蜜求救。換一個新聞台觀看，會發現這個「閨蜜」在幾經釐清之後，確定了身分，是林姵亭在八卦週刊內的同事劉姓女記者。

據知情人士指出，劉女與林姵亭同期進到八卦週刊工作，兩人年紀相近、私交甚篤，劉女也許對林姵亭為何會出現在狂歡派對內、以及她交友狀況都略有所知。

劉女作為最後收到林姵亭消息的證人，一早就被帶到警局內。

意外被捲入風暴中心的知君此時坐在警察局內部的小房間，暫時躲避了警局外早已繞了好幾道人牆的記者們。

今天一大早，天尚未亮，原本預期能一路睡到中午的劉知君就被響到快要沒電的手機給叫醒，一睜開眼，就看見幾十通的未接來電，以及採訪主任黃慈方的來電通知。即使腦袋一片糨糊，劉知君仍反射性地接起電話，多虧幾年的記者生涯，她練就了一身醒來就進入工作狀態的好功夫。知君應答的聲音充滿精神，一點都不像剛剛睡醒，只是她萬萬沒想到，這通突破重圍、總算找到她本人的電話，竟是敲響林姵亭死亡喪鐘的訃聞。

接下來的一小時內，從整裝出門、踏上計程車，到進了警局，知君都覺得自己在雲裡霧裡，做著這些制式化動作的人似乎不是自己，而是某個假扮成她的機器人。在前往警局的路上，劉知君總算是掌握了在她睡著的這幾個小時內，世界發生了什麼翻天覆地的事情。

根據報導內容，以及劉知君手上收到的消息拼湊，林姵亭在昨天晚上十二點左右，進到高級飯店內，參與狂歡派對。實際與會人士目前還不清楚，大致知道是一些有權有勢的男性，以及面貌姣好的模特兒、酒店小姐們。這類的聚會平常大多辦在私人招待所內，並不算是什麼稀奇的事情，喝酒、吸毒，也是常態。但到底為什麼身為一個記者，林姵亭會進到那個聚會裡，才是令所有人想破頭也不明白的事情。

身為新聞台所說的「閨蜜」劉知君本人，更是全然不清楚狀況。

一年多前，劉知君跟林姵亭一同錄取八卦週刊「立週刊」的記者招考，成為新進員工。猶記得剛到公司報到那天，劉知君胃痛得吃不下早餐，但為了抑制胃酸翻騰，只能坐在公司樓下的超商，硬逼自己吞下一些麵包，神情之痛苦，不知情的人還以為她吃了什麼可怕的東西。

就在劉知君勉強吃了幾口麵包，又吞下胃藥時，身邊坐下一個女孩子。不同於知君慎重地穿著套裝，女孩一身率性，落落大方地朝她笑著說：「嗨，妳也是新來的吧？我叫林姵亭。」

劉知君記得第一次見到這個女孩子的震撼。她彷彿看見年輕時的母親。自信、張揚，黑白分明的大眼裡永遠閃爍著慧黠的光。被她盯著看的時候，會覺得這個女孩子古靈精怪、不懷好意，與母親不同的地方，大約是她總是彎眼笑著的面容，以及嘴邊的梨渦，這讓她看起來不若知君的母親那樣冷淡疏離。

姵亭問她：「都已經錄取了，幹嘛還這麼緊張？」

劉知君面色慘白，自己也覺得很丟臉。「我也不知道，就是習慣性的緊張。」

姵亭歪了歪頭，「妳不是那個一畢業就到大報社工作的劉知君嗎？」

知君還想著她怎麼會記得這麼清楚自己是誰，林姵亭又自顧自地說：「沒想到像你這樣的模範生也會怕喔。」

知君不知道是否該反駁，只覺得丟臉。

「沒關係啦。」姵亭豁然開朗地說。她朝知君擠眉弄眼，突然從包包裡掏出一瓶礦泉水，逕自打開知君的水瓶，滴了兩滴在裡面。姵亭神祕兮兮、好像對待珍寶那樣地收起自己的水，然後催促知君：「這是法水，妳喝喝看。」

知君半信半疑看著她，姵亭又催促她：「其實我昨天也很緊張，特別去廟裡求的，妳喝喝看。」

劉知君是有點太不會拒絕人了，真的就順著她的意思喝了兩口。

姵亭一臉期待地看她。「怎麼樣？是不是不緊張了？」

知君摸著胸口，感覺了一下，不太確定是不是起了什麼變化，但越想越覺得心情好像變得比較平靜。於是她點點頭，有點訝異地說：「好像是。」

林姵亭撐著臉，笑得心滿意足。

「知道高材生也這麼好騙，我安心很多哦。」

她對姵亭當下那張狡詐又非常可愛的笑臉始終記憶猶新。未來的日子裡，知君知道，她很需要姵亭那種無論遇到什麼事情，都能雲淡風輕地告訴她「別怕，先怕是傻瓜」的態度。

如果要形容林姵亭是個什麼樣的人，只需要舉一個例子，便可以清楚了解她不按常理出牌的程度。

大學並非正統傳播科系出身的姵亭，也沒有亮眼的文憑，畢業後在新聞行業的求職路程上比起其他人要來得辛苦一些。她輾轉幾個小報社，心裡卻很清楚，這些都不是她想要的。她要的，是當一個「真正的記者」。何謂真正的記者？林姵亭心裡有一個屬於自己的標準。

那年初春，跟現在一樣的天氣，姵亭意外得知立週刊可能在七月舉辦大型招考。招考這件事對週刊來說是相當罕見的。得知消息的那天，姵亭就以身體不適為由，向老舊擁擠的小報社請了假，搭著搖搖晃晃的公車，從台北東側的老舊社區，一路到了西邊辦公大樓林立的新開發地段。她的腳步緩慢悠閒，在春天燦爛的太陽底下歪著頭審視這間嶄新的辦公大樓，窗明几淨，大公司的做派。

她看了看，腳步輕盈穩健地踏進了辦公大樓，也不曉得她怎麼做到，竟然可以理直氣壯、如入無人之境地避開警衛視線，上到週刊辦公室所在的八樓，隨意跟櫃檯接待講了個理由，就走進了週刊寬闊明亮的辦公室內，在來來往往的記者之中，再自然不過地在辦公室內晃了一圈。她特別喜歡面向整面落地窗的茶水間，也有點小女孩的心情，喜歡那些五顏六色的小椅子，她挑了粉紅色的那只坐下，對著窗外看了一會。大約是這時候，有個人走進來，看到她，面帶困惑又親切地問：「妳是新同事嗎？」

劉知君是在姵亭進來工作的數個月後，才聽姵亭說了這段經歷。她幾乎可以想像姵亭當時的表情，肯定是泰然自若地，用那種親切又不過於親近的笑容，宛如進入演員般的狀態，回答：「是呀。」

那個下午後，這個號稱自己是新員工的林姵亭就消失了，來無影去無蹤，沒有人知道她是誰，就如同那個過度曝光的春日午後，徹底消失在過白的陽光當中，直到晚幾個月那場大型招考過後，她的名字正式被填上週刊的記者名單當中。

沒有學歷、背景，更稱不上有資歷的她，為了在眾多有亮眼履歷的高材生之間脫穎而出，果斷辭掉了原本的工作，用三個月的時間進酒店臥底，意外打聽到了某位受封「國民老公」藝人的外遇醜聞，在這件事之後更爆出一連串醜聞，各式腥羶八卦全浮上台面，震盪演藝圈一時。外界沒人知道這新聞正是這個沒背景、沒資歷的小記者一手打造的作品，但在週刊內部，倒是引起了一陣譁然。就因為這條新聞，林姵亭以二十四歲的年紀進到週刊內擔任娛樂組記者，打破了週刊內的紀錄。

與姵亭不同。從小個性就嚴謹到近乎一板一眼的知君，無論在課業還是工作上，一直都跟拚命三郎畫上等號。沒有家庭的後援，靠著自己的努力考上知名大學新聞系，在學期間，不要命一樣的工作、累積相關資歷，讓她一畢業就進到知名報社擔任記者。

初出社會，沒有人脈的她，靠著土法煉鋼蹲點、搏感情，成功地累積起一則又一則的獨家。能力出色的知君在同事關係上卻不見討好，剛出社會那幾年，所有人都對於一個小記者竟然可以接二連三拿到獨家一事感到不可思議，甚至私底下臆測她的新聞是「睡出來」的。劉知君雖然氣憤，但流言澄清不完。她只能埋頭不斷工作，直到有一天驀然回頭，她已經走了很遠很遠。

直到認識了林姵亭。

但林姵亭卻死了。

劉知君覺得內心某個部分正在崩解，但沒有人聽見。

許多問題盤繞在知君心中，纏繞成一圈又一圈，她試圖梳理，卻一再打結。

林姵亭到底為什麼出現在那裡？她平常認識這些人嗎？

她跟那些人是什麼關係？為什麼他們要殺了她？

又或者責備自己，為什麼在姵亭向她求救時，她沒有醒？

在她死前最後的半小時內，她在想什麼？

想著手機內姵亭最後傳來的訊息，心裡面滿滿都是後悔。

要是昨天沒有睡著的話、要是她及時醒來的話……

一連串的「要是」全擠在腦袋裡面。死亡、消失、再也不會出現。想起來一點真實感都沒有，但身處警局，都再再提醒她：林姵亭確實已經死了。

房門打開，一名看起來年約五十歲的警官走進來，神情疲憊。警方為了這件事，從半夜到現在都不得入睡，來來往往經過的警察，都神色蒼白。

「劉小姐妳好，敝姓王。」王警官在拉開椅子入座前，將手機遞還給知君。手機微微發燙，螢幕上滿滿都是訊息未讀通知。「妳的手機我們已經看過了，可以先還給妳。」

知君有些出神地收下了手機，甚至沒有心情看這段時間裡到底又收到了哪些訊息，就只是捧著這隻發燙的、收藏著姵亭死前訊息的機器，自顧自地出神發呆。

她看著王警官低頭翻看手上的資料，五十歲左右的壯年低沉嗓音，彷彿隔了一層水，聲音忽遠忽近。

「妳跟被害人的私交很好是嗎？」

「我們是好朋友。」知君說。

「也是，不然她最後怎麼會傳訊息給妳？」王警官手上資料翻了一頁，知君看見上頭寫著自己的資料。「妳對於被害人交友情況的了解有多少？」

知君搖頭。「我不是很清楚。」

王警官看她一眼，抽出資料夾裡的幾張照片，一張張擺在知君面前。

「這幾個人，你見過嗎？」

上頭是幾張男人的照片，知君點出其中兩張人臉。「我是記者，認得出他們是誰。但我們互相不認識。」這兩張面孔分別是房地產公司的二代，以及某間大型食品公司的公子。

「那被害人與這兩人的關係呢？」

「……我不知道。」

「好吧。」王警官在簿子上簡單記下方才詢問的內容。「劉小姐，能請妳跟我闡述最近這陣子被害人的狀況好嗎？什麼事都可以，工作狀況、你們相處的情況，或是妳覺得可疑的事情……」

知君沒有立刻回答。她有些焦慮地輕揑指間，下意識地深呼吸，回想最近幾天，甚至幾個月來的情形。

王警官沒有搭話，靜待她的回答。

知君的視線停在桌上的姵亭照片，站在陽光下笑得自信十足。

這就是林姵亭的個人標誌。

*

在招考上表現出色的林姵亭，破例錄取到立週刊工作。雖然在招考上表現亮眼，但沒有足夠的資歷，仍然是一個不爭的事實。

八卦週刊記者與一般記者最不一樣的地方，在於一般報社的娛樂記者，其報導來源，多來自記者會、通稿，這些記者大多與娛樂圈建立良好的利益共生關係，一旦記者累積了一定的人脈，有時新聞甚至會自己找上門來。但八卦週刊的記者不一樣，藝人很難在檯面上與記者們交好，更多時候通常交惡。因此，八卦週刊的記者就更要能夠自己開闢出一條生路。他們的新聞來源，大多仰賴在其它報社工作時期累積來的人脈、線民，如此一來，即使來到八卦週刊，他們也能夠自給自足，自行挖掘出許多題目來；另一個八卦週刊的記者壓力更大的原因，在於八卦週刊的競爭性，能不能夠寫出具爆炸性的獨家，成了記者的第一要務，人人肩膀上都扛著沉重的業績壓力，一週兩次的編採會議就需要各提出三條以上的新聞題目。

這種狀態下，八卦週刊的記者固然擁有比較好的薪資待遇，但若沒有超乎尋常的抗壓力，也鮮能扛起這份工作。而沒有人脈、也沒有資歷的林姵亭，縱然有外向勇敢的拓荒型人格特質，在每週需要大量產出題目的高壓工作狀態裡，也時常一籌莫展。每週六道新聞題，她時常是零零落落、東湊西湊，工作備受挫折，開會時，更是常遭奚落。

反之，知君的狀況就完全不一樣。當初立週刊辦招考，設定的求才目標，就是像知君這樣的年輕人：擁有完整的新聞產業背景、工作上擁有一點小資歷，表現出色。簡單來說，就是穩定且有潛力的新人。劉知君從來不讓人失望，她簡直就像是一面鏡子，擅長照出別人喜歡什麼、想要什麼，然後她就按照別人的希望做出高分的模仿，獲得別人的認同，或是獲得別人的愛。

從小到大，她都擅於扮演「好孩子」這個角色。

跟姵亭大起大落的工作狀態不一樣，她的表現是有目共睹、且持續進步的。

但姵亭就不同了。她沒有足夠的人脈資源可以供她寫新聞，過去她所做的大新聞，就是那則臥底酒店三個月的紀實報導。雖然聽起來很偉大動人，但換個角度看，這代表別人可以一句話要到的新聞，換算成林姵亭的時間，卻需要三個月的肉身拚搏。個性外向大方的林姵亭，在同事、長官間討喜，雖然自身資源不足，卻不乏同事們大大小小的幫助。其中，知君本人更是不斷不小心「多做了」很多題目，與姵亭分享。

幾個月前，知君靠自己的線人追蹤到某藝人在高級地段經營私人賭場的消息，很幸運地一獲得消息時，就已經掌握到幾張關鍵性的照片，這使得知君在編採會議上，順利地確定了題目，甚至被定調為下一期封面新聞。這不是知君第一次扛封面新聞，但這次做的報導，比起之前的題目，更有機會引起高度關注。知君很清楚，自己這樣認真工作的人，就是需要幾件像這樣的大新聞，來加速升遷的機會。

那天的編採會議上，知君特別被副總羅彩涵稱讚。羅彩涵這個人，生下來就像講話只有尖酸刻薄這個選擇，就算是讚美，聽著也像是挖苦。

羅彩涵近半年才來到立週刊，一來就空降佔走了黃慈方原本有望的副總之位。黃慈方進公司的時間比羅彩涵早，資歷也比她深。當初前副總的位置空缺下來，所有人都以為黃慈方即將高升，怎知半路殺出一個程咬金，羅彩涵自其他報社被挖角過來，公司需要給她一個位置，娛樂組副總的空缺，就這麼拱手讓人了。

黃慈方一向行事溫和，對這件所有人都抱不平的事，她卻是一副不鹹不淡，毫不在意的模樣。她越是不在意，就越成為羅彩涵的心魔，日後無論大事小事，只要是能拿出來當談資的，她全要繞到黃慈方身上去說一圈。

個性謹慎靠譜的劉知君，路線自然與黃慈方是走得比較近的，羅彩涵對這票的「慈方黨」通常沒什麼好臉色看，但那天開會時，知君報完題目，羅彩涵卻反常地沉默幾秒，沒有立即開砲開酸。會議室內一陣安靜，大家都等著她是不是又要發飆。孰料她安靜一會後，卻是說：「不錯，做下一期封面吧。」講完嫌不夠似的，又加一句：「妳很適合當記者。」

到底什麼叫很適合當記者，又是為什麼羅彩涵從那篇新聞裡歸結出這結論，到底幾分真心還是有哪些計較，劉知君不去細想了。她承認，當下她真的是飄飄然，有點了解斯德哥爾摩症候群的滋味。後來輪到其他人報題，羅彩涵又恢復了原先開砲的氣勢，霹哩啪拉把所有人都罵了一頓，尤其對那天遲到的林姵亭罵得更狠，簡直要將她胸口轟出個大洞。

「學一年了能力還是這樣，妳報的這是新聞嗎？要不要妳現在從窗戶跳下去，自己變成新聞啊？」

林姵亭喜怒不驚，被罵還嬉皮笑臉。「那不是白白便宜社會組了嗎？」

羅彩涵對林姵亭這種油條的態度最是反感，散了會之後，還單獨把姵亭叫去罵了好一會兒。開完會後，記者多要出去跑新聞了，劉知君坐在咖啡廳裡一邊整理資料，一邊等著林姵亭。因為姵亭沒什麼跑新聞的經驗，一星期內有一兩天讓知君帶著她跑，已經成了一年多來共事的默契。姵亭來了以後，唏哩花啦地抱怨了羅彩涵有多煩人，知君注意力在電腦螢幕上頭，偶爾應兩聲。

「妳也要小心，」姵亭講到一半，突然蹦出這一句。「羅彩涵今天突然這樣誇妳，八成是要拉攏妳。」

知君敲擊鍵盤的手指突然一停，幾秒的停頓，很快地又繼續方才未完成的工作。她語氣不見起伏。「說不定是真的想稱讚我啊？」

林姵亭嗤之以鼻。「拜託，妳寫那個男明星什麼咖啊，還開賭場咧，開妓院都沒人在意！這種題目居然做封面，羅彩涵是瘋了吧。」

知君嘴角拉了拉，這是她平復情緒的習慣動作。視線的焦距從螢幕上的文字，聚焦到投映在螢幕上自己的表情。她沒有接話，但內心充滿難消的躁動。身邊林姵亭也拿出筆電來，完全沒注意到知君的情緒，自顧自地工作起來。知君仍在與憤怒做抵抗，工作的事一行都進不了腦袋。身邊姵亭的動靜，在這種情境下，變成無與倫比的噪音。她聽見林姵亭在雜亂的包包中海底撈針一樣翻找事物，最終掏出一張皺皺的名片、打電話、手指撩過長髮、漂亮的臉微側，一邊打字一邊接聽電話……「嗨，Henry，我姵亭啦……」Henry 是某大牌女星的經紀人。是幾個月前，知君牽線給他們認識的。

理智線突然就斷了。知君闔上電腦，也不管姵亭還在講電話，側過身就對著她說。「雖然那個男明星不是什麼咖，但我很想好好寫。」姵亭看她突然發作，還在跟 Henry 討價還價要新聞的她一陣錯愕，來不及反應，知君又急又快地繼續說：「做封面壓力很大，妳可能太久沒做忘記了。接下來報稿時，沒辦法再送妳題目，妳自己要好好加油，不要又東缺西缺到處找人幫忙。工作成這樣真的很難看。」

她一口氣講完，深怕自己後悔一樣。話一說完，她就收拾包包走人，畏懼於接觸到姵亭的表情，也畏懼於看到自己現在的模樣。

那天後，姵亭傳了一封訊息跟她道歉，說自己說錯話了，希望兩人還是朋友。知君其實知道姵亭的性格，要是不在乎的人，林姵亭根本鳥都不鳥。她知道姵亭是真心把她當朋友。收到那訊息，劉知君也自我厭惡，覺得自己小氣、想裝好人還裝不徹底。年輕的友誼唏哩呼嚕也就和好了，但對女孩子來說，有些裂痕即使微乎其微，仍然不是真正的完好無缺。

稍一觸碰，又會現出醜陋的原型。

*

立週刊辦公室內。

四面八方環繞了偌大辦公室的落地窗外正下著傾盆大雨。黑雨籠罩了整個天空，悶雷陣陣。

時間是早上十一點多，辦公室內各分機此起彼落響起，就連並非娛樂組的組別也蒙受其害。本不會這麼早進到辦公室的記者們，反常地出現了大半。辦公室內所有人來往奔波、疲於接聽電話，即使辦公室內滿是人聲，卻顯得窒悶、高壓異常。懸掛在牆面的六面液晶電視，同時播放著今早的新聞消息。畫面中的主角林姵亭，一雙眼睛被馬賽克若有似無地遮掩著，不停展示她豔麗的容貌和青春洋溢的身姿。但屬於她的座位卻是空的，上頭寫著「娛樂組林姵亭」，但所有人心照不宣，這牌子很快得撤掉了。共事一年多的同事死了、出現在新聞上、吃毒品死的、性愛派對。各種資訊充盈在空氣裡，大家沒有說，但都在想。

屬於娛樂組的辦公區空無一人。

不遠處的會議室內，娛樂組全員到齊，或坐或站，彆扭地擠在小小的會議室內，瀰漫著緊繃肅殺的氣氛。

娛樂組的副總羅彩涵站在會議室外，不停對著電話那頭說些什麼，臉色凝重。片刻後，她掛了電話，滿身的低氣壓走回會議室，一進來就將手機摔在桌上。可憐的手機直到掉在桌上，仍不斷傳出被訊息塞滿的震動聲。

羅彩涵的目光投向坐在一旁、始終保持沉默沒有說話的採訪主任黃慈方，開始氣不打一處來了。

「黃主任，現在這狀況，妳有什麼建議嗎？」塗滿紅色指甲油的手敲了敲桌面，羅彩涵軟聲軟語，卻處處帶刺。

黃慈方語氣溫和地回答：「羅姐，別急，先統一口徑，一律請法務對外回應吧。」

黃慈方說得也沒錯，但看她這樣子，羅彩涵就更是心頭火起。

「慈方姐，妳的記者死了，還能這麼冷靜，我真的是很佩服耶。」

黃慈方看來相當無奈。「事情已經發生了。」

「欸我很好奇欸。」羅彩涵一屁股坐到主位，半身前傾，幾乎要趴在桌上，湊近看黃慈方。「妳的記者真的很有一套，進酒店又去性愛趴，這些事妳真的都不知道嗎？」

面對羅彩涵的挖苦，黃慈方倒也不急，不慍不火地回答：「什麼我的人，副總講得好像我們不同組。」

會議室內一陣安靜，沒人敢說話。

羅彩涵靠回椅背上，視線若有所思地在黃慈方身上轉了一圈，毫不遮掩自己的厭惡跟不信任。眾人本以為她會再深問，但她只是不屑地笑了笑，就換了一個話題。

她撿起自己剛剛摔在桌上的手機，翻出幾個訊息，一邊宣布：「這件事集團報紙那邊的記者會接手，我們就不碰了。」

經營立週刊的明陽媒體集團，與四大報之一明陽日報隸屬同一個營運集團，近十年來跨足週刊界，搶攻八卦週刊這塊餅，至今算是做出成績來，成為八卦週刊的領頭羊。因此，記者們一旦進到立週刊工作，就等於是過了一次水，日後要進入其他媒體行業，都輕而易舉。立週刊雖然與明陽日報各自運作、互不干涉，但同為一個母公司底下的媒體，各自領導高層為了在老闆面前爭寵，雙方明爭暗鬥搶奪獨家，甚至傳出不惜潛入集團後台主機，偷看對方隔日將出刊的題目等事。

只是有時候，在肥水不落外人田的前提下，仍會互通有無。比方說現在，這種關乎內部人員的報導，就道義上來說，立週刊不方便自己做，但無論如何也是件能上頭條的大新聞，沒有道理拱手讓人。通常這種時候，就會把報導交由報紙那裡處理。

羅彩涵這麼說，大家也就懂了她的意思。羅彩涵又接著吩咐：「其他事就給法務處理。出去之後，」她視線環繞了會議室一圈，「誰都別當大嘴巴啊。」

眾人紛紛答應。羅彩涵差不多宣布散會，讓記者們各自去跑新聞。看著記者們紛紛離開會議室，黃慈方東西收得慢，羅彩涵便也不走，刻意等著她。

黃慈方看了看她，知道她還沒氣消，而自己是個標靶。

「羅姐，還有事嗎？」

羅彩涵提了一口氣，冷冷地瞪著滿臉無辜的黃慈方。

「我也不是要說風涼話，但是林姵亭有問題，應該不是一天兩天的事了吧？」

黃慈方將最後一張紙放入文件夾，尋思許久。

「姵亭……是比較不按常理出牌，她個性活潑，大家也都知道。」

羅彩涵不解氣，張嘴正要再說，虛掩著的會議室門板又被推開，一個記者探進頭來，見這緊繃氣氛，有些尷尬，但仍硬著頭皮報告。

「羅姐、慈方姐，知君從警局回來了，妳們是不是要找她？」

這句話成功拯救了黃慈方。她快快收拾好，起身準備離開。

黃慈方朝那記者說：「是，叫她等等過來找我……還有羅姐。」

羅彩涵看了她一眼。「叫劉知君先來找我。」

*

壓罩著整座城市的灰色大雨，隱隱悶雷聲不斷。

外頭有閃電，一瞬間照亮整座燈光昏暗的辦公室。下午時分，辦公室裡的記者們已經逐漸散去，空曠的室內突然就顯得寂寥。幾面電視上仍舊播放著林姵亭的死訊。而此時劉知君與羅彩涵單獨待在會議室內，日光燈蒼白無力，知君嘴唇一開一闔，正對羅彩涵報告整件事情的經過。

羅彩涵手上拿著一支筆，也沒做筆記，就是無意識地朝桌面不時敲著敲著。

知君將一早被帶到警局的過程交代完畢，期間，跟王警官的談話，也鉅細彌遺地說出來。

「他問你林姵亭有沒有哪裡不對勁？那妳回答什麼？」

知君的視線落在桌上。「姵亭的工作狀況一直不太穩定，最近表現突然變得還不錯。除此之外，沒有什麼特別的事情。」

「林姵亭工作狀況不錯，本身就是一件特別的事情吧？」羅彩涵冷笑。

羅彩涵這麼說時，本來心不在焉的劉知君抬了一下視線，看著羅彩涵冷淡的笑臉。外頭閃電如果夠清楚，或是那一刻羅彩涵夠專心，她就會發現劉知君眼神裡滿是怒意。

羅彩涵問：「還有呢？妳還說了什麼？」

知君搖頭。「就這樣了。我也沒什麼好說的。」

羅彩涵想想，又覺得不太滿意。她一手撐著臉頰，壓低聲音問，「但是劉知君，妳跟林姵亭不是很熟嗎？」

知君看著她，沒有接話，等著羅彩涵的下文。

「我是說，」羅彩涵語帶窺奇。「她去賣，妳都不知道喔？」

忽然一陣驚天動地的響雷，「砰」地一聲，外頭的車紛紛傳來被驚動的警鳴聲。雨勢越來越大，空氣中全是令人可疑心驚的味道。羅彩涵被知君盯得有些不安。她坐正身子，試圖不讓自己的情緒暴露。

羅彩涵又追問：「好啦，了不起飯局妹嘛。妳真的都不知道嗎？」

劉知君還是搖頭，清清淡淡地說：「羅姐，我也很希望我知道。」

「我知道了，妳們前陣子鬧翻是吧？」

「我們和好了。」

羅彩涵看起來有些懷疑。「是嗎？但我記得……」

「就是和好了。」

羅彩涵想了想，也就算了。她突然軟聲軟語地安慰知君：「哎呀，妳也不要太傷心了，這件事說起來跟妳又沒關係，妳運氣不太好罷了。」

面對知君的沉默，羅彩涵也不在意。遇到這種情況，正常人也不會有什麼雀躍的表現，更何況是本來就嚴謹內斂的劉知君。

「這件事就這樣吧，之後的事，就交給報紙那邊處理。妳就不用管了。」羅彩涵按了按筆頭，準備離開的架勢。「以後有誰再問妳什麼，妳就都說不知道就好。」

羅彩涵起身準備離開，話鋒一轉，又頗是溫柔親和地拍了拍知君的肩膀。「不是我要挑撥，劉知君，妳們的慈方姐不是能幫妳的人。」

她後面突然迸出這句，知君不明所以，但羅彩涵也沒想多做解釋，施施然要離開，臨走前再補上一句：「對了，既然妳跟林姵亭也算是好朋友……」

羅彩涵指了指外頭、姵亭的座位。

「今天早上警察來帶走一些東西了。剩下的，妳就好人做到底，替她帶回家，給她的媽媽吧。」

羅彩涵離開，順著她的背影往外看去，是林姵亭堆滿資料跟雜物的辦公桌。而幾面電視此時正同時不斷重播，放送著林姵亭母親悲痛欲絕，幾乎要昏厥在地的畫面。

從她的嘴型大致可以看出來，她不斷向天哀號：「為什麼發生這種事？」

*

等黃慈方從公司外頭回來時，就見劉知君一個人蹲在林姵亭的辦公桌旁。此時是下午五點鐘左右，記者們陸陸續續回來，見她在收東西，每個人望過去，視線裡都有點心照不宣的詭譎。林姵亭用這種方式走，大家心裡都有些疙瘩，尤其想起這小女孩平常古靈精怪、眼裡靈光流轉的模樣，心裡不免都有不敢說出來的嘆息：也難怪她會做這樣驚世駭俗的事情。

大家就是忍不住瞟多個幾眼，但蹲在那收東西的劉知君宛若喪家，氣氛僵硬古怪到，彷彿多看一眼就會觸霉頭。

可能大夥心裡也暗暗地想，幸好林姵亭不是給我傳訊息。又或者想，這劉知君也有夠慘的。

劉知君當然察覺到了大家若有似無飄來的視線，但她並不介意。她本就是個有條有理的人，連最後送林姵亭這麼一程，都是有條不紊地替她將東西分門別類放入箱子裡。林姵亭的辦公桌一向是一場災難，就坐在她旁邊的知君，時常深受其害，叮囑她收桌子不曉得多少次，偶爾也替她簡單收拾一下。沒想到最後竟也是得由她親手、替她將辦公桌淨空。

黃慈方走到她身旁，順手替她接了一下姵亭放桌上的一個玩偶。知君見是慈方，就停下了手上的動作。她面色蒼白，仍是淺淺地朝她一笑。

「慈方姐，公司現在忙翻了吧？」

主管們為了這件事一定傷透腦筋，知君不知道她們怎麼談的，但危機處理本就不在他們這些小記者的操心範圍內。

黃慈方也沒回答，翻看著手上姵亭留下來的另外一個辦公室療癒小公仔，搖搖頭。

「走吧，陪我去放個菸。」

小陽台上，外頭雨稀稀落落。黃慈方靠著欄杆抽菸，知君將方才跟羅彩涵談話的內容大致轉述給黃慈方聽，唯獨略過了「慈方姐不是能幫妳的人」。

黃慈方聽了，表示同意。「現在就讓這件事情過去吧。」

面對黃慈方，知君的心情變得比較緩和。一整天下來總算找到一個能好好說話的人，劉知君憋了憋，仍忍不住問出心中的疑問：「大家都說姵亭是為了錢所以去賣。妳也覺得嗎？」

黃慈方今年五十幾歲了，臉上有很誠實的歲月痕跡，但雙眸明亮，看事通透，加上待人溫和真誠，在她身上，總有著能夠找到人生答案的感覺。

大學的時候，知君只上過黃慈方一堂課，至今仍把她當作老師看待。大一大二的時候，為了養活自己，劉知君幾乎把所有心力都放在打工上。學分修多少能畢業、拿什麼分數能安全過關，她腦子裡只轉著這些事情。那時候，系上每個學期都會安排講座，邀請業師來分享經驗談。時間總是卡很緊的劉知君很討厭這種強迫性質的活動，但又不能不參與。還記得講座那天，她遲到進入禮堂，連演講人是誰、說什麼主題都沒看清楚，就摸黑混入座位裡頭，老半天好不容易坐下來，就見台上的黃慈方在聚光燈底下，眉眼彎彎，氣質沉穩溫柔。

那天在台上，黃慈方語帶淺淺笑意：「我是跑娛樂出身的，剛入行時，只能在一些小藝人身邊蹲點搏感情，那時候心裡面也會很急，想要寫一些大新聞。」她頓了頓，「後來前輩告訴我，要我好好記清楚這些小藝人現在的樣子。」

「現在我當記者這麼多年，想要把這句話也送給即將踏入新聞業界的你們。」黃慈方挪移目光，緩緩地看過台下一個個大學生。她總有這樣的氣質，像個讓人心神安定的大姊或母親。「你們也是，好好記清楚自己現在的樣子。」

大部分的學生，不過二十歲出頭，根本還搞不清楚自己想要什麼。真的要當記者嗎？在這條路上自己真的做得到嗎？那時候的劉知君也充滿著這樣的煩惱。只是那天在台上看著黃慈方，她內心突然就湧起一股很強烈的衝動，她很想問問眼前這個前輩，問她覺得現在的劉知君，是什麼樣子？

後來黃慈方到校內開過一學期的課，兩人因此結識。那也是後話了。

「妳覺得呢？」

黃慈方的聲音把知君從過往記憶中拉回來。眼前仍是雨景，昔日的老師在知君身邊，笑出眉眼旁的細紋，相當溫柔地反問她。

知君一時沒回答，黃慈方又說：「妳應該比我了解姵亭呀。妳們同期進公司，妳也是她很好的朋友，妳覺得呢？」

「我覺得不是這樣。」

黃慈方笑了笑。「好記者會從尋常的事裡看見不尋常。也許吧。」

劉知君面上仍是迷霧重重的模樣。「但我自己也很矛盾，我跟姵亭雖然要好，但是今天，我想了一整天，發現我對她私下的生活一點也不了解。」

這件事擺在一般的同事關係裡，當然不顯得稀奇。但知君跟姵亭這段緣分，算是從進到立週刊的第一天開始，就糾纏不清、難以分捨。工作上雖然總是知君罩著姵亭，但事實上，也只有劉知君知道，個性逞強的她，正需要姵亭這種奔放、不拘小節的個性，來調節自己總是過於認真又較真的做事態度。在這件事發生前，對於其他人口中所說的「妳們感情很好」，劉知君從來沒有過懷疑。有時候她自己也會暗自覺得，遇上這種能夠成為好友的同事，真的是福氣。但自從姵亭不幸慘死之後，那種「我很了解這個人」的感覺，突然就變得輕盈薄透、一戳就破。

像是睡了一場很久的午覺，醒來後，感到一切都相當昏沉、不真實，在某些恍神的剎那，難以分辨現在究竟是真實，或是一場夢中夢。

劉知君再不能肯定自己了解林姵亭了。光是想到幾個月來她參加了兩到三次性愛派對這件事，劉知君就覺得感知分離。好像她印象中的姵亭，跟死掉的這個姵亭，是全然不同的兩個人。

近一個月以來，姵亭工作狀況變得相當好。應該說，從那次在咖啡廳的爭吵之後，姵亭的態度突然就有點改變。她變得不像以前那樣，仗著知君的包容，用任性與撒嬌，纏著知君幫她。林姵亭變得異常獨立，獨立得讓劉知君感覺疏遠。與其說她變了，知君反而覺得，過去那個可愛的林姵亭，也許才是一種偽裝。

「但是，慈方姐，妳還記得姵亭是怎麼考進公司的嗎？」知君問。

黃慈方因為她的話，有片刻的遲疑。她抖掉菸蒂，表情變得凝重。

「……妳覺得姵亭故技重施？她在放蛇？」

知君沒有正面回答，但觀察她的表情，看得出來她對自己這猜測，有幾分的把握。

所謂的「放蛇」，是記者之間普遍的術語。當初林姵亭為了要考進立週刊，沒有足夠資歷跟背景的她，選擇到酒店裡工作三個月，事後，帶著一份酒店相關的深入報導來到立週刊。新聞寫作經驗不足的她，雖然在文字技巧的操作上不算純熟，也有許多顯而易見的瑕疵和生澀之處，但以肉身換取報導的決心，充分展現出她想成為記者的野心，以及在這條路走下去必需要有的狠勁。林姵亭確實是一個只要她想要，就會用盡全力達到目標的人。

當初錄取她，其實各組的主管都猶豫再三。這件事也許劉知君不曉得，但身為在場的其中一名面試官，黃慈方記得很清楚，那時候大家一致對林姵亭的評價，都是「很危險」。縱使她再有過人的天賦或膽識，但她的動向令人難以掌握：你永遠搞不清楚，她下一步打算怎麼走。

劉知君說：「不無可能，不是嗎？姵亭都已經做過一次了，就有可能做第二次。」

黃慈方安靜抽著菸，沉思片刻，問了句：「為什麼？」

知君一愣，黃慈方接著問：「我問妳，為什麼？」她抖掉菸灰，又說：「或者妳覺得，如果這是一場放蛇，她想拿到什麼消息？」

知君一時答不上來，支支吾吾，想說些什麼，也自知不能令人信服。

「難道慈方姐，妳也覺得姵亭是為了錢、或是為了攀上誰，才去派對裡的嗎？」

「知君啊，我不是這個意思。妳是個很好的記者，看事情很敏銳，」她說：「姵亭的事，如果真的有了證據，我們一起想辦法。」

黃慈方伸出手，雨水瞬間淋濕了她半條手臂，以及手上的菸頭。陰雨天中，明滅著暖光的菸頭原本如同紅花般扎眼，不消片刻，就在雨水中沒了蹤跡，空餘幾縷白煙。黃慈方濕漉的手指一鬆，被浸濕的菸就這樣從八樓的高度摔落，連個屍體也見不著。

黃慈方朝知君彎著眼睛笑了笑。

*

夜晚。

懸掛在牆上播放了一整天姵亭死訊的新聞總算被關上，室內安靜得壓迫耳膜。幾盞日光燈開在娛樂組的位置，知君一個人坐在林姵亭的座位上，正在做最後的收拾。她已經決定明天請假，將姵亭的遺物送還給姵亭的母親。光想著這事，知君便覺得窒悶，五臟六腑全被壓作一塊。

她是唯一一個本來有機會可以救林姵亭的人，但昨天晚上，本來總是到半夜才入睡的她，反常地早早就睡沉。她沒有及時收到林姵亭的求救訊息。如果說這世界上有哪些人應該受到姵亭母親的怨恨與責備，劉知君也要算作一個。

從得知姵亭死亡直到現在，也算是過了一整個白天。姵亭已死的實感逐漸發酵，知君內心的噪鳴也就越來越大。她當然知道，這件事說起來與她無關，就像其他人對她說的，她毋須將姵亭的死扛在自己身上。

但同時她也是個對什麼事情都過分認真跟實心眼的人。她就像是一個唯恐自己做錯事的孩子，在內心裡面，永遠有一套對自己的評分：「剛剛說的那句話似乎錯了」、「用敷衍的態度做事似乎錯了」。她永遠都學不會放過自己，即使知道前方是死路，她也會埋頭走到底，確認此處不通，才會承認錯誤。

因此，就算可能得面對姵亭母親的責備，而這令她感到緊張心悸，她也要冒著冷汗咬著牙，去見對方一面，坦誠自己沒能及時挽回姵亭的生命。

林姵亭的辦公桌亂成一團，部分物品已經被當成證物由警方收走，但留下的數量仍非常可觀。收拾完桌面的雜物、公仔，抽屜裡的文具、化妝品等等，還有一疊厚厚的筆記本。劉知君分門別類地放好，竟是清出了三個紙箱的物品來。

劉知君蹲在地上，看著那些亂七八糟的辦公室療癒小物，看著看著忍不住笑起來。這些東西證明林姵亭其實還是個小女孩，喜歡可愛、古怪的東西，把他們在桌上排成一排。紙箱裡這些東西裡所構築出來的主人林姵亭，跟其他二十幾歲的女孩子沒有什麼兩樣。

整理累了，她乾脆席地而坐，撐著臉撿拾箱子裡的小東西起來看看，某些東西會想起兩人共同的回憶，比方說好幾個睡著動物的公仔，正是兩人經過扭蛋機前，七嘴八舌興奮地討論後，扭出來的小玩具。她還記得自己扭到了狒狒，非常不喜歡，林姵亭扭到了企鵝，看著劉知君大嘆自己運氣不好的臭臉，林姵亭將自己的企鵝塞給她，一邊說：「不要怕，姐有錢！」說著一口氣又扭了兩個。一個給知君，一個留給自己。

他們兩人的關係，就像是學生時代裡的好孩子跟壞孩子，好孩子負責寫作業，壞孩子負責給好孩子一扇自由的窗。藉著姵亭，劉知君才得以從自己那狹小、陰暗的租屋處內，闢開一扇灑入陽光空氣水的大窗。

想到這裡，她慢慢不再那麼心塞。今天一整天，她都沒有勇氣再點開林姵亭給自己的訊息。但此時，她不感到害怕，也沒有恐懼，只是覺得自己很想念這個人。靠在辦公桌邊，她把自己縮成一團，閱讀林姵亭最後留給她的訊息。

「知君，救我」

「他們想殺了我……」

「救救我」

「救命」

「他們要殺　」

眼睛一陣酸澀，劉知君一整天硬撐的情緒終於潰堤。她反手抹了抹濕潤的眼角，逐字鍵入：

「妳在哪裡，我去救妳。」

砰！

突然一聲倒塌巨響。

劉知君反射性回頭看，原來是她剛剛搬到桌上的箱子竟如被推倒一樣，摔落在地。

她全身緊繃，辦公室內只有她一個人，幾盞日光燈更顯幽暗死白。她有些疑神疑鬼地注視四周黑暗處，彷彿那裡隨時都站了一個人。視線從由左至右，緩緩掃過每一個月光無法觸及的角落，她總算轉回那箱倒在地上的東西。

那只箱子裡頭，知君塞滿了姵亭個人的筆記本。記者身邊隨時都會備著一至兩本筆記本，尤其編採會議時，會用來記錄當週自己及其他人的題目，哪些人的題目能用、哪些不能用，都會被詳實記下。

知君也有許多這種本子，整理時不以為意，此時看著這幾本靜靜地躺在地上的筆記本，竟有一股魔力，或是某種感知，促使知君伸手，撿拾起其中一本看起來比較新的本子。

翻開後，對照上頭紀錄編採會議的日期，確實是近一個月內使用的筆記本。她攤在膝蓋上翻閱，內容大致與自己記錄的會議內容沒有太大差別，但姵亭在記錄會議事項旁的筆記本空白處，有幾行個人的筆記，引起知君的注意。

幾頁空白的部分，零散地寫著：

王總 0926279862 見面

吃飯 郭少？ 唱片行老闆兒子

0927[redacted]984113
10/26 薛
經紀人 模特兒
找王總秘書

賣淫 私人飛机？ 淫交趴？

Kelly Kelly Kelly!

模特兒賣淫集团

劉知君內心喀噔一聲，知道自己找到了能印證猜測的關鍵證據。

第二章

翌日，姵亭命案突然有了猛烈的風向轉變。

雖然昨天的報導不乏花時間介紹林姵亭其人，但主要的畫面，仍是緊追著三位主嫌不放。今天早晨，新的消息出現後，風向突然就變了，每一個新聞台，全將焦點放在林姵亭身上，從她讀哪間學校、怎麼進到立週刊等等，掌握了一切不曉得從何處得知的消息。其中，最重要的幾條情報，就是當初與林姵亭聯繫的傳播公司曝光，而幾名號稱曾經與林姵亭接洽過的酒店小姐，紛紛匿名爆料林姵亭出現在淫趴的經過。

根據這些人的說法，林姵亭大約是在兩三個月之前，就跟她們有了初步接觸。當時林姵亭首先聯繫上的是傳播公司的負責人。這種傳播公司，通常會私底下以 Line 訊息群發的方式徵人，姵亭也許就是循這管道找上這位王姓負責人。按照王姓負責人的說法，林姵亭長相俏麗，個性也很活潑外向，兩人在西門町的辦公室見過一次面之後，王總就將姵亭納入名單當中。

「但她沒有簽約啦。」王總說。「那時候叫她簽約，她不願意。」王總說自己是個隨性的人，既然妹妹不願意，他也不會勉強。他語帶煩悶地說，要是當初知道林姵亭是記者，根本就不會約她了。

王總說，通常他們只要有案子需要「外送」，他會直接在群組裡貼出案件的時間地點跟需求。印象中，林姵亭算是活躍度比較低的妹妹，近三個月來，只出席過三次的外送。林姵亭遇害那天，就是她第三次的「工作日」。

警方觀察林姵亭的手機，最近與王總聯繫的對話紀錄還有留存，但更久遠的訊息紀錄則早就被刪掉了。

隨著許多繪聲繪影的流言，人們開始為林姵亭貼標籤。有人說，林姵亭不僅接王總有的案子，跟其他的傳播仲介公司也多有接觸，此外也做一些零散的個人單。也有人說，林姵亭先前在酒店工作三個月，自稱是為了取得新聞而臥底，其實根本只是為了賺快錢而已。「她本來就想在酒店賺錢，幹嘛裝高尚?什麼當臥底只是她掰的吧？」這是某個與林姵亭共事過的酒店小姐的說法。「重操舊業，做我們這一行本來就很容易這樣啊。」

從這些人口中，媒體拼湊出一個奇特的、知君幾乎認不得的姵亭：

愛錢、虛榮、自私自利、攀權附貴。

其中最讓知君在意的，是今早某份報紙裡的內容。

這篇報導寫道，根據知情人士指出，林姵亭過去因為沒有足夠的人脈，開會時常常難跟其他記者一樣，每次都提出三條報稿題目。但近三個月以來，林姵亭的工作表現突然脫胎換骨，每次開會不僅湊足三條題目，且完全不是拿來搪塞的爛新聞，每個題目都能深入發展，甚至有撐起封面之姿。短短三個月，一個一直是放牛班的孩子，為什麼會突飛猛進擠到前段班?現在看來，果然是用身體換來的新聞。

短短的一段文字，令劉知君不寒而慄。這完全是公司內部的人才會知道的消息。昨天主管下了封口令，但仍有人跟其他記者碎嘴。

三個月前，劉知君跟林姵亭在咖啡廳的那場不愉快，說起來只是一場小口角，但許多事情是累積、堆疊來的。兩人的和好，恰恰就落在林姵亭工作狀況開始突飛猛進的時間點上。當時劉知君認為，是因為那場小爭執讓姵亭重新振作起來，不再什麼事情都依賴著她給答案或線索，心裡面雖然有點奇特的失落，但見她工作逐漸有起色，也感到很欣慰。

彼時，劉知君自己卻出了大問題。

這大概是一個月前的事情。

當時，仍持續追蹤知名男歌手經營賭場案的她，早已從中得出案外案。根據線人給的消息，另一個經常出入此賭場的老牌藝人，因為欠債過多，與男歌手起了衝突。男歌手有黑道背景，多次私下解決不成，老藝人又態度囂張跋扈，男歌手遂藉他人之手，將這件事透露給知君，並且揭發這名老藝人欠澳門賭場三千萬賭債的消息，想將他整得身敗名裂。

知君調查男歌手經營賭場的事，本來跟這男歌手鬧得很不開心，但這欠債老藝人神來一筆出現，反而微妙地挽救了知君跟男歌手的關係。娛樂記者、尤其是八卦週刊的娛樂記者，時常與藝人們處於這種互利共生、上一秒是敵人下一秒是朋友的狀態當中。

那名老藝人平常螢幕形象經營得非常好，氣質溫文儒雅又幽默。知君手上的這則新聞一旦引爆，勢必將給他惹來巨大的公關危機。

然而這則原本應該掀起討論話題的新聞，卻硬生生地被截斷。原因是原先打算與劉知君合作的男歌手，因為一些耳語，懷疑起劉知君將自己爆料老藝人醜聞一事供了出去。這事讓男歌手氣到不行，甚至不顧身分，直接打電話給羅彩涵罵人，問她手底下的記者怎麼這麼沒素質。這則牽扯各方人際關係的報導因為風波不斷，終究被壓了下來。

對記者來說，當然不是每條新聞都做得成，但到底是誰從中作梗搞爛了原本的好事，記者們內心當然會有些猜測跟芥蒂。

線人是記者持續供給新聞的來源，幾乎可以說是衣食父母，因此對自己的線人身分大家都是三緘其口、保護有加。雖然記者做久了，大概都可以依據其他人的新聞內容，約略猜測透露消息的線人是誰，但誰也不會說破，更鮮少共享線人資源。因此，被端出線人導致報導報銷這件事，對記者來說確是犯了大忌。

劉知君只對一個人隨口提過這男歌手的事。那就是林姵亭。

林姵亭百口莫辯，兩人關係瞬間又墜入了冰河期。

這一次，一直到林姵亭過世，兩人的關係都沒有復原。

而現在，最令知君感到毛骨悚然的，是這件重創兩人關係的疙瘩，竟然轉化為文字，如實地呈現在報導上面。上頭寫著，林姵亭為了讓自己的新聞登上封面，不惜出賣同事，公布對方的線人身分，導致該同事的新聞不獲採用。

報導寫得這麼明顯，明擺著資訊就是從娛樂組內部傳出去的。對於自己新聞報銷的事情，無論是不是林姵亭所為，劉知君都已經不打算追究，而且這本是她與姵亭之間的私事，此時被端上檯面，壓根是有人本來就討厭林姵亭，刻意藉此鞭屍。

一早閱覽四大報，看見這樣的新聞，劉知君臉色煞白，當下帶著報紙直奔公司找羅姐。羅彩涵原本正在替一個記者看稿，正吩咐著哪段文字要再找出照片來、哪裡再去問一下狗仔要圖，突然見劉知君急匆匆地出現。她詫異地問：「劉知君，妳不是請假嗎？」

知君將那段洩漏公司內部資訊的文字圈起來。「羅姐妳看一下。」

羅彩涵看了一眼。「我已經都讀過了。」

「這不誇張嗎？」

「是很誇張啊。」

劉知君沒想到羅彩涵的態度竟然一派無所謂，更是覺得生氣。「我跟姵亭的事情，關一般大眾什麼事？憑什麼到處去講？還讓其他報紙寫出來？」

羅彩涵看她在氣頭上，也很不耐。「不然妳想怎麼辦？把這個人抓出來嗎？怎麼抓啊？」她看一眼身邊那個本在等候她改稿的記者，豔紅的指甲油戳了戳那小記者肩膀，尖聲問：「喂，是不是妳啊？是不是妳說的？承認啊！」

小記者嚇一跳，連聲答不是不是，場面尷尬，知君知道她刻意做給自己看而已。

羅彩涵瞪著劉知君，「妳來為難我幹嘛啊？這種事情我能怎麼辦？她確實就是在性愛派對裡死了，現在外界八卦，很意外嗎？」

劉知君深呼吸好幾回，知道自己確實口氣太衝，只會引起羅彩涵的反感而已。

「羅姐，我來不是為難妳，我是希望妳可以幫幫忙。姵亭已經死了，我跟她有什麼不愉快都已經過去了，這件事一再延燒根本沒有意義。」

羅彩涵見她語氣緩和下來，自己想了片刻，將手中的稿子塞回給小記者，示意她離開，這才重新整理心情，雙手抱著胸，好整以暇地看著劉知君。

「妳想我怎麼替妳處理啊？」

知君知道這正好是一個機會，羅彩涵正在提供給她一個說話的機會，最可能正視她的要求。於是她說：

「羅姐，我想要寫一篇關於姵亭的新聞。」

「不可能。」

*

聽完知君的想法，羅彩涵一口否定，斬釘截鐵的強硬態度，知君一時竟難以反應。

羅彩涵豈止是態度強硬，根本是一臉不可置信。她尖聲問道：「妳幹嘛？妳以為妳是包青天啊？妳寫這種新聞幹嘛？」

「為什麼不能寫？替自己的記者翻案，這種新聞對公司有壞處嗎？」

「妳有毛病啊？妳怎麼寫？妳有證據嗎？」

羅彩涵越罵越大聲，引來附近記者探究的目光，但她一向不怕別人怎麼看。別人越看，她就越有表演的底氣，彷彿腳下自生出一個舞台。

羅彩涵趁勝追擊。「說話啊，妳有嗎？」

劉知君自然知道在這件事上，自己站不住腳。林姵亭已經死了，而她光是憑著筆記本裡面的隻字片語，難以構成一篇足以說服人的新聞。

她沉默片刻：「我會想辦法解決……」

「笑死欸人都死了，妳要怎麼解決？」羅彩涵好整以暇看著她。「就算林姵亭真的有多偉大的情操去放蛇死了，那些雞頭會告訴妳嗎？他們每一個人都害死了林姵亭，誰會幫妳？」

劉知君心裡當然明白，但沒照片有沒照片的做法，新聞不是不能寫，就看怎麼寫而已。羅彩涵現在擋她，說到底還是不想惹麻煩，不想跳下來沾得一身腥罷了。

劉知君不自覺地回頭，看著身後的同事們。他們一接觸到她的視線，紛紛閃躲走避。而掛在辦公室的電視畫面，不知是否刻意，已被人切換到沒談論林姵亭死訊的頻道。

林姵亭的辦公桌昨天已經被知君收拾過，現在只餘下名牌，荒謬地掛在原處。

見她白著張臉不說話，羅彩涵想她是放棄了，便又輕聲細語，溫柔地喊著她：「劉知君，不是羅姐要罵妳。我知道妳年紀輕，很多事情還想不開。」她的語調放軟。「我勸妳，姵亭這件事就算了，這件事很複雜，不是現在一時半刻可以解決的。妳不是有男朋友嗎？去約會去度假都好，別老想著這種事。」

看著面前羅彩涵的面目，劉知君失去了繼續爭論的心情。她點點頭，隨意應答，也不曉得自己說了什麼，只想著趕快離開，沒想到她還來不及走，羅彩涵又開口：「林姵亭放蛇這件事如果是真的……」

知君停下腳步，帶著期待回頭。

「妳就看看她做什麼題目，如果能拿到證據，還可以寫一寫。」羅彩涵淡淡地說。

劉知君手腳冰涼。她不敢置信地看著羅彩涵。耳邊躁鳴，她知道自己得忍。過往一切的經驗都告訴她，想要好好生活，就得忍、得讓、得乖。

但她還是感覺到一股怒意在胸口衝撞，怒意與悲傷融合攪拌在一起發酵，她於是忍不住說出口：「羅姐，姵亭這篇新聞，我沒有要求妳給我多大的版面，只是讓我寫一篇文章告訴大家姵亭當初其實是為了工作，才深入險境去求新聞，希望外界不要再追殺她。就算她真的是去賺錢，那又怎樣？不是那些害死她的人才是壞人嗎？為什麼一個公司……」劉知君說到這裡，試圖緩和自己過於哽咽的語氣。「為什麼一個公司，連替自己的員工發聲都不願意，所有人都在演天下太平？」

一口氣說完後，劉知君微微喘氣。她心跳很快，緊張地不得了。光是要開口說出真心話，乃至於對人反抗，這本就不是她擅長的事情。但她覺得內心有許多話想說，那些不公平不正義不應該如此的事，其實很多時候她都只是因為害怕而吞忍下來而已。

每每到這種時候，林姵亭總會感應到她心中的不平，然後替她將話說出口。林姵亭總說：「沒關係，我不怕被罵。」

面對爆氣的劉知君，羅彩涵反而安靜了下來。她靜靜地看著面前這個二十幾歲的女孩子，內心轉著什麼。片刻，她才緩緩開口：「劉知君，妳是記者，妳應該很清楚為什麼突然之間，所有人都在抹黑林姵亭。」

劉知君當然很清楚。這是因為那些害死林姵亭的人，財大勢大，他們希望導引社會的風向，吹往一個無力反抗、且再也不能反抗的女孩身上。

羅彩涵嘆氣。

「……不要把新聞當作妳贖罪的工具。」

不要拿新聞當妳贖罪的工具。

羅彩涵一句話就讓劉知君啞口無言。

離開公司，劉知君滿腦子的混亂跟挫敗。她抱著背包坐在公車亭旁，頭頂上晴空萬里，早已沒了昨天傾盆大雨的姿態。二月的天氣裡，陽光伴著一點涼風，樹枝騷動，碎光點點灑在知君眼前、臉上、手指、被抱在胸前的帆布包上。

知君看著自己手上的大包小包發呆，這些都是她今天想要拿去給姵亭媽媽的東西。

也許羅彩涵說得沒錯，她想要替姵亭寫一篇文章的動機，跟贖罪也脫不了關係。陽光在她的手指上緩緩移動，光照過的地方，帶著一些若有似無的暖意。

「如果那時沒睡著就好了。」

「如果及時看見她的求救消息就好了。」

「如果過去那一個月，不要與她置氣，不要冷戰，曾經關心過她，那就好了。」

計程車一台一台經過公車亭，有些試圖接近知君，試探她是否需要搭車。片刻，知君總算回過神來，下意識地朝其中一輛招了手，上車。

「往二殯。」她說。

*

就在公車站牌不遠處的露天咖啡座，社會組的副總章哥正坐在那抽菸，身邊坐著兩個組內的同事，幾個大男人有一搭沒一搭地聊天，不知道是誰先發現了劉知君，隨口說了一句：「喔，是那個娛樂組的。」

這人這樣說，原本坐在陽光底下快睡著的章哥醒過神，端詳劉知君片刻。

「唉。」

林姵亭命案在週刊內有默契地冷處理，部分內容轉移至公司內的報紙系統負責，但這則新聞的調性有一大部分屬於社會組的內容。週刊分為A、B本，A本專寫政治和社會新聞，娛樂組的新聞放在B本刊登。兩本內容無關，有時也相輔相成。這則淫趴命案目前死了一個人、三個富少移送法辦，人還押在看守所內尚未出來，整個社會都在看接下來的進展，既然如此，週刊內部的社會組就不可能全然不碰這個新聞，否則未免太不自然。

兩組業務相差甚遠，但社會組的副總章哥跟羅姐是同期進新聞業界的記者，一起在某老牌報社底下工作十年之久，記者來來去去，年齡呈 M 字分布，新人多，留下來的少，一來一往，私交不錯。離開報社之後，兩人各自有不同發展，直到半年前羅彩涵來到立週刊，老同事才又相逢。

章哥年輕的時候脾氣火爆，人過中年個性改了不少，待人處事世故圓滑，只是有時圓滑過頭，顯得消極。

社會組的事情一向又多又雜，這個自家記者的事不好處理，又不想得罪羅彩涵，對章哥來說，就是一件折壽的差事。

「她們剛剛在公司裡吵架欸。」章哥身邊的社會組記者說。

跟娛樂組不同，社會組陽剛氣息濃厚，一站出場就有不容忽視的剛野氣質，此時他們坐在路邊聊天，討論劉知君的樣子，像男校在討論隔壁難以理解的女校學生。

章哥沒加入這場討論。不管羅彩涵要跟誰吵架，反正不要來跟他吵就好了。此時他翻看著未瀏覽的手機訊息，見到一條比娛樂組要有意思的消息。

他順手把照片轉發給組內幾個記者。

照片背景在機場，一個戴著墨鏡的男人坐在名車內，畫面一閃而過。

「別管他們。工作了！」

＊

第二殯儀館內。建築物內潔淨的地板跟明亮的日光燈，來往家屬眾多，有種類似醫院的死白與疏離。空氣中飄著微微的檀香味，近處、遠方，都繚繞著誦經聲，難以分辨經文究竟從哪裡傳出。劉知君循著指示來到一個牌位區，還沒看清哪裡寫著林姵亭姓名的牌子，就先聽見爭吵聲。

「拜託你們不要來了！」

靠近一看，幾個記者跟攝影師，守株待兔在殯儀館內等著林姵亭的母親趙小淳。遠遠地看不清楚，只看見趙小淳手上還提著一袋摺蓮花的金紙，模樣狼狽地被圍在記者之間。一旁的家屬議論紛紛。趙小淳崩潰大叫，知君加快腳步，趕了過去。正接近，就聽見記者的問話。

「林媽媽，林姵亭曾經在酒店工作的事情請問妳知道嗎？」

「很多人說她交友很複雜，還被包養過，妳清楚嗎？」

「林姵亭聽說會定期匯款給妳……」

「請問林姵亭死前……」

這些問話，重複凌遲著才剛死了一個女兒的趙小淳。趙小淳無能為力地被困在人群中，瘦小的她此時顯得更萎縮。

「聽說林姵亭死前曾經匯一筆鉅額款項給妳……」

「沒有。」趙小淳幾近崩潰，只能一直否認。

「林媽媽，我們不是要為難妳，只是希望妳可以回答一下問題。」

「我……」

「我來回答好嗎？」

知君的聲音一出現，立刻吸引了眾人的目光。記者們回過頭，很快認出她就是「劉姓女記者」。記者們議論紛紛，嘴裡說著「是立週刊那個記者」、「死前傳訊息那個」。趁著這個空檔，在人群間隙間，劉知君找到了趙小淳的視線，投以微笑，要她別擔心。

停車場旁，知君和趙小淳坐在小小的樹蔭邊，暫時躲避了記者的視線。

不知從哪裡仍傳出淺淺的誦經聲。趙小淳疲倦而呆滯地坐在一旁，手上擺弄著摺蓮花的經紙，不曉得想些什麼。頭上的白雲緩緩移動，時間慢得接近凝固。透過趙小淳，完全看得出，姵亭那眼角上揚的靈動大眼、嘴角邊的梨渦，完全複製了媽媽的樣貌。只是比起神采飛揚、永遠像在打著小算盤的姵亭，趙小淳顯得嫻靜樸質。

「知君。」趙小淳開了口。

知君側頭看她。

此時的趙小淳，對於知君沒有責備也沒有怨懟，臉上神情是她一貫的抱歉。

跟知君的成長背景一樣，姵亭也是單親家庭，但兩人的母親在個性上有極大的不同，比起知君母親理所當然的任性妄為，趙小淳像是一塊小小的、乾淨的石頭，上頭有靜美但不張揚的細紋，長年在海邊任海潮拍打，只需要一點點小事，就可以過得很幸福。帶著姵亭過日子，趙小淳理解不了女兒的天馬行空和天花亂墜，但當姵亭摟著她，嘴裡說著要照顧她一輩子的時候，趙小淳臉上總會有掩飾不住的羞澀笑容。

只是舊日裡溫馨的場面戛然中止，這兩日，她獨自一人面對冷冰冰的殯儀館，小房間中央停著姵亭的棺木，她手上拿著蓮花，早就習慣一個人帶著女兒生活的她，此時竟驚覺自己什麼也不會。她不知道該怎麼辦女兒的後事。她不知道蓮花該怎麼折。不知道該折幾朵。不知道接下來該做些什麼。許多記者來問她話，話題全是她不想聽的。回家又不知道該躲在哪裡，過去大半輩子都在女兒身邊，她便只好又回到棺木旁。冰冷的棺木此時竟是她唯一感到安心的依靠。

趙小淳的聲音壓得低低的，薄透地像一吹就散。她手上還擺弄著那朵折到一半的紙蓮花。她說：「妳不用在意，這是姵亭的因緣。」

劉知君不知道，一個母親要花多少的力氣才能對她說出這種近似原諒或救贖的話。知君內心慚愧，不知該如何說，想起近日趙小淳的人生波折，知君就替這名個性溫潤的母親不捨。只是再多的道歉跟自責都沒有用，此時脫口而出，對這位母親而言都過於殘忍。原諒人需要能量，恨人也需要能量。無論趙小淳恨她或是原諒她，劉知君都沒有必要在這個當口，為了讓自己內心的抱歉塵埃落定，而逼趙小淳對她表態。

「我幫妳吧。」知君主動拿了一張蓮花紙摺了起來，動作迅速確實，比趙小淳笨拙的手法要來得熟練太多。

見趙小淳面色訝異，知君解釋：「外婆跟外公過世的時候，蓮花都是我一個人折的。」知君眼睛笑得彎彎地說。

趙小淳心下了然，點點頭。兩人縮在停車場的某一角，也沒什麼事，隨意就折了幾朵蓮花，堆在腳邊。

空氣裡是淡淡的金紙香氣。

趙小淳緩緩地說：「姵亭以前常常說我很笨。我真的是很笨，什麼都不太會。也不知道發生這種事了，要怎麼保護自己的女兒。姵亭很皮，我沒夢見她，不曉得她去了哪裡，又怕她是害怕，躲在哪裡不敢跟我說。」她自嘲地笑了笑，「昨天夜裡我在心裡跟她說話，我跟她說，媽媽智慧不夠，不知道該怎麼幫妳，妳要去找菩薩，菩薩會幫妳。希望她別怕，不要走丟。」

看著趙小淳帶著淺淺紋路的眼角，這個嬌小內向的婦人，此時滿身的疲憊。她手上的蓮花彷彿生出紋路，寫滿林姵亭的名字，也寫滿她走過這半生、卻落得一場空的故事。年輕時毅然決然與家暴的丈夫離婚，帶著女兒出走，趙小淳從一個少女，走成了婦人，一生最大的拚搏，就是拚了這條命，養育女兒成人。她是個相當安於平淡的女人，如今的驚濤駭浪，瞬間就掏空了她的內裡。往後剩餘幾十年的生命，突然都成了冗長與浪費。

知君指尖緩緩畫過平滑的金紙，沉默片刻，堅定地說：「阿姨，妳不要擔心，我會幫妳。」她看著趙小淳，眼神柔和但很肯定。她沒有要乞求原諒，但她要嘗試糾正錯誤。

她不想放棄。

「乾脆趁這次辭職吧。」

＊

舊式的洋樓與古樸的紅磚綿延了一整條街，鄰近碼頭的海水鹹味與陽光混作一塊。年貨大街裡某間老字號的南北貨老店前，知君坐在樓道旁的小階梯上，看著自己的男友莊成翰正在將貨物一箱箱搬上印有自家商號的小發財車。

「對了，」成翰貨物搬到一半，突然想起什麼，轉過頭看著劉知君。「妳去一殯，身上有帶鹽嗎？」

知君搖頭。莊成翰大嘆口氣，一臉早就知道的表情。他拿起毛巾胡亂擦擦臉上的汗，朝知君伸手：「先帶妳去廟裡過過氣。」

「不用吧。」知君總算開口說話。

「要。」

不容她拒絕，成翰傾身一把拉起她，回頭鎖上小貨車的貨門，拉著知君的手，徑直就朝附近的土地公廟走去。知君早習慣成翰的霸道，臉上仍不免閃過一絲無奈。她與成翰大約是在三年前經由朋友介紹認識的。那時候，知君還在報社工作，那是她第一份工作，一畢業就進到四大報的體系內，雖然小記者的薪水並不多，但在履歷上，倒是光輝耀眼的一筆。那是她在報社工作的第二年，雖然工作辛苦，但也已經步上軌道，逐漸可以掌握工作與生活並行的節奏。大概就是在這個節骨眼，認識了莊成翰。

莊成翰在二十六歲時接手家中南北貨事業，經手後，自有一套經營哲學，近幾年來操持得也算有聲有色。跟成翰交往後，身邊每個人都勸知君可以準備定下來了，記者一途又不是什麼生活穩定幸福美滿的最終選擇，如果終有一天必須在事業與家庭當中做抉擇，當然是選擇有未來的那一方。

劉知君不得不承認，她在莊成翰身上看到了穩定美好的未來。

知君被成翰半強迫地拉著去附近的廟裡拜拜。成翰腦中有一套非常熟稔的標準參拜流程，就跟他做大部分的事情一樣，凡事腦中都有規劃，她只要照著做就好了。從生活瑣事大至人生計畫，成翰總有一套自己的想法。剛剛交往的時候，知君很著迷於他對每一件事情的方向感。只是凡事都有副作用。

被拉著在土地公廟裡走一圈之後，兩人坐在路邊的青草茶攤旁暫歇。大樹下相當涼爽，但成翰又提這話題，知君臉色就沉下來。

「妳最近就提離職吧。」

「我辭職，錢從哪裡來？」

「我養妳啊。」莊成翰說得理直氣壯。「拜託，妳當記者要死要活一個月也才賺那一點錢，妳如果想要工作，以後妳就是老闆娘，妳如果不喜歡在我家工作，那我開一間店給妳，妳雇幾個員工，每天閒閒等算錢，這樣不好嗎？」

劉知君倔強地說：「不用。」

莊成翰嘆氣：「妳為什麼這麼固執？」

知君臉色為難。「辭職的事之後再說好不好？」

「什麼時候再說？」成翰也不見不開心，就是語氣多了點無奈。藍天白雲在頭上移動，他兩手撐著兩條豪邁邁開的大腿，側著頭，耐心地想看出知君到底在想些什麼。「知君，明年我們要結婚了。」

知君神情動了動，看著成翰，沒有說話。

成翰又嘆氣，抓來知君的手，在自己的手心拍了拍。有些話哽在他喉嚨滾動一陣，最終沒說出口，擠來擠去，換成了另一句語重心長的話：「……不要再自己跑來跑去，要去三殯，找我載妳啊。」

知君內心有所觸動，但又有很多的矛盾。

她確實很喜歡莊成翰。從三年前初見直到現在，這份心情沒有改變。從小家庭支離破碎、甚至為了母親背了一屁股債的她，內心難免有些自卑。她交往過幾任男友，最後都不歡而散。有些是因為兩人都太過年輕，難以妥協；有人直言不喜歡她的家庭，有些人就喜歡利用她的自卑，把她踩在腳底；有時是她拿來武裝用的自尊，讓一段關係兩敗俱傷。

成翰是個很好的人，雖然他大男人主義又霸道，但也多虧大男人主義，才能讓他毫無保留地，將支離破碎的知君納入自己的羽翼裡頭保護。當時那個活了二十三年，從未被這樣毫無保留愛過的知君，覺得這份幸運降臨到自己身上太不可思議，不知道有多少次，當莊成翰告訴她：「不要害怕，我會保護妳，我要娶妳。」知君確實感到心裡某塊崩塌已久的地方，正在慢慢地重建，而自己終有一天可以復原。

莊成翰是一個在傳統大家族中長大的長男，典型的獅子座性格，他愛人，但也控制人。他確實喜歡一個工作認真又聰明伶俐的女朋友，但這些顯而易見的優點，在他眼裡更像是「乖巧女友」的附加福利。知君在工作上取得的成就，看起來像是孩子去學才藝得到了點成績一樣，雖然值得鼓勵，但考大學、擁有穩定的工作才是正途。

辭職這件事，打從剛交往開始就一直是兩人感情的附加條件。

知君不是沒有動搖過，她確實很想要組建一個美好的家庭，但同時她也感到非常害怕。過去幾年來，她很努力想要獲得成翰家人的認同。她恬靜乖巧，只差臉上沒寫著「好媳婦」三個大字，她充分扮演一個未入門大嫂的形象，嘴甜、愛笑、做家事又勤勞，每逢節日必出現在大家族每個人面前，飯前幫忙未來的婆婆切水果，招呼大家吃飯，飯後洗碗筷。做這些事情知君並沒有怨言，成翰的家人待她相當親熱。但她就是覺得害怕。

她對家庭不信任，對關係也不信任，她覺得一切到頭來都會是徒勞，她不相信別人的親人會無條件愛自己，畢竟連自己的親人都不愛她。唯一讓她有安全感的就是自己徒手掙來的學歷、工作以及錢。但成翰要她把這些都丟掉。

從小家庭幸福美滿的莊成翰，不懂她在怕什麼。但知君什麼都怕，也怕這個不曉得根本在怕什麼的自己。

她怕失去成翰，她很想為了不失去這個男人，而放棄一部分自己的堅持，她也想進入家庭，並且嘗試說服自己，一切的恐懼無非是自己的想像罷了。

她很愛面前這個即使賺了許多錢、仍會跟她手牽著手在路邊散步的男人，這個雖然工作了一天相當勞累，仍會拉著她去廟裡拜拜、拜完牽著手坐在樹下一起喝青草茶的男人。她很愛他，所以即使這麼恐懼了，仍想強迫自己放棄一切，只求跟他在一起。

「……讓我再考慮一下好嗎？」知君輕輕地說。

「如果真的這麼想當記者，就去一些人文雜誌社之類的地方工作，」成翰提議。「我問問看有沒有認識的朋友可以幫妳說一下。」

知君當然知道成翰是好意，她點點頭，沒說什麼。

成翰收緊握著她的手，可以感覺到他手心的粗繭跟溫熱。

「而且妳也要想一想，總不能一直讓妳媽媽待在療養院吧？」

成翰的話，讓知君收起了一直盯在地上的視線，緩緩與成翰對上眼。

有時候劉知君也會想，當妳碰上了一個男人，他明知道妳有複雜的家庭、尚未完全還清的債務，甚至還有一個失智的母親住在療養院內，在聽完之後也沒打退堂鼓，僅是歪著腦袋想了想，沒說話。下次再見面時，居然很認真地告訴妳，他都想好了。

以後買一棟房子，一樓是孝親房，把失智的老媽媽接回來住。

大家都住在一起，誰都不用擔心，也不用落單。

他會照顧妳、保護妳，妳再也不用逞強害怕。

妳以為一路走來只有自己一個人，沒想到有一天，會有一個人牽著妳，告訴妳，妳所煩惱的那些事情，都有他陪著擔。

當妳遇到這樣的男人，到底還有什麼事情不能夠為他放棄？

「……我知道。」

她心裡面想的是，一旦將姵亭這件事處理到一個段落，至少寫完一篇替她翻案的報導，等這件事塵埃落定後，也許……真的就可以辭職。

是啊，畢竟這又不是什麼令人眷戀的工作。

*

小學時，父母離異，母親將她帶回中部沿海的漁村，與外公外婆住在一起。母親則在那介於工業區、農村的地界，開了一間設有卡拉OK的複合式檳榔攤。美豔的母親與知君是截然不同的人，她任性、自我、我行我素、沒有同情心，任何一切自私自利的詞彙，都可以冠到這個女人身上。這個女人，從來不管別人死活，對她來說，生存是靠拚搏得來的，一切在為了生存的路途上死去的屍骨，都是物競天擇的選擇。

這個身在純樸的西部沿海地帶中顯然太過惹眼美麗的女人，無疑是錯生在骯髒海岸的野玫瑰。帶刺，有毒，不愛任何一個人。

只是，小小的她對這個女人有許多期待。她記得自己被蚊子叮滿紅包的腳，瘦得總被外公外婆戲稱「一捏就斷」的雙腿，踩著破舊的布鞋，一路奔過連綿了整個海岸線的漁塭，來到那個位在十字路口旁、砂石車來來往往的檳榔攤之前。還沒接近，就會聽見卡拉OK的音響，清晰地傳來不同客人的歌聲、笑鬧聲，如若音響傳來的是母親的歌聲，她會心跳加速，腳步也越來越快。

檳榔攤用玻璃隔起，卡拉ＯＫ則由開放式的布棚搭建，青藍色的防水布被幾支鐵桿頂起，起起伏伏地穿過大樹枝葉，一些擋不住的樹幹會伸進布篷之內。猶記得那些是芒果樹，盛夏時，會盈滿芒果熟透的香氣。年紀尚小的她會踩上粉紅色的塑膠椅，被太陽曬得顏色不均的咖啡色纖瘦手臂在空中揮舞，試圖打下幾顆土芒果。

記憶中最鮮豔的莫過自己的母親。那個紋眉、紅唇的女人，穿著美麗的紅花洋裝，吸引了無數男性客人駐足的檳榔攤老闆娘。熟客們總會拱母親唱兩句，母親自信的台風、風情萬種卻又淡泊無情的眼神、繾綣的歌聲，在每個盛夏的午後，都一再預言這個女人的一生：大風大浪，一生耗盡福報，終於換來蒼白凋零的晚年。

聽村子裡的長輩說，媽媽在檳榔攤認識了一個跑車的男人，某天，那個架在芒果樹下的檳榔攤大門深鎖。媽媽跟那個男人跑了。很奇怪地，十三歲的劉知君竟然不覺意外，彷彿她早就偷偷地預知了母親的漂泊與浪蕩，這個小村子留不住她。母親走後，知君留在西部海邊的小村子，跟外公外婆一同生活。她很會讀書，又懂事乖巧，但滿腦子都是該怎麼額外賺點錢。

她能做很多事情。農忙時打些小工、到附近認識的工廠打零工賺點非法的零用錢、跟外婆一起撿回收。國中那段沒有母親的日子，雖然炎熱緩慢，但也就平平順順地過去了。有一陣子聽村子裡傳言，說媽媽喜歡的那個男人得病死了。得什麼病不知道，也不知道是不是真的死了。又過陣子，某天早上知君準備出門上學，就見三合院外頭站著一個正在抽菸的女人，腳邊放了一個小小的行李。

那女人有熟悉的美麗五官、染成深紅色的長髮，視線冷冷淡淡往知君身上一放，沒有母女久別重逢的溫度。

那女人假笑著說：「嗨。」

印象中知君沒有笑，也沒有說嗨，只是掉頭回屋內，喊了外公外婆出來看這個失蹤已久的女兒。那時知君國三。之後母親時不時會跟某些男人私奔，有時是自己受不了這窒悶的鄉下地方，獨自出走。來來回回幾次，知君對於母親的出現，再也沒有感覺。

升高中的時候，本就擅長讀書考試的劉知君考了一個比預期還高出許多的分數，在那個鄉下地方的中學裡頭，算是相當令人驚豔的成績。知君本打算到職校半工半讀，但老師為了她的未來，親自到家中說服外公外婆，讓她讀高中，之後去考大學，嘗試做點小鄉村以外的夢想。就這樣，高中以後，知君必須每天早上四點半起床，搭一個半小時左右的交通工具，到市區去讀高中。

高三時，外公外婆相繼過世，母親為了奔喪，又回家了一次。那時母親的面容已有些明顯的歲月痕跡了，但仍風韻猶存。聽說她那陣子在台北跟情人開了間小吃舖，經營得有聲有色，回來時，頗是闊綽地給了知君一點錢，厭棄地告訴她，女孩子也得打扮打扮自己，怎麼長得這麼醜，看起來不像她生的。那天夜裡母親在外婆的靈堂前喝醉痛哭，哭她這一生顛簸不斷，沒有一個男人是真心待她。

披麻帶孝的知君麻木地折著蓮花，看著這連喝醉都像在表演的女人，心裡面突然閃現一個想法，直指她內心最深處的恐懼，自此左右了她未來所有的選擇。

「這輩子絕對不能走上跟她一樣的路」。

夏日的熱浪伴隨著母親反覆離去，銘刻在記憶中，成就歪歪巴巴的裂痕。往後數年，母親的形象就在消失、出現中交替，考上大學後，她再度得到母親的消息。那時母親說想來找她，於是她拿出自己微薄的存款，租了一間尚稱乾淨的小旅館，翹了所有的課，與母親窩在那間壁紙泛黃的旅館中。

多年不見，母親老了許多，但美貌猶存，只是那股咄咄逼人的強勢氣息已經褪去，添了許多猶疑的眼神、遲鈍的思考時間。就在她盤算著如若母親長久住下來該怎麼打點住處時，母親再度消失，數個月後再出現的，是母親偷了她的證件欠下多筆債務的消息。

那時劉知君總算承認，有些人生來就不適合當母親。

而有些人，即使是親人，也沒有緣分。

*

夜裡，劉知君的小套房內。

劉知君掛上電話，低頭在筆記本上劃掉了一個名字。

她決意要在下次的編採會議上，提出書寫姵亭一案報導的意願。在這之前，她必須蒐集到強而有力的資料，以支持自己的論點，最好的狀況是可以取得關鍵性的照片。一旦有照片，要說服他們讓自己寫成新聞，難度就會大幅降低。

她首先需要與目前曝光的幾個人物聯繫，包括傳播公司的王總，以及當時與姵亭一同前去赴會的幾個女孩子。五個女孩子裡面大部分是酒店小姐，有幾個是小模。這幾個人分別屬於不同的經紀公司，有些人彼此之間並不認識。在姵亭命案過後，這幾個女孩子陸續出現在各類媒體平台上，雖然對於整起命案形容的視角不同，口徑倒是一致：在淫趴之前不認識林姵亭、有聽過但不熟。

知君逐一聯繫這些浮上檯面的人。大部分不願意再多說什麼，面對知君進一步約出來採訪的請求也是直接拒絕。知君看著自己的筆記本，三個酒店小姐的名字都已經被劃掉，寫在最上頭的王總，是劉知君逼不得已的目標。知君盯著剩下兩個小模的名字沉思，她不能再浪費掉這兩個機會。可是到底該怎麼問？這件事還在浪頭上，所有人都想著明哲保身，如果沒有熟人居中牽線，記者這身分這麼敏感，根本問不出什麼。知君思考片刻，查詢這兩個小模背後的經紀公司，在網頁迅速跑出的一排資訊當中，看見了一個關鍵字。

其中一個小模 Mina，前經紀公司是曾鬧出債務風波的星翔娛樂，這新聞當初鬧得頗大，因為債務糾紛，星翔娛樂大幅裁減旗下藝人，許多小模就是在那時被迫出走，不知未來就業動向。巧合的是，當初知君就是第一個寫這新聞的記者。她曾經因緣際會認識了星翔內部的模特兒經紀人，那陣子這經紀人為了合約的事，與星翔鬧得很不開心，離職前索性就將這新聞送給知君。

想起這件事，知君當即就撥了通電話，給經紀人 Jimmy。

電話響了許久，那頭總算接起。電話一接通，話筒那頭就爆出音樂巨響。快歌、嘈雜的人聲。

Jimmy 在那頭大喊：「喂？劉知君？幹嘛？」

「嗨 Jimmy，你在夜店啊，能講話嗎？」

那頭一陣笑鬧聲，Jimmy 與旁邊的人說了些話，似乎推擠著人群離開，片刻後，走到比較安靜的地方。他的語氣帶有喝過酒的笑意：「大記者找我幹嘛？」

知君工作起來，聲音會刻意帶著幾分上揚與笑意。她知道 Jimmy 趕著回去玩，也就不拐彎抹角，直接切入主題。「找你問一個人，你知道你們以前星翔有一個小模，叫 Mina 嗎？」

「誰？」Jimmy 語氣誇張地上揚，「哪個 Mina 啊？拜託，妳知道我手下有多少個 Mi—na—嗎？Mina WHO？」

「就是前陣子有參加毒品趴那個啊，你知道的吧。」

那頭 Jimmy 短暫沉默，然後心照不宣地笑起來。「哦，妳要問這個喔，我想一下喔……那個 Mina 是有見過啦，但不是我的小朋友耶。是可以幫妳問一下啦，但是妳知道，人家最近很忙，手頭上有幾個妹妹要推耶。」

知君也笑了笑，「那有什麼問題？把資料給我，我安排，下禮拜來我們公司棚拍。」

八卦週刊有時候為了湊版面，或是受到一些經紀人的委託，就會刊登一些漂亮女生的清涼照。清涼照用途很廣，對某些專職賣肉、其實也沒其他長才的小模、女星來說，是一個增加自己曝光率的機會，上過週刊，有時說不定還能被一些有錢的男人相中，「價碼」自然能水漲船高。對經紀人而言，藝人有曝光的機會當然是最好。Jimmy 語氣聽起來很滿意。「給我五分鐘，等等把消息 line 給妳。」

掛了電話，Jimmy 不愧是知君這幾年合作愉快的線人，不到五分鐘，Jimmy 就來了消息，表示 Mina 人在台北市信義區的某間夜店，要知君一小時內過去，他已經安排好人，直接讓她跟 Mina 碰面談。

＊

一小時後，時間是晚上十二點半。今天是Friday night，這個時間，夜店外還排著長長的人龍，準備驗明證件進到店內玩。知君一身簡便的外出衫，與周遭的人群格格不入。她循著訊息上指示的位置找到Mina。不愧是Jimmy，事情就是安排得乾淨俐落，一頭烏黑長髮、緊身性感洋裝，腳上踩著銀色亮片高跟鞋的Mina，早已經臭著張臉，披件黑色大衣，坐在外頭的花圃旁抽菸。

知君一到，Mina抬起視線看她，滿滿的不信任。知君遞出名片，說：「嗨，我是立週刊的娛樂記者劉知君。」

Mina沒有收，表情不耐。「又要幹嘛？」

知君不在意，順手塞回了自己的名片，直截了當地說：「我要問林姵亭的事。」

Mina的眼神有一瞬間的飄忽。「我都已經對其他記者說過了。我不認識林姵亭，那天就是一起被叫去玩而已。後來她死掉我也不在場。」

兩人所在的位置離夜店門口的人群有一小段距離，聽得見從地下室傳來砰砰作響的音樂聲，以及外頭年輕男女的笑鬧聲，又奇異地靜得能聽見隱隱蟲鳴。知君看了看四周，「附近找個地方坐一坐吧，我請妳吃東西。」

Mina臉色更臭了，她用力吸了口菸。「半夜是要去哪裡坐？不用了。快問完我要回去。」

知君帶著微微的笑容看她，也不在意她態度這麼差，這些年來當記者，什麼臉色沒看過？知君點點頭，隨性在她身邊坐下，拿出隨身攜帶的筆記本開始發問。

「妳能再跟我重新說一次，那天妳幾點到現場、到了之後發生什麼事嗎？」

Mina 呼出口白煙，似在考慮。

知君也不趕她，一邊輕輕晃著筆尖，只若有似無地提醒她一句：「妳現在的經紀人好像是梅姐吧？」

Mina 轉過頭看她，「幹嘛？」

「提醒妳別給梅姐難做人囉。」

Mina 終究還只是個二十出頭的女孩子，對知君說出來的話，有點摸不著頭緒，但又本能地升起警覺心。她沉默片刻，幾輛車呼嘯而過，不遠處有人驚呼聲，不曉得玩些什麼。她緩緩開口：「那天是臨時被 Kevin 叫去的，他們說有少人。」

Kevin 是那場派對的主辦人之一，某上市公司老闆的二兒子。Mina 繼續說：「我比較晚到，就在飯店下面等人帶我上去。林姵亭也晚到，她坐在另一個地方，是後來別人下來接的時候，我才知道她也是要『一起』的。」

「妳們有說話嗎？」

Mina 搖頭。「沒有。好吧，大概有……在電梯裡的時候有問一下她是哪裡的。她說她是朋友介紹來的。」

「哪個朋友？」

「忘了。」她聳聳肩。

「上樓之後呢？」

「一開始我們去到同一個房間，印象中她滿活潑的，很能喝，也會玩。那時候裡面就是很嗨，也不太記得了。但因為隔天有工作，我沒有待太久，很快就走了，監視錄影器都有作證。她後來應該是有進到另外一個房間。」

Mina 抽著菸看知君低頭認真地記錄下方才的對話，又開口：「大概就是這樣，後面的我都不知道。我能走了吧？」

知君用筆尖點了點紙面，思考片刻。在來訪 Mina 之前，她當然已經把 Mina 先前告訴其他記者的說法瀏覽了一次，跟現在說的並無二致。但她知道，每個人都可以說出更多的東西，端看想不想而已。她看著一邊抽菸、明顯坐立難安，想立刻走人的 Mina，路燈的微光映著她完美的妝容與姣好的身材。她緩慢檢視著眼前這個相當漂亮的女孩子：開眼頭、墊鼻子、墊下巴、隆胸，幾乎到處都做了一點維修。腦中晃過這個 Mina 最近做的幾個工作，這行這麼競爭，實在很難出頭。

「那天是梅姐叫妳去的嗎？」

Mina 一愣，神色有些尷尬。「不是梅姐，是另外一個公司的前輩約的。這種東西又拒絕不掉，妳也知道吧。」

「妳提早走不是為了工作吧？」

「我們這種女生被叫去就是去陪玩的，免費的酒喝完不閃要幹嘛？」她透露出劉知君「沒有常識」的表情。「每一場都這麼認真玩，能撐多久啊？」

劉知君點點頭，順著她的話說：「每個人都像妳這種心情嗎？」

Mina 沒反應過來。「什麼心情？」

「能閃就閃。」

Mina 一臉厭惡。「我不知道。」

「那林姵亭呢？為什麼她留在裡面？」

Mina 舉著菸，遲遲沒有放入嘴裡，就這麼靜止了許久，她這麼一瞬間的表情空白，劉知君彷彿能看見某個她不能觸及的回憶片段，重新被召喚到 Mina 眼前。Mina 面色不安。

「……她被灌酒。」

「被灌酒？」

不遠處的夜店門口又有一陣吵鬧聲，知君沒多理會，將注意力全放在 Mina 身上。

「妳是聽不懂嗎？」她聲音微微放大，指責知君的口氣中帶著隱隱焦慮。「我已經說了，我們這種女生，去就是陪玩的，玩鬧一下也就算了，會被硬灌酒的是什麼意思妳是白癡聽不懂啊？」

一陣沉默，劉知君看著她，各種可能在她腦海中閃過。

Mina 深呼吸幾口氣，語氣急促，接著說：「那天我去的時候，其實已經遲到了，所以進去房間裡大家早就很嗨了。妳懂我的意思吧。我看到那個畫面，有點害怕，就說我明天有工作要先走。」

「林姵亭跟妳一樣比較晚進去。難道她不害怕嗎？」

知君問到這個問題，Mina 明顯表情怪異。「她……她有點怪，我其實感覺她那天不是去玩的，我本來以為她是想要認識人，大家都這樣啊，想認識幾個有錢人，所以表現得比較……興奮？」她斟酌片刻字彙，又繼續說：「但後來我覺得不是，她看起來不是來玩的。報導出來後，知道她是記者，就覺得『難怪』。」

知君指尖用力掐著筆桿，要自己冷靜下來，別急別慌。

「妳說姵亭被硬灌酒，為什麼？」

「我怎麼知道？」

劉知君看著自己筆記上書寫得相當潦草凌亂的文字，在眾多線條中，她突然想到了那天翻看姵亭筆記時的狀況。那本筆記本現在還留在她家中，她並沒有將這些資料還給趙小淳。她努力回想筆記本裡的東西，一個當時不斷被重複書寫的人名，閃過她的腦海中。

她裝作若無其事地問：「為什麼 Kelly 沒有去？」

那瞬間，看到 Mina 僵滯的表情，以及慌亂的眼神，知君知道自己問對了。

Mina 此時重新審視劉知君，彷彿終於搞清楚這個記者到底要來問什麼。到這一刻，她的慌亂跟不安都已經抹去，她的神情通透。

「妳不認識 Kelly 吧？妳如果認識她，就不會這樣問了。」

知君沒有答話。

Mina 繼續說：「Kelly 幾年前就嫁進豪門了。她怎麼可能來？」

知君也不假裝。「姵亭有跟妳聊過 Kelly 嗎？」

Mina 將菸捻熄。「在樓下等的時候我們其實有聊天。她告訴我她是 Kelly 的朋友。但這很奇怪，Kelly 早就離開圈子了，而且 Kelly 超恨這種事情。」

「什麼事情？」

Mina 笑了笑，像在說知君明知故問。「賣淫啊。」她的語調輕巧愉快，彷彿吐出來的不是賣淫兩個字。

知君還在斟酌著該怎麼問下去，Mina 已經攏了攏外套起身。

「妳想知道的事，建議妳直接問 Kelly。」

與此同時，夜店門口傳來一陣激烈的爭吵聲，尖叫、怒吼聲隨之而來。有人大喊，說「有人打架」、「流血了」，知君是個記者，反射性起身想去看，回過頭看了看 Mina，Mina 只是挑眉對她笑，聳肩。知君知道自己再不能從她身上問出什麼。

她當即拿起手機，湊到門口看是否能拍到什麼畫面，竟意外看見被抬出來、頭破血流的人，是某個當紅的男歌手。這家夜店本來就是常有明星會來而出了名，見到明星並不意外，但見到一個頭破血流的明星，就很值得喝采了。知君撿到一條新聞，拍了好幾張照片之後回頭，Mina 早就混在人群裡消失。

知君也不介意她跑掉，匆匆利用手機編輯一些文字，將這個男明星在夜店受傷的消息，上傳到娛樂組的訊息群組內。

她蹲在路邊打字，馬路邊人來人往，遠處似乎有救護車鳴笛聲。

突然有閃光燈往她身上喀擦喀擦、閃了好幾下。知君抬起頭，就見眼前的轎車緩緩搖下車窗，裡頭的人舉著相機，一臉落腮鬍。笑起來時，眼角擠出來魚尾紋帶有幾分跟他本人相當違和的純真感。熟識他的人一向這樣形容：又賤又純真。

「嗨，娛樂組的劉知君小姐，好巧哦。」

那是立週刊的狗仔頭，大海。

第三章

編採會議上。

副總羅彩涵坐在主位，採訪主任黃慈方坐在她旁邊的位子，幾個娛樂組的記者依序入座。知君剛坐下，就見大海走了進來，穿著 T-shirt、牛仔褲、破舊夾克，頭髮凌亂，下巴點點的落腮鬍，身上還帶著一些檳榔味和菸味，每次當這個狗仔的頭頭走進會議室，記者們總會反射性地皺眉。

大海朝知君眨眨眼，知君沒有回應。

劉知君一直覺得大海這個人怪怪的，應該說，幾乎所有的記者都有同感。雖然並非什麼壞人，但瘋瘋癲癲，不按常理出牌，講的話跟做的事，常常讓人尷尬地接不下去。他本人是不太在意，看見別人尷尬，他反倒像樂得開心。

那天晚上在夜店外見到他，知君內心當即起了「在外面遇到熟人但想假裝不認識」的念頭，只是大海就拿著相機對她拍，她也躲不開，只得乾笑著打招呼。

「海哥。」

大海還是將相機鏡頭對著她，透過鏡頭跟她對話。「劉記者，妳也來夜店玩呀？」

知君低頭比了比自己一身的便服，怎麼也不像是來玩的。大海驚訝道：「妳怎麼穿這樣來夜店？」

「海哥，我是來工作的。你來蹲誰啊？」

「看有誰我就蹲誰囉。」大海趴在車窗上，遠眺夜店外一片混亂。救護車此時已經到了，不多時，載了人之後又響著嗚笛聲離開。

知君往他車內看去，裡頭只有大海一個人，沒有其他狗仔。

「看起來好戲結束了。」大海總算放下相機，朝身邊摸了摸，摸到一頂鴨舌帽戴上。「我要去其他地方蹲一蹲，妳要來嗎？」

知君很乾脆地搖頭，大海笑瞇瞇地說了句「我想也是。」就發動引擎，踩著油門離開。看他離開的方向，分明去跟剛剛那台遠去的救護車。

此時會議室裡，知君閃避大海的視線，幸好羅彩涵先一步營救了知君。

「大海，你有洗澡嗎？」

大海一隻手撐著臉，總是一副笑意。「有啊。」

「什麼時候洗的？」

大海側頭想了想，「前天吧。」

會議室裡，記者們此起彼落地數落他噁心，大海也不介意，又朝知君眨眨眼。知君覺得莫名其妙，再閃避目光。

幸好此時記者都進來得差不多，會議很快開始。每週兩次的編採會議主要是討論這週記者們手上有的題目，一個記者一次得報三條，再從中篩選可以發展的新聞。發言順序就是照著座位輪替。知君準備提姵亭的這個報導，之前才被羅彩涵拒絕過，自然知道今天也是場硬仗，心裡七上八下。

娛樂組前陣子經歷人事異動，不包含狗仔隊在內，原本加上過世的姵亭共有十個記者，姵亭走了之後，公司不適合在這時候徵人，緊急調了隔壁社會組的資深記者老蔡來協助。老蔡是個典型的好人，表現得忠厚老實，總是笑笑的，工作起來中規中矩，但不笨，懂得察言觀色，什麼壞事都繞不到他身上去。此時人心浮動，暫時來娛樂組走一走，也算穩定人心。他總是一臉福態地笑著說：「我只是來觀光的，不用管我。」

老蔡進來以前，Gary 是娛樂組裡萬花中的一點綠，長得斯文乾淨，平常不太說話，看起來溫和有禮，但充滿距離感，對誰都客氣，也跟誰都不熟。這是他在辦公室裡的處世哲學。雖然戒心重，卻也不是什麼壞人。

除此之外，雪倫跟知君、姵亭是同期進公司。雪倫是那種一站出去大家都會稱讚「美女記者」型的人，天然美女從小被讚美慣了，接受起稱讚來，一點都不顯尷尬，還很自然大方。工作表現普普通通，但向上經營很有一套，平常不見她多跑什麼新聞，大部分時間在聊韓劇跟她的「愛豆」，正好羅彩涵對這些事情也很熱衷，兩人關係不錯，雪倫又動不動去哪裡玩就送禮物給同事主管們，算是把心力都花在經營人際關係上頭的記者。

正輪到知君身邊的雪倫報題目。

雪倫報的通常都不算是什麼新聞，卻很少捱罵，新聞還總能排上版面，這就是她最厲害的地方。此時她正在報告這週的題目，內容是聽說某女星又跟哪個導演在一起。這件事其實不新鮮，早在業內傳了個遍，況且那女星也已過氣，一聽就是拿來湊數的新聞。

羅彩涵翻著白眼：「這女的到底一年要跟幾個人睡啊？」但也沒說這新聞不好，讓雪倫接著說下一條。

雪倫攏攏頭髮，懶懶地繼續說：「那個梁恩恩呀……」

「誰——？」羅彩涵拉長尾音，一臉不可置信。「誰呀？」

雪倫也不在意羅彩涵這反應，娃娃臉上堆滿無辜的神色。「梁恩恩呀。」

另一個記者小孟幫著解釋：「那個玉女紅星啦。」

小孟近半年才應聘進娛樂組，她年紀其實大了知君她們幾歲，但不知道為什麼特別天真單純，心直口快，對新聞沒什麼 sense，倒是做事勤快，也頗有業界資歷。只能說是個新聞公務員，偶爾會做錯事。當初到底是怎麼被聘進來的，始終是個謎。

羅彩涵更正：「是四十年前的玉女紅星。六十歲的老玉女！除非她懷孕還拍到她羊水破了，不然當什麼新聞呀？」

會議室一陣悶笑。羅彩涵說話毒歸毒，但充滿了娛樂組的特質，只要別罵到自己頭上來，許多人都特別愛聽她說這些話。

雪倫還是那副雷打不動的懶散模樣，繼續說：「是她老公外遇囉。」

梁恩恩一生也算是情路坎坷，十幾歲大紅特紅後，一路遇到了一些爛男人，到了三十幾歲的年紀，總算嫁給一個政壇二代，自此結束了在演藝圈的生涯，專心當起政治人物身邊嫻淑的妻子。說來這對夫妻也非常會經營形象，當初的政壇後起之秀，迅速地累積資歷，二十幾年後的今日已是黨內說話擲地有聲的人物，最難能可貴的是，男方形象清新，與梁恩恩鶼鰈情深，每逢選舉，這對夫妻只要牽著手往台上一站，「我的家庭真可愛」的正面形象，就能帶來不少選票。

雪倫這話一出，會議室內的驚呼此起彼落，大家都來了興趣。

「對象是誰？」

「好像是一個空姐。」雪倫慢吞吞地說。「而且你們猜是誰跟我說的。」

「誰？」

雪倫神祕地笑：「就梁恩恩本人囉。」

「哇——」

這話說出來就充滿遐想了，看來是個大房跟小三的戰爭，難得雪倫能講出這麼個上檯面的新聞，甚至可能是今天最值得做的話題，會議室的氣氛活絡許多。羅彩涵拍板定案：「等一下再回來討論妳。劉知君，妳呢？」

話題總算是輪到了劉知君頭上。原本知君都算好了，雪倫報不了什麼有意思的題目，跟在她後面報題風險比較小，沒想到今天突然來這齣，令她有點頭痛。她故作鎮定，看了看自己的筆記本，一題一題講：「Andy的兩億簽約金聽說是假的。」

劉知君這個題目也引起不小的驚呼。

小孟連連拍桌。「難怪，我就說他哪裡還有兩億的價值啊？妳看吧？」她不只高聲說，還拍了拍雪倫，爭取認同。「我昨天就跟妳說一定不是兩億啦，Andy 前陣子醜聞鬧這麼大，瘋了才給兩億喔！」

小天王 Andy 憑藉著混血的帥氣外表跟歌唱實力，十年前方在歌壇上嶄露頭角，就火速竄紅，成了獨據一方的小天王。小天王有個從發跡前就在身邊的女友，粉絲們頗吃他癡情忠心又老實的路數，沒想到一年多前爆出小三事件，Andy 將小三扶正後，又傳出當初正宮交往期間曾為了 Andy 兩度墮胎等事，為了躲避風波，Andy 神隱了半年才又出現。近日 Andy 大動作地與某知名經紀公司簽約，簽約金高達兩億元，媒體一陣譁然，都說 Andy 準備好捲土重來。

羅彩涵聽了一臉嘲諷。「說不定製作費都是他媽給的吧？這個媽寶天王也不是一天兩天的事了。」

劉知君一向是資優生，報的題目通常沒有混水摸魚的成分，這條關於 Andy 的題目顯然羅彩涵沒有什麼意見，揮揮手讓知君接著說下幾條。

報稿的時候，知君習慣環顧四周，對上會議室內每個人的視線。黃慈方開會時非到必要絕不開口，這是她跟羅彩涵相處的哲學。羅姐特別討厭黃慈方搶她的風頭。此時知君看了一圈，對上黃慈方視線，卻發現黃慈方看著她的眼神有點古怪，似乎想說些什麼。

知君奇怪地又看一眼黃慈方，但此時黃慈方已挪開視線，翻看著自己的筆記本。知君繼續念著自己接下來的題目。

劉知君稍作停頓，暗自深呼吸幾口氣，方才緩緩開口。

「我想要做姵亭的新聞。」

知君此話一出，立刻引來所有人的注意。跟剛剛雪倫報題時，熱鬧八卦的氣氛全然不同，此時空氣凝結，每個人我看你你看我，等著看羅彩涵怎麼說。

知君看向每個人，黃慈方此時也看向她，眼神仍如方才般古怪，但表情並不意外，像早知道她會如此堅持。

羅彩涵臉色就比較難看了，但她按捺著沒有發飆。

「妳訪了誰？」

「我去訪了幾個模特兒，他們說姵亭前陣子確實很常跟他們接觸，問了許多關於模特兒賣淫的事情。我有錄音。」

羅彩涵諷刺地說：「哇大記者耶，跟那些整型妹很熟嘛？真的那麼熟，之前林姵亭去賣的時候，怎麼沒先跟妳通風報信啊？」

知君頓時說不下去。

「姵亭沒有去賣。」

「妳怎麼知道？」羅彩涵冷笑地看她，她輕聲細語，語調卻犀利惡毒。「她沒賣，那會不會去當雞頭？我就這樣問妳啦劉知君。」

她指甲在桌面上敲了敲，眼神裡可以說是充滿憐憫式的嘲笑。羅彩涵輕聲問：「妳告訴我哪個妹沒在賣、不想賣？不要假清高啊，妳既然跟這群跑趴妹這麼熟，應該不會不知道吧？」

會議室內一片沉默。

羅彩涵說話刻薄，有時為了新聞的話題性，甚至能親自把記者推下火坑。記者寫什麼新聞會被告，她根本毫不在乎，對她來說，新聞能炒出成績才是重點，這也是她對記者的要求高到近乎苛刻的原因。羅彩涵極端的性格讓她就喜歡這種當 drama queen 的生活，平淡的日子無聊死了，每天講話挖苦跟踩踏下屬，才是她的日常消遣。

此時見劉知君閉嘴不說話，羅彩涵感到大獲全勝，心情很好。她趁勝追擊：「就算她是去放蛇，沒憑沒據妳只想造神？把林姵亭塑造成新聞界的救世主嗎？誰想看啊？讀者只想看八卦！」她聲音越來越大：「如果妳找到證據告訴我她到底在查什麼、揭發誰、要弄倒誰，有話題性，那ＯＫ啊？沒有證據就想編故事，劉知君妳的記者素質在哪裡？」

知君一直沒說話，此時忍不住反駁。「那我就去找出真相。」

羅彩涵沒想到她竟然還頂嘴。「找個屁啊！妳要怎麼找？妳也去賣嗎？」

「我也不是第一天當記者，我會自己想辦法。」

此話一出，其他記者們紛紛打圓場，一邊安撫知君，一邊更要安撫羅彩涵。「好了好了，知君妳不要說了。」

黃慈方出面緩頰。「知君，羅姐也是為妳好。這件事再想一想吧。」

其他人見知君氣得說不出話來，紛紛安慰她，要她別想太多，過陣子再說吧，現在事情還沒落幕，不要輕易捲入這渾水裡頭。雪倫伸手拍了拍她，一頭及腰長捲髮又有張娃娃臉的她，說話輕聲輕氣，整個人從頭到腳，就像是童話書裡走出來的公主。

「好啦知君，妳別難過了，梁恩恩那則新聞給妳寫，這樣好嗎？」

*

出了會議室，大家三三兩兩地回到座位上。組內的習慣是會議過後，記者們就各自去跑新聞。此時大家都準備離開。老蔡年紀比較大，走向前安慰知君兩句：「羅姐那樣講妳不要想太多，她本來嘴巴就那樣。」

小孟插話：「就哪樣？」

老蔡傻笑。「講話比較直接，但不是真的在罵妳。真的啦，不用在意。」

知道老蔡用心，知君點頭。「我知道，老蔡哥，謝謝。」

傻天真的小孟這會還沒停下。「我是覺得羅姐講的不是沒道理啊，妳怎麼知道林姵亭不是真的去賣？結果查一查，還真的在賣，那就好笑了。」

老蔡無言地看著小孟。

小孟仍一臉狀況外，詢問：「怎麼了？」

老蔡搖頭嘆氣離開。

雪倫一派善解人意地說：「小孟，小心隔牆有耳哦，不然害到知君就不好了。」她笑瞇瞇地看著知君：「對不對，知君？」

雪倫講的話有時讓人分不清她什麼意思。以前姵亭在的時候，很擅長應付這樣冷熱不定的雪倫，現在姵亭走了，知君根本不知道自己該回答什麼才好，乾脆就不回應。

稍晚，辦公室的記者一個接著一個走了，劉知君反覆打開簡訊跟信箱查看。她其實正在等一通電話，這個受訪者她從幾天前就一直試圖聯繫，但對方始終沒有回音。還猶豫著是否要再打電話詢問，剛剛還待在羅彩涵辦公室裡說話的黃慈方正要回到座位上。

見知君還在，黃慈方當她還為剛剛的事心情不好。此時見身邊也沒人，她低聲試探：「知君，還好嗎？」

「我早就知道會被罵了，沒事的。」她朝黃慈方露出放心的表情。

黃慈方點頭，「那就好。」她沉默片刻，嘆氣道：「羅姐這次是真的罵得有點過分了。」

辦公室裡沒什麼人，兩人就地輕聲交談。

「她本來就那樣，我也習慣了。」

黃慈方斟酌著怎麼開口：「姵亭的事情，妳已經確定了嗎？」

說起這個，知君猶豫片刻。她實際上證據並不多，頂多就是林姵亭的筆記本，以及那天從 Mina 那裡得到的隻字片語。但她對黃慈方一向是知無不言，觀察黃慈方的樣子，也不像是要責罵或是評斷她。

知君拼拼湊湊，把近期的一些事情跟她說了。

知君亮出手機，上頭有她翻拍姵亭筆記本的照片。「我就是看到這個。」

黃慈方將畫面放大，細細看著上頭寫的文字。思考片刻，她習慣性地用主管下指令的語氣給建議：

「妳去問問看她媽媽，姵亭之前有沒有跟她說什麼，或是她電腦裡有沒有留什麼稿子。然後找一些妹，跟這件事毫無關連也沒關係，問她們知道什麼。講得出東西的，就帶來棚拍，給她們一點甜頭。」

黃慈方這麼說，就是相信她的意思了，也是認可了她的想法。

知君鬆了口氣，「謝謝妳，慈方姐。」

「不要說謝。但是……」黃慈方拍拍她肩膀，朝羅彩涵辦公桌的位置看去一眼。「羅姐畢竟是我的長官，我只能盡力幫妳，妳應該明白。」

她點頭：「我知道。」

「那就好。走吧，去吃飯嗎？」

知君正要答好，眼角餘光瞄到收到一封新信件的畫面。

信中寥寥一句話，讓知君立刻將差點脫口的那個「好」字吞回肚內。

「今天下午兩點半見面。Kelly」訊息中這樣寫著。

*

陽明山下某間隱蔽的咖啡廳內。

劉知君正在等 Kelly。

這幾天以來，她一直試圖與 Kelly 聯繫。她親自撥打 Kelly 的電話、拜託她過去的經紀人或是同事代她聯絡，但嫁入豪門之後的 Kelly 就像遁入陽明山豪宅中的雲霧一樣，與過往一切斷得一乾二淨。

劉知君不清楚是什麼樣的恩怨，讓 Kelly 這麼急於逃離過去，又或者現在的低調生活僅是回應夫家對豪門媳婦的期待而已。這期間，她嘗試過各種方法聯絡 Kelly，都沒能獲得回音，而編採會議在即，這逼得知君不得不先以手頭有限的資料，大膽提報自己的題目，但她內心很清楚，一旦她未能補足 Kelly 這塊缺失的拼圖，這篇報導要成功就有相當的難度。

現年二十五歲的 Kelly，本名吳瑜莉，擁有一張精緻臉龐與修長四肢的她，早在高中時就是網拍愛用的試穿 model，平常也兼職外拍及 SG 的工作。上大學後，簽給了知名模特兒公司寶星娛樂。Kelly 的運氣不錯，是個相當有人緣的模特兒，很討廠商喜歡，工作邀約一個接著一個，前景看好，一度成了媒體寵兒，很快轉型成通告藝人，也累積了不少的粉絲。大一結束後，Kelly 就辦理了休學，全力衝刺事業，取得偶像劇的出演機會，成了綜藝、戲劇雙棲、人氣正旺的藝人。

但奇怪的是，可望登上高峰的她，那一年在媒體及工作上的曝光聲量卻急遽地減少，甚至近趨於零。

直到又過了半年，才逐漸看見她的回歸，但她的回歸也沒有持續多久，兩年後，也就是她二十四歲的時候，嫁給了在東南亞經營食品產業的富二代。自此，就如 Mina 所說，Kelly 與原本的經紀公司解約，專心當人妻，淡出了娛樂圈。Kelly 的演藝生涯前前後後大約五年的時間，除了頭兩年聲勢看漲之外，之後的幾年起起落落，最後嫁入豪門，對這一行的小模特兒來說，也算是個抬頭挺胸、完美落幕的退場。

只是Kelly休學的那一年究竟發生了什麼事情，就如同監視錄影器畫面被洗掉一樣一片空白，無論劉知君如何向人探問，都問不出一點蛛絲馬跡；而到底為什麼Kelly會在神隱多日後，主動要求與知君聯繫，她也沒有頭緒。腦中轉著越多的想法，就越是心煩意亂，就在此時，戴著遮住半張臉墨鏡的Kelly在她面前坐了下來，知君這才回過神來。

「吳小姐。」

Kelly身著一件剪裁俐落的黑色長洋裝，烏黑的長髮簡單地束在頸後，一件滑面的絲綢大披巾點綴這件洋裝，手上拿著名貴包包，現在的Kelly，少了當藝人時期豔麗過人的鋒芒，顯得素靜許多，但身上的行頭，仍難掩她已成豪門太太的華貴姿態。知君的視線忍不住落在她的肚子上，明顯高高隆起的肚子，讓Kelly的坐姿有些不自在，挪動了許多次，才找到比較舒服的坐姿。

Kelly拔下墨鏡，表情厭煩，清澈的褐色眼珠直視著知君。

「我先問妳一個問題。」

對於Kelly的先發制人，知君有片刻詫異，但沒有拒絕。

「妳為什麼會找到我？」Kelly問。

這句話就比較耐人尋味了。Kelly的憤怒反而讓原本相當緊張的知君放鬆下來。

「我是從姵亭的筆記本裡看見妳的名字。」她說。「妳放心，妳沒有被捲入麻煩當中。妳很安全。」劉知君說。

知君直接回答了Kelly沒問出口、卻最核心的問題，果然，她一這麼說，Kelly眼睛睜了睜，臉上有半信半疑的神態，但一開始緊緊壓抑著的憤怒似乎消散了些。

知君請她稍待，闔起桌面上的筆電、一切看起來像在辦公的事物，僅留下一本筆記本與一支筆，再替她點了杯孕婦適合的花茶。

Kelly 遲疑地問：「她寫了些什麼？」

「她只寫了幾次妳的名字，其他的什麼也沒寫。」

Kelly 沉默片刻，仍在消化這些資訊。

「那妳為什麼想見我？」

「根據我現有的線索，姵亭生前似乎在追查模特兒賣淫的案件。她為了這件事曾經訪問過妳是嗎？」

「訪問？」Kelly 涼涼地笑了笑，不否認也不承認。「可以這樣說吧。」

「當時妳們聊了些什麼？」

Kelly 倒是很乾脆地說了：「她有這個需求，我就介紹了一些妹妹給她認識。」

「包括 Mina ？」

Kelly 一愣，隨即扯扯嘴角。「沒有。」她低頭喝了口花茶，眉頭微蹙，似在思索什麼，等她把茶杯輕輕放下，方才又說：「我實話跟妳說，我這次約妳見面是想告訴妳，妳也看得出來我已經有自己的新生活，不想再管那邊的事。妳想寫什麼報導我不在乎，妳這次問完話就放過我吧。」

在來之前，知君早就有心理準備 Kelly 不會知無不答，無論她懷藏著什麼祕密，即使願意開口透露，也絕對不可能暢所欲言。因此眼前這狀況知君並不急著灰心，只是看著她臉上細微的表情變化，琢磨著自己到底該怎麼問，才能夠突破 Kelly 設下的屏障。

採訪有時候像交心，有時候像在辦案，交心不易，辦案更不簡單。有些人喜歡循序漸進、溫水煮青蛙的問法，有些人則需要踩她痛處，然後一槍斃命。

筆尖下意識地在紙本上畫了些無意義的線條，知君沉吟片刻，再度開口：「那我也實話實說，吳小姐，妳退隱這麼久，林姵亭卻選擇去訪問妳，真的是滿奇怪的。難道沒有什麼契機嗎？」

Kelly 沒有回答。

知君追問：「吳小姐？」

Kelly 深呼吸一口氣。

「她說她要做一件很好的事，這篇報導寫出來，很多人都會感謝她。」

Kelly 一頓，表情轉為隱忍。

「但我告訴她，她的報導會害死人。」

*

傾盆大雨。知君的小套房內。

窗戶鎖不住雨聲，坐在窗前，暴雨聲不斷撞擊著耳膜。

劉知君面前散滿了寫著凌亂筆跡的草稿，電腦螢幕上的字跡刪刪寫寫，卻始終只有那幾行。今天下午的事情交錯出現在她腦海中，混成一團。偶爾是 Kelly 姣好的臉龐，又會突然換成趙小淳回過頭看她、淒淒切切的模樣，繼而換回 Kelly 說過的話，在她腦袋中不斷重複播放。

根據 Kelly 的說法，兩個月前，姵亭確實找過她一次。自從結婚之後，Kelly 已經很少與外界聯絡，因為夫家相當傳統的緣故，婆婆非常不喜歡她與過去當模特兒時的朋友們聯絡，久之，Kelly 的生活圈變得極小，小到只剩下自己。所以，當姵亭突然找上她時，Kelly 一度相當困惑，但猶豫幾天後，仍決定赴姵亭的約。

那是一個跟今天差不多的午後，氣溫比現在要來得低一些，她們約在同一間咖啡廳，但與現在不同的角落。透過 Kelly 的描述，知君彷彿可以看見同一時間內，在這間咖啡廳的另一角，姵亭裹著她那件棗紅色的大衣，與 Kelly 面對面，彎著眼睛笑。兩人寒暄，講些近況。只是，當時兩人究竟談了些什麼，Kelly 終是不願透露，只正面承認了林姵亭確實是因為想要寫娛樂圈性醜聞而來，請 Kelly 介紹一些後輩模特兒給她認識，但對於知君其他的提問，皆以自己已有新生活為由，不願多談。

知君的筆記本上，寥寥紀錄著 Kelly 的話。

「賣淫這件事，有些人沒做、有些人有做，有人很樂意但有人被逼著做。」Kelly 每個字都飽含著質問：「我問妳劉小姐，如果今天不是死了一個林姵亭，妳會在意嗎？這個圈子內的每個女孩子身上都有價格。我問妳，妳真的在意嗎？」

Kelly 說的其實是血淋淋的真話。

劉知君必須承認，別說圈內人，連普羅大眾心裡面都隱約明白著娛樂圈的潛規則，但事不關己的時候，到底誰在意？身為一個娛樂記者，誰用身體上了位，本就是圈內茶餘飯後的聊天話題，不算勁爆，更對「那些女人」起不了同情。

如果不是死了一個林姵亭，「那些女人」的形象，又怎麼會在她心裡逐漸有了鮮明的輪廓？

那些女人到底是誰，姵亭生前到底走了什麼樣的路徑，採訪了哪些人？她最後遇害，到底是一場無心之過，或是全盤計畫好的謀殺？

如果確實是一場謀殺，那麼林姵亭是否觸碰到某些事的核心、甚至是挖出了不該被報導出來的人，才會遭此下場？

林姵亭的死會不會根本就是蓄意謀殺？

如果這是一場謀殺，她又應當怎麼辦？

頂樓加蓋的小套房天花板上，傳來沉重的雨水震動聲。知君面前彷彿也生出一層厚重雨幕，劃開生死，林姵亭在另一邊幽幽望著她。

*

早晨的空氣還帶著些微水氣。

趙小淳在薄薄的晨光中出門。她左手提著自備的菜籃，右手背著隨身物品。一如往常，六、七點左右，是趙小淳準備出門買菜購物的時間。

她所發現的第一件怪異的事，是她擺在鐵捲門旁的盆栽倒了好多個。

趙小淳不以為意，拉起鐵捲門、出門，反身降下鐵捲門。

喀拉喀拉緩緩降下來的鐵捲門上，一截一截地露出上頭熱騰騰的血紅色噴漆。

趙小淳目睹這一切，直到鮮紅的字體完全充塞她的視線。

「破麻記者林姵亭」

「下地獄」

鐵捲門貼至地面，在清晨靜謐的小巷中，發出不容忽視的低沉悶撞聲。

＊

知君抬頭看著眼前的一片狼藉。

被擠在死巷盡頭的老舊公寓門口，斑駁的鐵捲門上潑有刺眼的紅漆。「破麻」兩個字大大塞滿眼中，一旁精心布置的小花盆也東倒西歪，泥土破出盆身，四散一地，細碎的枝芽綠葉上點點紅漬。

知君趕到的時候，就見趙小淳一臉茫然地坐在路邊，臉上沒有悲喜，靜靜地就像在看與自己無關的風景，倒是臉上的淚痕跟狼狽，透露出她剛剛情緒崩潰的痕跡。

她回過頭看著知君，臉上又是熟悉的歉意。

「知君，不好意思，把妳叫來……」

她搖搖晃晃地要起身，知君趕緊上前攙扶她。「阿姨，妳還好嗎？沒有受傷吧？」

趙小淳面色蒼白地搖搖頭。「我沒事。」

知君看著這一片紅漆，內心也有些懵。

「我先幫妳報警。」

趙小淳按住她拿出手機的手，看來極度疲倦。「知君，對不起，妳可以先幫我把那邊的東西拿走嗎？我真的，我現在真的沒辦法。」

順著她所指的方向仔細一看，知君這才發現鐵捲門下有破碎的紙張。她遲疑地起身前去收拾。即使先做好了心理準備，拾起紙張時，她內心仍是一驚。

一張張被撕碎的白紙上頭，印的是林姵亭與趙小淳溫馨的合照。一張張複製貼上、並排排列的合照上，都被紅漆劃過，依稀可看出是鐵捲門上字樣殘留的筆畫。

知君輕輕地放下破碎的紙張，回過頭問趙小淳：「阿姨，妳有看見是誰嗎？」

趙小淳搖頭，仍是面色恍惚。

知君深呼吸一口氣，突然後退幾步，舉起相機開始對著這副慘狀拍照。

趙小淳困惑地看著她。

知君一邊拍，一邊低頭檢視。「妳放心，我會幫妳報案，調監視錄影器看是誰做的。」她將那幾張紙攤開鋪平，仔仔細細地翻拍。

趙小淳沒有答應，也沒有反對，她只是提了口氣，上前審視這片混亂。

「姵亭到底做了什麼？」
她聲音很輕，正忙著蒐證的知君沒聽見，倒是突然想起什麼，提醒趙小淳：「阿姨，這幾天不要回家吧，有親戚家可以借住嗎？」
趙小淳回過神，面色憂慮：「不用了。」她緩緩往屋內走，回過頭，對著知君拉出相當勉強的微笑。
「姵亭會找不到我。」
知君看著她蒼白單薄的背影，內心突然有一股很深的涼意。
她怕趙小淳一時想不開，就跟著姵亭一起走了。

*

本來今天下午約好了要訪問梁恩恩，但早上接到來自趙小淳的電話，知君就知道出大事了。趙小淳不是沒事會麻煩別人的類型，電話那頭的她聲音又顫抖又害怕，即使知道時間緊迫，知君還是先到趙小淳那裡去了一趟，結束之後，又馬不停蹄地要趕去見梁恩恩。沒想到還沒踏進捷運站，就先接到了來自梁恩恩的電話。
梁恩恩推翻了自己先前說的任何爆料。
「什麼叫不能寫？」

羅彩涵辦公室裡，尖銳的質問聲傳了出來，辦公室外的記者們肩頭一瑟，知道羅姐又要開罵了。這次開罵的苦主是劉知君。眾人不免感慨她最近真是流年不利，什麼衰事都落到她頭上來。

劉知君也很無奈。她站在羅彩涵面前，頂住壓力回答：「梁恩恩說寫了就要告我們。」

羅彩涵一臉不可置信。「為什麼？」

劉知君也很想知道為什麼。

自從前幾天雪倫把梁恩恩的新聞「讓」給她之後，她一方面要處理自己的事情，一方面也開始聯絡梁恩恩，試圖與她約訪。但梁恩恩態度很奇怪，虛與委蛇，一下說好、一下又不好，反反覆覆，極為古怪。

「她說她不承認自己有爆料過老公外遇的事。」

羅彩涵定定地看著她，眉頭糾結，彷彿聽到最離奇的事。

「叫雪倫進來。」

片刻，雪倫進到辦公室，拿眼神偷瞄兩人。「羅姐，怎麼了嗎？」

羅彩涵指著劉知君。「劉知君說梁恩恩不承認爆料，妳當初怎麼問的？」

雪倫瞪著眼，一臉驚訝。「怎麼可能？她那時候打電話來，確實是說要爆料啊。」她無辜地說：「連那個小三空姐叫什麼名字都說了，有可能會騙人嗎？」

「沒有那個人。」知君無奈地補充。「我問過航空公司，那個空姐早就辭職了，現在人根本不知道在哪裡。」

「不知道在哪？」羅彩涵越聽越氣，又無從發洩，只好指著知君罵：「新聞就擺在妳面前給妳撿現成，妳也能追丟？」

知君試圖辯駁：「羅姐，梁恩恩突然要反悔我也……」

羅彩涵見她還敢頂嘴，氣得拍桌。「妳是第一天做記者是不是？爆料人反悔妳不會想辦法說服嗎？妳的嘴巴是生來幹什麼用的？空姐是辭職還是人間蒸發啊？妳連拿到她一張照片都做不到？這種最基本的採訪技巧還要我教妳？」

雪倫縮著脖子，雙手背在身後，侷促地緩頰：「羅姐，可能真的是我沒問清楚……」

羅彩涵沒理她，直直地瞪著知君。

「妳最近到底都把心思放在哪裡？」

雪倫垂著視線，裝乖沒說話。

羅彩涵隨手從一旁的文件中，抽出兩份稿件。「交上來的稿子，要不要我念給妳聽啊？」她輕聲細語地問：「反正妳們慈方姐愛裝好人，就得我來罵是吧？」

見知君不說話。羅彩涵朝雪倫揮了揮：「去把黃慈方叫進來。」

「不用了羅姐。」知君突然開口。為了姵亭的事，她工作表現失常，確實無話可說。知君深深地埋下腰道歉：「我知道是我的錯，我會改進，對不起羅姐。」

看她態度誠懇，羅彩涵原本揚在半空中讓雪倫出去找人的手，緩緩放了下來。

她看著眼前深深埋著腦袋道歉的知君，意味深長地說：「妳自己好好想想吧。我以為妳不像有些記者，只是來瞎寫混飯吃而已。」

「選舉要到了。」

*

聽了知君一番話，黃慈方清清淡淡地說。

她此時跟知君站在一樓大廳的騎樓底下。黃慈方一邊抽菸，一邊評論這整件事。黃水清就是梁恩恩的丈夫，現任立委，在黨內頗有聲望，無論年底是否角逐市長一位，想必都是這次黨內競選團隊的要角。

她這樣一說，劉知君立刻一臉了悟。

「他出來選嗎？」知君試探地問。

「不管是不是他，」黃慈方側頭朝知君投以意味深長的微笑。「梁恩恩應該都被約談過了吧。」

知君陷入沉默，難怪梁恩恩會突然改變主意。

「那個小三大約也是給收拾掉了。」黃慈方點掉菸灰。「說起來這件事也不是妳的錯，梁恩恩現在大概很急。她把這件事告訴雪倫，現在後悔死了。要是妳這個新聞真的做下去，梁恩恩不會放過妳。我看先到這裡打住也是件好事。她不是什麼聰明人，但狗急會跳牆。」

知君試探地問：「那這件事……」

黃慈方呼出口白煙，一邊擺擺手。「我會幫妳跟羅姐說。她應該只是想罵妳而已。」

知君點頭，兩人都沒說話。知君腦中左思右想，還是決定掏出手機。「慈方姐，我今天早上去了姵亭家。」

「嗯？」

點開相簿，知君亮出螢幕畫面，讓黃慈方好好看清楚今天早上的滿目瘡痍。

黃慈方愣了愣，片刻才接過手機，仔細看著這幾張照片。

紅色的字體非常顯目，跟鮮血一樣被塗抹在牆壁、鐵捲門上。不堪入目的文字。根本不該被稱做文字的文字。這是赤裸裸的威脅。

「……妳怎麼現在才說？」

「我晚一點還會去看姵亭她媽媽。」

黃慈方盯著這些照片看良久，才嘆了口氣。

「我知道了。」

＊

朝趙小淳家潑漆的嫌犯很快就被找到。一群年輕人，在網路上看到了姵亭的新聞，不分青紅皂白地想胡幹一場，根本不知道自己在做什麼，也沒想過竟然會被找到。警局裡，趙小淳站在一群男孩面前，一句話都說不出口。她不知道自己該說什麼，只是愣愣地站在那裡，不斷朝警員道謝。

「對不起，給你們添麻煩，真的謝謝。」

知君趕到時，看到的就是這副情景。

「真的謝謝。」

警員給她道謝到有點不好意思，又覺得無奈。

「不會啦，妳女兒……唉。妳也是辛苦了。」

趙小淳神色頓了頓，又朝警員鞠躬點頭。「謝謝警官。」

警局泛青的日光燈把趙小淳的背影拖得很狹小，像是一道細細裂開的縫，蠶食鯨吞地把趙小淳嬌小瘦弱的背影，吃進那道裂縫當中。她盡量把自己縮小再縮小，縮到變成紙屑，沒有任何情緒。

看著趙小淳不斷鞠躬道謝又道歉的樣子，劉知君覺得胸口被情緒壓著，喘不過氣來。她綿長地吁出一口氣，希望在趙小淳回過頭看見自己時，至少神情泰若自然。

夜裡的小巷。知君陪在趙小淳身邊，一步一步慢慢走。趙小淳早年腰受過傷，年紀大了就影響到膝蓋。以前是雨天就痛，現在連不下雨也痛。如果繼續這樣痛下去，趙小淳想或許得開刀，但做這事沒什麼意思和動力。開刀前是一個人，開刀後還是一個人。

趙小淳出神地走著。那幾個男孩子她不想追究，畢竟追究了也沒有用，小孩子連自己在做些什麼都不曉得。

「知君，姵亭頭七的時候……如果有空就一起來吧。」趙小淳突然說。

知君點頭答應。「阿姨，妳放心，我一定會過去。」

趙小淳揚起嘴唇，好像要笑，又沒有興致跟力氣地垂下嘴角。

她自嘲地說：「送走姵亭，我就不知道該做什麼了。」

「阿姨妳別想太多，到時我會來幫妳。」知君安慰她。

趙小淳勉力笑一笑。

兩人又走了一段路，趙小淳始終有些心神不寧，每一座行經的路燈都映出她心中巨大的陰影跟痛楚。她眼前不斷閃過今早踏出家門時看到的畫面。女兒的名字，仇恨的字眼，女兒的照片。她那個女兒啊，非常叛逆，很皮，從小就很難帶，但是非常勇敢。小時候，前夫喝了酒就打人，後來連不喝酒也打人，姵亭才七、八歲年紀而已，就已經會抱住她、保護她。

趙小淳實際上是一個非常軟弱的女人，在她根深蒂固的觀念裡面，女人是依附著男人生活的。但那一刻她在紅黃色的燈光中，看見丈夫碩大的影子映在牆上，而擋在面前的女兒這麼弱小，卻毫不退縮。奇怪的是，那是她第一次感受到自己是一個完整的人，手與腳都長出了力氣，足夠她帶著女兒逃跑。一路逃。逃過那個身影碩大的男人，那男人四處都在問她們的下落，但她們終究還是擁有了兩人安身立命之處。

姵亭太聰明了，才剛會走就想跑，會跑之後就滿世界在飛，趙小淳跟不上她，但一直以來她都相信，總有一天她會以這個小女孩為榮。

但是那些字、那些報導，每一刀都直接割在她心上。

趙小淳停下腳步，忍著強烈的恐懼跟心痛，請求知君。

「知君，阿姨很落伍，不會用網路，也不知道外面究竟都在說些什麼。」她面部微微地抽搐，這是用力壓抑情緒的副作用。「妳可不可以老實告訴阿姨，他們到底都是怎麼說姵亭的？」

*

將趙小淳送回家後，劉知君獨自一人走在巷弄中。

她越走越快，心臟壓縮得很緊。她覺得自己幾乎要無法承受別人的傷痛跟傷心。她耐不住趙小淳任何一個眼神。她說不出口，網路上那些誤會跟憎罵姵亭的字眼。在一個母親面前，要怎麼告訴她，她一手呵護、寶貝著長大的孩子，死後仍在受罪。

劉知君走得越來越快、越來越快。

她終於忍受不住，摀著嘴，抱著包包緩緩蹲下來。

小巷街燈裡拉著知君的影子，拖得很長很長。

第四章

「Kelly？」

聽見 Kelly 的名字，Jimmy 愣了愣，方才回憶起這個人。某電視台五樓的天台，Jimmy 跟知君約在這見面，他一手香菸、一手知君給他帶來的冰咖啡，表情流露出相當誇張的怪異。Jimmy 拔高聲調說：「拜託，史前時代的人了，跟林姵亭的案子也有關係？」

這個天台是知君時常跟 Jimmy 約碰面的地方。還是小記者的時候，知君每天都得在各電視台蹲點，當時沒錢也沒人脈，Jimmy 是少數對知君擺好臉色的經紀人，兩人就時常貪圖便宜跟方便地約在此處天台，或是電視台的員工餐廳內說話。說起來當時 Jimmy 也談不上日子好過，不過是個初出茅廬沒多久的經紀人，到處靦著臉替藝人求機會，這幾年兩人互相扶持、也互相利用，看著彼此走到小有成就的這一步，當初那個厚臉皮的 Jimmy，現在也會有人叫上一聲哥了。

Jimmy 沒有其他大牌經紀人的資源，最初沒辦法經手大牌或是備受期待的新星，但憑藉著獨到的眼光，專門挖掘「CP 值高」的妹妹。他在飯局妹、show girl 裡找有潛力的小女生，幫她們整容、隆胸，再做一系列的禮儀訓練——照他的說法，是蛻去一身的膠味，煥然一新。這幾年 Jimmy 手上陸續有幾個端得上檯面的藝人，其中一、兩個還已經當起了偶像劇的女主角。手上有了大牌，Jimmy 這個經紀人，當然越做越有底氣。

「你認識她？」

Jimmy 想了想。「不算是認識，她剛出道的時候有接觸過，那時候我還在到處當小助理。」他吸了口菸，吐出白霧，繼續說：「她也算是有善終啦。妳說妳見過她？」

見知君點頭，Jimmy 表情意味深長。「難得。她結婚後就隱居啦，沒有人找得到她。」

想起自己一開始找 Kelly 也是被百般拒絕，知君也很意外 Kelly 後來竟然會主動提出見面的要求。

Jimmy 點掉菸灰，沉默片刻，才開口說：「妳知道她為什麼淡出嗎？」

這也正是知君想問的。「我只知道她曾經消失過一年才又復出，但很快就嫁人了。有什麼原因嗎？」

「什麼原因……」說起這「遠古的事」，Jimmy 講得稀鬆平常，就像真的只是一個古老的傳說故事。「她就瘋了啊，那一年反覆進出療養院。所以我說，她老公說不定是真愛。」

「瘋了？」

「她在聚會上被『強迫交易』，懂吧？事後經紀公司不但不准她去報案，也不幫她跟對方討公道。唉不過這是很久以前的事了，現在早就沒幾個人知道。」Jimmy 嘆了口氣，聲音在空氣中四處消散。「這個林姵亭要是真的找上她，也真夠絕的。有人會這樣去戳一個病人的痛處嗎？」

知君思索著 Jimmy 方才提供的資訊，久久沒有說話。Jimmy 倒也沒趕她，喝著咖啡觀察知君皺眉苦思的臉，看啊看，忍不住搖頭嘆氣。

「劉知君，妳怎麼會把自己搞成這個樣子？」

知君因為他的話猛然回過神，莫名其妙。「什麼樣子？」
Jimmy左右晃來晃去，視線上上下下打量知君的面容，嘴上不斷發出嘖嘖聲。「妳有沒有看過自己臉色有多糟？妳看妳那個黑眼圈，還有整張臉都在卡粉，妳要是我手下的妹妹，我會叫妳去投胎。」
知君摸摸自己的臉。「太誇張了吧？」
Jimmy哀嘆。「好好一個女孩子，本來也不醜，現在長得比林姵亭還像鬼。」
知君無言，摸著自己的臉，久久說不上話。
Jimmy拍拍她的肩膀。「好好照顧自己吧。」他充滿憐憫地說：「看在妳這麼悲慘的分上，我倒是有條消息可以告訴妳啦。」

*

Jimmy談的事情跟林姵亭的案件並沒有直接關係，但倒是提供給了知君一個嘗試的新方向。身為經紀人，就算自己不拉皮條，對別人拉皮條的方法卻也時有耳聞。
業界有一個知名的經紀人，某姐，至於哪個姐，就暫時不說了。
這個某姐在娛樂圈裡喊水能結冰，手法與Jimmy這種沒錢沒資源、注重CP值的經紀人不一樣，她的藝人包山包海，產品鍊從當紅歌手、演技派女星到綜藝主持人，喊得出名字的，幾乎都經過她的巧手打造，業界人戲稱，被她親手捧紅的藝人，就像被鍍了金剛不壞之身。近十年來某姐的事業大規模擴張，成了整個亞洲地區的跨國經紀公司，甚至與各地的電視台合作，辦大型選秀比賽，批量化輸出藝人，與各地的經紀公司、事務所聯手打造出常人難以想像的娛樂帝國。

但風光那面的背後，說穿了，某姐也是一個老鴇，專門給有錢有勢的男人送美女目錄，只要目錄上有的，就可以替這些有錢男人外送到府。這樣的服務當然時有耳聞，也不是某姐獨家壟斷的生意，很多人都在做，一般的手段是以派對、共遊、同歡的名義包裝賣淫，即使大家對這個奢華包裝裡頭的販賣物心照不宣，也沒人會特別說出口，至於那些女星呢？公司慷慨大方，替她們善後，把她們嫁給一些搞不清楚狀況的有錢人，有了王子公主的幸福結局，誰還會去張望回頭路。

聽 Jimmy 說，一些名字不好被透露的有錢人在八里碼頭包了一艘船，準備開出海去狂歡個幾天，謠傳船上有幾個說出名字會嚇死人的女星。在海上不知道會發生什麼事，也沒人拍得到畫面。

「但好死不死，我朋友是船上的 bartender。」Jimmy 曖昧地笑了笑。「雖然這件事跟林姵亭沒關係，只是妳們記者那一套我也很懂啊。新聞不能造假，但影射總行吧？」

Jimmy 確實給知君帶來了一個全新的方向。

若是船上的照片能夠拿到手，她就可以假借寫郵輪淫趴的新聞，影射林姵亭當初就是想要進到這種派對當中揭發賣淫真相，才不幸慘死。雖然不知道這麼寫的效果如何，但無論如何，海上淫趴這種聳動的新聞一定會有人買單。等到這則報導成功，後續要幫姵亭重塑形象，就不是件難事了。

照 Jimmy 的說法，輪船將在今天下午出海，到了晚上，Jimmy 在船上的好友會偷偷地拍幾張照片回傳。順利的話，輪船靠岸那天，印有輪船淫趴新聞的週刊就已同步上市了。

劉知君急著知會黃慈方這件事，如果黃慈方那邊同意，也許真的可以如期下週刊登，因此一告別Jimmy，就急忙往辦公室裡趕。

等待的時間裡面，一分一秒都過得特別清楚，即使劉知君忙得團團轉，仍覺得流動的時間具像化成觸覺，格外地逼真。

劉知君回到辦公室，除了雪倫跟老蔡之外，其他人倒是都在座位上。

知君發現自己桌子上擺了一個小蛋糕。

包包還沒來得及放下，知君看著這個小蛋糕，一臉困惑。

「這是什麼？」

小孟把臉湊過來。「雪倫留給妳的。」她朝知君擠眉弄眼。「梁恩恩那件事情也不是雪倫的錯啊，知君妳不要太計較啦，要怪應該怪梁恩恩吧！」

小孟這樣說，知君才意會過來說的是梁恩恩的事情。說來慚愧，這幾天掛心趙小淳的狀況，後又有輪船案，她完全把梁恩恩的事拋到九霄雲外去。看到這個蛋糕，記憶才突然被拉回來。

仔細一看，蛋糕下面壓著一張粉色系的小小便條紙，上頭寫著：「給知君 by 雪倫」。

知君緩緩坐下。「雪倫呢？」

小孟指了指身旁小間的會議室。「慈方姐那。」她手指敲著鍵盤，嘆氣道：「雪倫真的很有心欸，妳也不要太小氣啦。」

知君看了緊閉著門的會議室一眼，沒再回答。既然雪倫還在跟黃慈方說話，知君就拿出自己的筆電開始辦公，腦子裡一直掛記著輪船的事，不忘傳訊息對 Jimmy 耳提面命：「跟 bartender 說，一定要拍到臉，有名單的話最好。謝謝 Jimmy 哥。」

Jimmy 八成在忙，沒立刻回。此時雪倫走了出來，知君順手就把聊天視窗給關了。

雪倫示好地坐到知君身邊，以可愛乾淨的聲線無辜地說：「知君，上次的事真的對妳很抱歉。妳能原諒我嗎？」

雪倫長得漂亮，是個天生的美女，氣質纖細又柔弱，這麼輕聲輕氣地道歉，就算是女生也很難不心軟。知君其實不在意粱恩恩，此時見她又是送蛋糕又是道歉，不接受實在說不過去。

「那沒什麼，小事啦。謝謝妳的蛋糕。」

聞言，雪倫笑得一雙眼睛彎成半月型，裡頭充滿水亮水亮的光澤。

「謝謝妳，知君，妳不生氣真的太好了。」

會議室的門再度被打開，黃慈方探出頭，見知君到了，朝她招手。知君趕緊收拾資料，起身往會議室裡走去。她回過頭，雪倫還真的很開心一樣地朝她微笑，並且比了個「加油」的手勢。

*

一進會議室，黃慈方就好笑地看著知君，問：「妳說有什麼事很急要跟我說？」

「我想跟妳商量換題目的事情。」

黃慈方表情有些意外，腦內反應了一下，委婉地勸知君：「如果是關於姵亭的新聞，妳這樣臨時要改，可能沒有辦法，羅姐不會同意。妳也知道她最近對妳有一點意見。」

「不是，我今天從線人那裡拿到一條消息。」知君解釋。

一般而言，週刊一星期兩次的編採會議過後，會由主管們跟狗仔討論，選出可以做的題目，確定完題目之後，再由主管告知記者被選中哪幾題。為了趕每週三的出刊日，小的題目通常在禮拜五交稿，有時效性的題目則會在禮拜一截稿。知君最近為了姵亭的事情頻頻分心，寫的都是羅彩涵最厭惡的小新聞，什麼B咖藝人耍大牌、哪個名不見經傳的新人惹緋聞、或疑似跟經紀人同居等事，不痛不癢，早就被罵過無數次。照道理來說她明天就得交稿，只是Jimmy這條線索來得太突然，郵輪一事，又有時效性，她滿心希望他們在海上玩一圈回到岸上時，才發現已滿城風雨。因此，才會急著想先跟黃慈方討論臨時換題目的可能性，希望以這個事件為題，將截稿日壓到下個禮拜一。

知君拿出Jimmy今早傳來的一張郵輪照片，向黃慈方解釋這件事的急迫性。黃慈方聽完，眉頭皺在一塊。

「這個……妳確定？」

知君壓低聲音說：「就是那個馬姐。」

一聽馬姐，黃慈方表情詭異，復又無可奈何地說：「她當老鴇又不是一兩天的事情，她的藝人都一批一批搭私人飛機帶往澳門、雲頂，這圈內誰不知道？」她示意知君這張照片：「況且這個郵輪上的照片，妳保證真的能拿到？」

這種船上管制一向很嚴格，偷拍、錄影設備確實很難帶上船，知君也頗是擔心。只是 Jimmy 再三保證，他這個朋友上船好幾次了，早就摸出一套生存法則，偷偷把照片帶出來絕對沒有問題。

「我拜託的人很有經驗，今天晚上就會收到照片。」

「是嗎？」黃慈方看著這輪船外觀的照片，仍是半信半疑。「這線人是怎麼上船？當服務生？」

「bartender。他說他跟過好幾次了。」

黃慈方聽了更是不放心。

「如果能成功當然是最好。但妳現在照片也還沒拿到手，恐怕不適合告訴羅姐。萬一到時候沒拿到照片，妳又得挨一頓罵。」她想了想：「這樣吧，今天晚上，一拿到照片之後妳就告訴我。我立刻幫妳跟羅姐說這件事。」

知君一聽，總算放下心來。

「但妳別高興得太早。」黃慈方臉上仍是滿滿的憂慮，不忘提醒知君：「雖然不知道妳的線人是誰，但這女的囂張也不是一兩天的事，要小心，寫出來之前絕對要保密。」

*

走出會議室時，小蛋糕還放在桌上。

雪倫等人已經離開，連電腦都收拾走，大約是離開辦公室去做訪問了。知君本也想趕緊收拾電腦離開，但視線落在蛋糕上，還是彎腰寫了張小紙條給雪倫。黃色便條紙上寫著：「謝謝妳的蛋糕。」伸長手給雪倫貼便條紙的動作驚醒了正在休眠的電腦。知君下意識看螢幕一眼，見 Jimmy 回覆了自己的訊息。電腦螢幕上展開了和 Jimmy 的聊天視窗，Jimmy 簡短回一句：「7:30，ok？」

為了看那則訊息，知君貼便條紙的動作頓了片刻，隨後才將便條紙黏貼到雪倫的桌上。黃慈方從她身後經過，笑著看了她那張便條紙一眼。

「聽說雪倫送了一個蛋糕給妳。」

知君乾笑。「是啊。」

「雪倫這女孩子是有點小伎倆，但心地不壞。」

知君不好回答什麼，就笑著應了兩聲。她收拾桌上的東西，背起電腦起身。

「慈方姐，我再聯繫妳。」

黃慈方說了聲好，一貫帶著溫煦笑意的神情。兩人誰也沒再多說什麼。

＊

入夜。劉知君蹲在公寓天台。她隨時注意著手機，時間一分一秒逼近七點鐘，她心底就越來越緊張。船一旦出了外海就失去訊號，若是下午六點出海，此時也差不多已經離開了訊號範圍。雖然 Jimmy

將回報訊息的底線壓在七點半，但知君心裡面卻越發不安。

從天台可以隱隱約約望見遠方蜿蜒的淡水河，滿座城市點點燈火，看不清楚河上風光。劉知君知道急也沒用，卻忍不住內心的焦躁跟慌張。她點起一根菸，也沒抽，就靠在指間燒。她不時望著手機畫面，始終沒有來自 Jimmy 的訊息。

劉知君煩躁不已，總算是給 Jimmy 打了電話。

站在酒吧外，Jimmy 腳邊堆了好幾個菸頭。他手上正夾著一支新點上的菸，此時手機總算響了。

Jimmy 接了起來，來電者叫阿坤。

Jimmy 非常困惑。「你在海上能講電話？」

那頭支支吾吾許久，總算回了話：「我不在海上。」

Jimmy 一愣。「什麼意思？」

那頭阿坤仍是支支吾吾。

「幹，你要講不講是三小？到底是怎樣？」

阿坤囁嚅地說：「Jimmy 哥，我……」說著說著，他竟然氣得哭了起來。「幹，我……」

「您撥的電話通話中……」

劉知君莫名其妙地看著手機螢幕，Jimmy 的電話還是打不通。

她蹲在牆邊，取消通話，重新撥打了一通又一通電話。

頂樓天台底下，整座城市的車水馬龍與晶瑩燈光猶如千萬條細小河流，在川流滾滾中，分割搶食巨大的黑色沙洲。深色的城市是巨獸，啃咬都市內每一個戰戰兢兢的影子，全吞吃入腹。貪心跟努力的人都一腳踩進流沙裡面，再也沒有起身。

晚風吹過知君臉龐，捲起細細的髮絲。她困惑地拿下手機，打開 Jimmy 的聊天視窗，鍵入：「有消息嗎？」

此時是晚間七點五十一分。

*

說起來阿坤的事情一句話就能簡單交代完畢。身為 bartender，他早早在船上待命，眼見賓客上船時間就要到了，突然經理領著幾個保全過來，不由分說，就把阿坤給拽下船。後來的事情也不難想像，阿坤壓根沒能出海，他被帶到港口某個陰暗髒穢的角落給毒打了一番。阿坤頭破血流，牙齒斷了好幾顆，調酒的雙手脫臼，但沒有死。原因很簡單，他得給人傳話。

阿坤被教訓的事情當然不了了之，劉知君拿不出照片來，身為記者也只能放棄，否則該怎麼辦？Jimmy 給她來了電話，悶聲地說了抱歉。知君猜想 Jimmy 大概也聽了誰的指示，想趁這次的機會弄一弄馬姐，然後藉知君的筆把新聞寫出來。沒想到阿坤竟然被拆穿了。

Jimmy 要知君別緊張，大概就是阿坤自己行跡洩漏，雖然連他自己也說不清楚，到底是哪一個環節出錯了。

聽著 Jimmy 這些話，劉知君心裡面卻總覺得哪裡不對勁，但又說不上來。

長夜漫漫，說穿了全都是難以一語道盡的驚疑與悶火。

*

次日到了辦公室，黃慈方還沒來，劉知君打開電腦，一邊處理工作上的信件，心思卻始終縈繞在昨晚阿坤的事情上頭。

眼角瞄見有身影坐下，知君回過神，這才發現雪倫進辦公室了。雪倫拿起桌上昨天知君留下來的紙條，稍一讀，轉過頭朝知君擺了擺這張紙條，輕聲說：「不客氣。」

知君彎彎嘴角回應，回過頭，拉出聊天視窗的訊息回覆群組內的內容，突然，一個畫面躍進腦海中，讓她打字的手勢一頓。

回憶如慢格播放，一格一格重播。

昨天下午，她跟黃慈方說完話，走出會議室、坐下、寫便條紙、伸長了手要貼到雪倫桌上，她碰到電腦、喚醒螢幕、Jimmy 的回覆躍現在電腦螢幕上，黃慈方經過……不對，再往前回想，她很確定在走進會議室之前，因為雪倫走近跟她說話的關係，劉知君隨手就把 Jimmy 的聊天視窗關了。

已經被關掉的視窗，照道理來說，無論如何都不會重新展開在螢幕上才對。除非有人將它重新點開。

劉知君定定地看著電腦螢幕，背脊發冷。

她點開 Jimmy 的聊天視窗，拉回昨天的聊天紀錄看，其實兩人也沒多聊什麼，頂多只有知君傳的那句：「跟 bartender 說，一定要拍到臉，有名單的話最好。」

不知情的人，根本不知道他們在說什麼。

心臟一下一下重擊，劉知君僵硬地偏過頭，看向雪倫。

她慢慢地，斟酌著字詞發問：「雪倫，昨天我跟慈方姐說話的時候，有人用我的電腦嗎？」

她很仔細地看著雪倫的眼神。但雪倫看來非常疑惑。

「我沒有注意，應該沒有。怎麼了嗎？」

「喔，」她輕聲說：「沒事，問一下而已。」

雪倫偏了偏頭。「妳確定嗎？檔案不見了嗎？」

知君勉強彎著嘴角微笑，搖頭，隨即抓著手機起身，一直往辦公室外走，一邊打電話給 Jimmy。她走得飛快，險些撞倒來往的同事。

知君一手握著手機，趕緊回頭向那人說了抱歉，腳上仍快步往外走。來到樓梯間，Jimmy 總算接了電話。劉知君往身後看，頻頻確定身邊沒人。

Jimmy 的聲音聽來相當消沉。「喂，劉知君，怎麼了？」

「我問你，昨天阿坤還有跟你說什麼嗎？」

「……說什麼？」

知君一面往上面的樓層走。「我懷疑我同事把這件事洩漏給馬姐……」

那頭 Jimmy 沉默片刻，一邊回想，一邊說：「他說，還沒開船，就有人到酒吧區那邊找人。」

「然後呢？」

Jimmy 努力回想。「他說，他們一開始不知道要抓誰，只說要叫 bartender 都出來。」

「bartender？」知君心裡發寒。

「嗯，」Jimmy 大大地嘆氣。「應該不是你同事啦，他們一開始根本不知道要抓的是阿坤，是那個死白目自己怕得發抖才被發現。」

聽著 Jimmy 的話，知君發愣，險些又撞上從樓梯上下來的人。劉知君側身讓出路，抬起頭，發現眼前竟是黃慈方。

黃慈方見到她，表情有一瞬間的詫異，隨即發問。

「知君，昨天說的照片呢？拿到了嗎？」

知君發愣。一時說不出話來。

昨天她與黃慈方對話的時候，特別提到了 bartender 這件事。

在與 Jimmy 的聊天對話裡，也提過 bartender 這個字眼。

是誰？

Jimmy在電話那頭問知君怎麼都不出聲。知君將電話掛了，直直地看著眼前的主管。

「那個照片……」

黃慈方見她態度有異，敏銳地問：「怎麼了？是不是沒拿到照片？」

難以言喻的困惑跟恐懼在劉知君心底發酵。

如慢動作一樣，她的視線緩緩從她的眼睛、神情，再走到每一個細微的小動作，這個從前覺得溫和親切的前輩、老師，乃至這個雖然待得不算舒服、但仍讓她兢兢業業的公司。此時這一切讀來像是懸疑電影，又如恐怖風雨的前奏。

劉知君有奇怪的感覺，林姵亭的冤魂始終沒有離開。自她身後，一切都往恐怖裡走，各種消息與新聞，都在不斷地走漏與破局。

「沒什麼。」她聽見自己的聲音這麼說。

她真討厭這樣的自己。

＊

當天下午，林姵亭命案以服毒過多喪命定調。

根據警方調查的結果，林姵亭身上確實有性交的痕跡，不排除生前曾遭性侵害或凌虐。

這天夜裡，城市的空氣裡來了一層不易察覺的霧，吸入體內，嘴裡留下不自然的苦味。

公車內寥寥無幾的乘客，兩排亮黃色拉環隨車體搖晃，車窗上夜色流動，劉知君靠著冰涼的玻璃。

大同小異的新聞消息已經跑了一整天。

即使不看著電視螢幕，玻璃仍反映出記者會上警方念稿解釋案情進度的畫面。公車內的電視調成無聲，但已經循環看了一個下午的劉知君，即使不看螢幕，也能背出警方的字句。

手臂上的針孔。不明原因的瘀傷。下體紅腫，雙手的勒痕。

毒品混吃。暴斃。

生前曾傳訊息求助，未獲回應。

稍早，劉知君離開公司，給黃慈方留下一段訊息。「輪船的新聞失敗了。」

黃慈方展現出諒解的樣子。簡潔地回應：「那就算了，沒把握的事情，不要勉強。」

電視新聞已經換了一個畫面，記者站在高級飯店前，舉著麥克風，標題的字說明了幾名涉案富少稱不知情、沒有性侵被害人，更不清楚林姵亭反覆吸毒的事情。雖然這麼說，幾人均因驗出毒品反應，在案情發生後的半個月進了勒戒所。

劉知君微微側過臉來，看著螢幕亮出三名涉案富少的照片。

手機裡黃慈方最後一則訊息寫著：「別想太多，先休息吧。」

劉知君把黃慈方跟雪倫的訊息視窗分別開了又關、關了又開。

她心底滿滿的思緒，在林姵亭死後，沒有一個人能說。

公車搖晃得噁心難受，劉知君按鈴下車。

車身急停，她一腳踩上柏油路，初春微寒的晚上，一抬起眼看見的卻是一切的起始點。一年多前的畫面。

一年多前。

劉知君穿著淺灰色的套裝，在焰日底下下了公車。那天是立週刊大型招考日。那時她已經在某間知名報社工作了三年多，工作能力不錯，寫過不少令人印象深刻的娛樂新聞獨家，但平心而論，一般記者的薪水真的不多，為了多存點錢，她偷偷接外稿、做其他外快，把自己搞得身心俱疲。娛樂記者通常人脈廣又八面玲瓏，跟藝人之間關係良好，八卦週刊的記者就不一樣了，又累又容易討人嫌，但對劉知君來說，至少薪水優渥、生活無虞，不用分神偷偷做其他兼職。

照劉知君的生涯計畫，她是有意到八卦週刊工作，但沒想過這麼早就轉換跑道，她本想在原本的報社多磨練幾年，累積點人脈，再踏入週刊，但事情突然有了新的發展。

前幾個禮拜她收到來自黃慈方的訊息，邀請報名這次的招考。黃慈方是她大學時期的恩師，等於是帶著她入行的，雖然平時沒有太多聯繫，但每逢節日，總是要寒暄上幾句。黃慈方開口邀請，劉知君沒有猶豫，履歷表就這麼寄出去了。

這天是面試日，劉知君本來保守有八成把握自己能面試上，只是來到現場見到預期以外的應考人數，內心仍是忐忑不安。聽說娛樂組預計錄取的名額是兩位，她故作鎮定，評估著現場那些妝容儀表差不多的人臉，又將內心的把握下修到七成。

那天她心中有印象的大概五、六位，有些是本就見過的同行，有些是氣質特殊，比方說雪倫。雪倫在她前一個梯次面試，那時劉知君多看了她兩眼，覺得這女生非常漂亮，隨後又想起來自己曾經見過她，雪倫本來在某電視台工作，以她出色的外表跟討喜的交際手腕，日後當個主播不成問題，就不明白她哪根神經不對，跳來血汗爆肝的八卦週刊工作。

另一個是林姵亭。之所以對林姵亭有印象，是因為她從頭到尾都散發出格格不入的氣質，劉知君至今很難形容那種感覺。

實際面試的內容如今已經忘得差不多了，只記得自己說了些大話，比方說，不覺得娛樂新聞就僅是外人眼中膚淺的花邊，娛樂新聞同樣能肩負社會使命，揭發醜惡的真相，不公平的事情應該要被公權力以外的視角所看見。她說出這些話的時候，有些長官都在笑，顯然覺得她只是為了面試講些場面話。倒是代表娛樂組出席的黃慈方始終用慈愛的笑容看她，嘴上一直替她說話：「知君不用問了，知君真的很優秀，她是我最優秀的學生。」

其他長官還有意見，黃慈方再度強調：「知君是最好的，我直接在這裡說明白也沒關係，如果要我選一個人，我只會選知君。」

當時劉知君看著黃慈方，竭力壓抑內心的飄飄然，但經過這麼久她仍記得當下的幸福與感激。其實，來面試的劉知君並不真的在乎自己能不能進到立週刊，這本就不在她規劃的人生日程表之中，只要她還在這一行，遲早會有更好的出路。留在原本的報社，對她來說並不是一個次等的選項。但就是在那時候、黃慈方的那些話，讓她感到自己被接納、被肯定。她願意為了這樣的主管認真工作。

那年娛樂組兩個名額中，一個是劉知君，另一個就是雪倫。加開一名，是格格不入、不知從哪裡冒出頭來的林姵亭。

報到那天，雪倫笑吟吟地對她說：「知君，妳真厲害，沒有一個人比得上妳。」

眼神裡的清淡蔑視，不得不記憶猶新。

*

深夜開車「巡田水」，對狗仔來說，驚爆的畫面越多越好，但大海怎麼也沒想到看到的是這麼古怪的一幕。

路過半露天式的熱炒店，他隨意一瞥，就見劉知君一人坐在靠外的方桌，點了滿桌的菜跟幾罐玻璃酒瓶，店內的喧囂跟熱氣走不到劉知君身周，她生人勿近地猛吃，面上的不爽跟狠勁，就算是大海，也有點害怕。尋常人可能會裝沒看見走人，但畢竟他是大海，思考了幾秒，還是直直走了進去。

他拉了張椅子在劉知君對桌坐下，笑容堆滿面地說：「劉記者，這麼晚才吃飯啊。」

劉知君嘴裡塞滿了飯菜，抬頭冷冷地看他。看那面色，有三分醉。

三分醉是最可怕的，大海有點後悔自己走進來了。

好死不死，此時店內電視跳到了新聞畫面，一千零一遍地講著林姵亭的事情。劉知君面色一凜，不發一語起身，挾帶著強大的氣勢，走到懸空高高架設的電視架前，踮腳要把電視關了。

店員著急地喊：「小姐！小姐妳要做什麼？」

就說三分醉是最可怕的。

大海趕緊阻止劉知君，一邊安撫店員：「沒事沒事，鄉下來的，老家沒有電視，太興奮了。」

大海把劉知君架回桌邊，知君也沒反抗，任他拖回桌邊。

劉知君默默吐出一句：「垃圾記者。」

大海無言。「妳也是記者啊。」

「我就是在自我介紹。」語畢，劉知君安安靜靜地坐回原位，忿忿地戳了顆丸子，塞進嘴裡大口咀嚼。

大海雙手交叉靠在桌上，不可思議地看著劉知君。知君平時形象嚴謹成熟，現在這副模樣，倒總算跟她的真實年齡相合。

劉知君看他一眼，給他倒了杯酒。「海哥這麼晚來這裡蹲誰？」

「這裡夜店這麼多，看有誰就蹲誰囉。蹲出一個希望啊。」

劉知君的筷子停了下來，表情像是想說什麼，又吞了回去。

「劉記者，有委屈啊？」

知君沒說話。

大海又問：「是林姵亭的事情？」

知君眉頭微微蹙起，沒正面回答，看起來嘴裡的飯菜食不下嚥。仗著幾分醉意，她問：「你也覺得這新聞最好別做嗎？」

大海嘴邊靠著酒杯，揚眉。「怎麼會，這麼好玩的事情，巴不得妳做。怎麼樣？有困難？要不要幫妳？」

「要啊。」劉知君隨口說，只覺得大海在胡扯。

但她不曉得，大海是認真的。

＊

當天半夜，劉知君接獲了大海的來電。

這通電話來得非常突然。當時，劉知君待在自己的小房間內，看著自己滿桌的工作筆記一臉茫然。手機持續跳出許多訊息，有公司的訊息，也有許多其他記者及工作上的來訊。成翰的訊息也被她擺著。成翰問她怎麼了，為什麼好像心情不好，但劉知君不知該怎麼回答他。如實說被人擺了一道嗎？但又沒有證據，僅僅只是她自己的猜測而已，況且她也不想讓成翰知道自己在工作上受挫，更不想在心情最差的時候，又得再聽一次他的教訓：早就叫妳辭職。

手機被知君擺得遠遠的，任何訊息她都暫時不想回覆。可笑的是，她心裡賭氣地想暫時遠離工作上的事情，但一旦從工作上抽開身，她又無所適從，不知道自己還能做什麼，整個腦袋都被抽空。因此即使不想碰公事，她還是抱著膝蓋坐在書桌前，看著自己滿桌的資料跟筆記。

就是在這個時候，大海打來了電話。

知君猶豫片刻，仍接了起來。大海的來電永遠伴隨著嘈雜的街景聲，今天也不例外，好像總是蹲在大馬路旁邊一樣，來往車聲、風聲，全在話筒裡竄來竄去。

「嗨，劉知君小姐。」而大海的聲音也總是帶著一種特殊的笑意。

劉知君拿著電話，沉默片刻。「怎麼了？」

「妳有看我傳給妳的網址嗎？」

聽大海這麼說，劉知君滿頭問號。她抓來滑鼠點開聊天訊息，果然發現大海的聊天視窗被壓到了列表底下。今天許多事情峰迴路轉，她根本沒注意到大海的訊息。

「這是什麼？」她透過話筒詢問大海。

「看了沒啦？」

「……等我一下。」知君打開筆電，重新用電腦瀏覽了大海傳來的網頁。

粉絲專頁叫做「爆料網」，一千多人的粉絲數量，不算多，只能說是剛剛起步、狀態不錯。內容在劉知君看來，講的都是些街頭巷尾的小八卦。她簡單看了看，回應大海：「我看了。這什麼東西？」

爆料網在日後幾年內，靠著網路的力量，搭配智慧型手機的普及，迅速崛起，瓦解了一般大眾與媒體之間的高牆，各類爆料與陳情直接端上檯面，任人公審，人人都是事件的觀賞者，也是裁判者，爆料網甚至可與傳統媒體連動，共享最引人注目的新聞。只是此時的爆料網還在草創階段，尚無顯著成績，劉知君才會還未嗅聞到日後爆料網將席捲傳統媒體的風雨欲來氣息。

大海說：「這個網站的負責人我認識。他想找記者合作，妳如果有興趣，我們碰個面聊。」

劉知君仍不明白。「合作？什麼意思？」

大海笑了笑。「如果整個網路平台都是妳的線人，失去一條新聞就不算什麼了。」

二十分鐘後，劉知君坐在大海車上。在今天以前，劉知君絕對料想不到有一天會發生這樣的場景：她坐在那個行徑古怪的狗仔頭大海車上，兩人正驅車前往位於北區某處的民宅，找一個在這之前她壓根沒聽過的網站負責人。

這個爆料網的運作機制經過大海解釋過後，她大概想起來，自己其實聽過類似的事情。聽說某些記者或是狗仔，會跟這種爆料網站合作，記者提供一些上不了檯面的小道消息給網站刊登，讓網站賺取點擊率；同時記者也會得到網站的回饋，例如換到某些有價值的消息。當網民提供爆料網附有照片或書面資料等證據時，網站會優先給合作記者刊登，求推波助瀾之效，待事情開始延燒，爆料網再接手爆出後續。雖然耳聞過這種事，但對知君來說，她自己就有足夠可靠的線人、新聞管道，壓根不必特別跟這種來路不明的網頁合作，因此當時也是聽聽就算了，沒想到此時竟然會成為自己的另一條生路。

知君仔細地瀏覽爆料網上的現有貼文。細看之後，才發現有諸多蹊蹺。她目光停留在某些照片上反覆琢磨，那奇特的蹲點，一看就是出自狗仔的手筆。她朝正在開車的大海亮出這幾張照片。

「你用這些照片換到多少錢？」

大海看一眼，無所謂地笑笑。方向盤打了個彎，雨刷在擋風玻璃上劃動了幾下，撥去打在玻璃上消溶的雨塊。時間已經夜深，離開了市中心，整座城市安靜地只剩下路樹與街燈。呼嘯而過之處少見路人，僅偶爾幾名醉客與在夜裡漫遊城市的過路人。這些景象在知君內心起了相當奇特的感覺，彷彿此去是赴西天取經，自己似乎選擇了一條即將顛覆往後生活的道路。

大海答得輕鬆：「小錢啦，重點是養一條線，舉手之勞互相幫忙囉。」

知君明顯不信。

說到這裡，大海難得有短暫的沉默。他視線看著前方夜深濕漉的公路，車子上了橋，跨過巨大河川，隱隱感到腳下有河水內斂的轟鳴。片刻，大海開口：「妳以後在公司裡小心點說話吧。」

他這句話在劉知君心裡兜了一圈。

劉知君總算問出內心的疑問：「你為什麼會知道線人的事情？」

「流言蜚語這麼多，隨便問問就知道發生什麼事了吧。我狗仔欸。」

「那你知道是誰搞掉我新聞嗎？」

「我不知道是誰，但小妹妹，社會很險惡。」

知君安靜片刻。「那看來我上車也不明智。」

劉知君這句賭氣意味的話，反而讓大海笑出來。

「對啊劉記者，真的要小心。」

車子往郊區開，來到某處傍著山的社區。一排同個建案、長得如出一轍的透天建築。大海車上有淡淡的菸味，在這個時間點，意外地平復人心。知君身體有些疲倦，但精神異常地冷靜。

她問大海：「見到網站負責人之後我要怎麼做？」

聞言，大海聳聳肩。「妳覺得妳要的是什麼，就拿什麼囉。」車子停在其中一戶民宅前面，他熄火，側過頭看著臉上還有明顯憂慮的知君。「劉記者，妳知道狗仔平常都怎麼工作嗎？」

見到知君不明所以的眼神，大海就露出牙齒笑。是他一貫人來瘋、吊兒郎噹的笑容。

「守株待兔。看準目標，伺機而動。擒賊先擒王。」

*

這排位於大學城旁邊的西洋式別墅，即使每個磁磚跟凹槽縫隙都透露著屋齡，但在這溪流湍湍的山腳下，仍別有一種老派的風情。踩過微濕的馬路表面。推開雕有繁複花紋的鐵門，大海走在前頭，行經窄小的花園，裡頭大門未關。知君心裡面突然就升起了明確的猶豫，隻身一人跟著大海來到陌生的別墅，心裡面難免毛毛的。

大海看了她一眼，還拉嘴嘴角笑一下。知君覺得心裡面更涼，但都已經走到了這裡，也沒道理臨時逃跑，只好硬著頭皮跟著大海進了屋裡。

這裡基本上是一幢空屋。除了亮晃晃的白燈，屋內什麼也沒有。知君注意到地板上無數的電線，不曉得連接著什麼，一路往二樓延伸。屋內堆滿了灰塵，踏過地板，隱隱看見其中的大理石紋路，久未整理的氣味瀰漫鼻腔。大海帶著她往二樓走去，這才聽見一些動靜。

二樓隔間全被打通，數台電腦與不明的機器都堆在這裡，為了降溫開著令人發寒的冷氣。在無數的文件資料、機器、垃圾後頭，一個穿著整潔白襯衫、分明一臉上班族模樣的男人站了起來，滿面的笑容。

「劉小姐，妳好，我是……」走過來時，他被腳下的東西絆了一下，臉上相當不好意思。他朝劉知君伸出手，手上有著不小心被原子筆畫到的紅紅藍藍痕跡。「我是ＫＪ，妳可以叫我……嗯，叫我ＫＪ就好。」

ＫＪ在半年前創立了爆料網。本業是工程師的他，早在學生時期，就對駭客技術相當著迷，在網路某些常人難以碰觸的角落，認識了一批志同道合的朋友。幾年前離職後，ＫＪ就一直是某些情報共享網站的合夥人。但苦於駭客與一般大眾之間的斷裂，他一直在思考，有什麼方式能夠最快速、最直接的，讓所有人公平分享跟取用他們想要的資訊。

而答案非常簡單，他在社群網站上一手創立了這個所有人都能瀏覽，並可匿名發表意見、提供訊息的爆料網站。

草創初期，ＫＪ的心力仍分散給其他工作，直到最近才將注意力重新放回到爆料網站上頭。為了維持網站上爆料資訊的品質，他透過管道，認識了一些可以蒐集到有趣資訊的人，狗仔跟記者是他首要接觸的對象之一，也正是在這樣的需求下結識了大海。只是，ＫＪ行事小心，並不隨意朝任何媒體業的人士釋出善意。他自己建立起一個龐大的人力資料庫，裡頭囊括了所有可能合作的媒體工作者，知君本就在名單上頭，而近日姵亭的新聞，讓知君從幕後被迫走到了群眾面前，被迫在媒體上曝光。正是在這個時候，引起了ＫＪ的注意。他知道知君有興趣查姵亭一案。

正巧，他也有一點興趣。但嚴格說來，他有興趣的事情跟姵亭並無直接關係。

「傳統媒體平台的新聞經過篩選，入口狹窄，非常菁英。我對這種事情沒興趣。」ＫＪ說。「我對我這個網站的期許就是公平公正、沒有立場、不分階級，所有事情都會在這裡發生。」

他們坐在胡亂擺放的電腦群中間說話，三個人或坐或站靠在桌邊、塑膠椅上，沒有茶水，四處都是雜亂的電線與垃圾，機器的數據冷光與不規則發出的單調機械音環繞在感官周圍。也許是場景太過超出她的想像，知君反而能夠好好地與ＫＪ對談。

「你覺得我可以提供給你什麼？」知君問。

「我需要妳的文字，跟妳手上有的消息，越八卦越好。」

知君想了想，又說：「你的網站現在只有一千多人。我能夠有什麼好處？」

ＫＪ毫不在乎地一笑。他靠在某台機器旁邊，身體放鬆舒適，與這些高科技產品親密互信。「劉小姐，我跟妳保證，流量不是問題，等妳給我一篇勁爆好料，我可以在一個晚上以內，讓這個網站把妳的新聞帶到任何地方。」

知君一時並沒有回答。

然而她心底知道，她沒有什麼好猶豫的。

她現在缺的正是一個意料之外的機會。

*

「女記者為求真相慘死」的標題，伴隨著數張小模進到豪宅的照片，一夕之間在網路世界中炸開了鍋。

這篇以爆料網為第一曝光平台的文章，特意採用了非新聞文章書寫的方式，只揀重點書寫，並且寫得繪聲繪影、處處留白、引人遐想。ＫＪ對她這篇文章作了些調整，放大了娛樂圈的潛規則，強調私人招待所內由經紀人領來一群女星、模特兒，與男性狂歡，最驚人的是，ＫＪ不知從哪裡弄到了幾場不確定何時、何地的派對照片，竟然直接貼出，盡是一對對男女熱情擁吻、貌似親密的模樣。這些照片就連知君也沒見過，ＫＪ情報的雙手到底延伸到哪裡令人難以想像。

一篇篇的文章在一個晚上的時間，迅速張貼到網路上，其中，不直呼姓名地隱射某週刊的記者，以偽裝的方式進到高級飯店內獲取勁爆內幕，沒想到慘死在惡人手中，之後又慘遭抹黑的事。

又說，這些出處不明的照片，正是林姵亭生前所蒐集到的資料，為實現公平與正義，匿名人士將這些資料全部還諸於公眾，希望網友們轉發祈福，慰悼這位勇敢無私卻慘遭奸人抹黑的女孩。

「這是一場由你我決定的公平審判，我們的女兒不能再被欺侮！」

各式煽動性的詞語在網路各處揭竿起義，ＫＪ非常聰明，沒有一次拋出手上所有的牌，他操縱輿論，點燃群眾的怒火，所有人都忿忿不平，原來媒體抹黑了這麼久的林姵亭是無辜的、受犧牲的，原來群眾沒有獲得他們應該得到的真相。

壞人必須要用死亡悼祭亡靈，而好人則應被從土中重新挖掘出來，披上義士的衣袍，站在義人的頂端，率領眾人去突破那難以被吶喊出聲的怒氣。

各式破碎的資訊與臆測，就連知君也難分辨是真是假，在不同時間點出現在平台上，看似是競相討論，雪球越滾越大、願意說出真相的人越來越多，但也可能僅僅是出自ＫＪ一人的手筆。這類的討論不只出現在爆料網上，很快地，其他平台、討論區，也出現類似的聲音，於是眾人如萬國來朝，紛紛來到消息的發源地爆料網查看。不過短短一個晚上，原本只有一千多名粉絲的爆料網，粉絲數量已如遇水膨脹，來到兩萬多人，並且每分每秒人數都還在上升。

知君根本沒預期到效益會這麼高，一覺醒來，星星之火終於燎原，網路上瘋傳的轉貼、以及為姵亭祈福的言論遍地開花。許多人將他們的憤怒轉向立週刊，要求週刊出來給個交代，為何自己的記者遇害，竟然毫無作為？

彷彿半個月前的事件重演。這天早上，直到半夜才得以入睡的知君是被手機訊息的震動聲、來電聲給吵醒，來電者是羅彩涵。羅彩涵的聲音驚魂未定，似乎還拿不定主意現在是什麼狀況，只匆匆要求知君：「現在就來公司。」一看時間，竟是早上六點。知君查看手機內的消息，果然各報、各電視台的記者都已騷動一片，同行群組內大家驚疑未定地討論這起事件，有許多人表示也被緊急 call 往各自的公司。

「這消息到底是誰放出來的？」所有人都在問這問題，也有人問：「那些照片從哪裡流出來？」但沒有人能夠回答。

看著聊天群組中的躁動，以及社群軟體上爆炸性的討論熱度與轉貼次數，知君心跳得極快，甚至可以感覺到自己血管的脈動、心臟的緊縮與受力過度。

這一次或許能贏。

＊

時間是早上八點多，彷彿錄像重放了姵亭命案發生的早晨，記者們臉上還有幾分睡意沒褪去，便一個接著一個擠在一般朝九晚五的上班族之間，一邊接收著最新的事件動態，一邊趕往公司，腦袋快速轉動，思考著這突如其來的新消息、新風向該如何應對，還得同時回覆著不講理拚命跳出來的各式聊天群組訊息。知君也在這行列當中。她擠在塞滿上班族的捷運車廂內，抓著吊環，好好地閱讀每一則留言、每一個連她都分不清真假的消息。

不若其他記者尚摸不清局勢跟狀態，劉知君幾乎是用好整以暇的心態，旁觀網路上的戰局。她自己也很意外，本以為自己會緊張或焦慮，沒想到一丁點都沒有。好像終於從做了許久的惡夢中清醒，夢中也許她斷手斷腳、僅剩一息尚存，猛然醒來後發現自己四肢完好，如獲新生。若說整件事有哪裡讓她不安，反而是這種過於輕盈喜悅的心態，讓她隱約有種不對勁的感覺。

擠在身邊滿滿的通勤族們大多低頭看著手機，知君刻意看了幾眼他們的螢幕，注意到好幾個人將畫面停在小模被迫賣淫、女記者英勇入毒窟的網路消息上，細細看了許久。

穿梭在人群之間行走，時間變慢、畫面凝滯，來往行人低頭檢閱手機。手機螢幕發亮，全顯示著

ＫＪ一手打造的情報王國。

某些文字正在鍵入：「太扯了吧。」「這家雜誌社在做什麼？」「只想大事化小、小事化無。官僚心態。」「為林姵亭祈福。」「值得敬佩的記者。」

數據世界裡，透過每一秒的無數次轉發與討論，姵亭的英雄形象重新被堆砌拼湊起來，那日慘死高級飯店的女記者案件如捏黏土般經過重塑，變成一段可歌可泣的故事。而姵亭母親連日來遭受的媒體騷擾、連環砲的尖銳問題再度被翻出來，這回，輿論砲口對準記者們，指責他們全是豺狼虎豹。

ＫＪ沒有誇大，流量不是問題，問題在於話題。

「開會！快點，快點！」

趕鴨子一樣把娛樂組的記者們全趕去開會，劉知君匆匆跟在後頭，雪倫在她身邊，小聲問：「知君，是妳嗎？」

意會過來雪倫的意思，知君搖頭，沒說話。

雪倫轉著大眼睛，輕輕地說：「是嗎？」接著兩人便沒再說了。

進到會議室，這才發現這不只是娛樂組內部的會議，現場還坐了社會組的副總編輯。社會組的副總章哥坐在這也是滿臉的不願意，但也許是最近娛樂組的事情太多了，被叫來露個面、幫忙出些建議。

現場座位不夠，知君跟雪倫等記者就站在一旁，小孟遲到進來，看這陣仗，臉上也有些驚訝，隨即往知君她們身邊站，困惑地低聲問：「這是怎樣？」

雪倫聳肩，一臉無辜地搖頭。

沒理會她們又耳語些什麼，知君小心地觀察每個人的表情。羅彩涵臉色難看，滑著手上的手機，應該是不斷在瀏覽網路上的各式訊息。黃慈方照例安靜坐著沒有說話，也看不出是什麼心情。黃慈方抬起視線，知君便與她互看幾秒，然後自然地撇開視線。有一個位置被刻意空著，知君知道那是大海的位置，大海還沒有到，也不確定今天會不會到。

羅彩涵視線離開手機，看向那個空著的位置。「喂狗仔咧？狗仔怎麼沒來？那個誰，」她指了指娛樂組隨便一個人。「打給大海。」

羅彩涵放下手機，雙手環胸，臉上滿是不解。「到處都在罵罵罵，這些照片到底哪來的？」

章哥面色無奈。「我今天本來休假，要去看女兒的表演耶。」

聽他這樣說，羅彩涵更滿臉不悅。她塗抹了鮮紅指甲油的手拍拍桌面。「你以為我願意這樣啊？」

章哥說：「唉，這哪有什麼，妳要麼就跟這新聞，要麼就不要跟。對吧慈方？」

黃慈方被點名，不慌不忙地說：「我看，不然讓雪倫那邊草擬一篇聲明。」

雪倫被點名，難得明顯一臉訝異，但眼珠子左右看看，沒說話。

「不行，不能這樣，三番兩次被打打打，這股氣我嚥不去。」羅彩涵卻陷入沉思，不曉得在想什麼。一會，指著劉知君說：「劉知君，這件事該不會是妳搞的鬼吧？」

劉知君此時跟幾個年輕記者一樣，迫於空間狹窄，瑟縮雙手跟肩膀擠在人群中，突然被點名，劉知君還來不及回答，章哥就插嘴了。

章哥本來四肢舒展、雙手靠在頸後看戲，此時看看知君，認出她來。「哦，是『閨蜜』啊。」

羅彩涵說：「一直嚷嚷說她要幫林姵亭寫新聞，真的煩都煩死了。」說到這，氣不打一處來，又對著知君罵：「妳老實說是不是妳？不要讓我查出來啊。」

章哥還要發問：「她一直吵著要寫，妳幹嘛不讓她寫？」

羅彩涵抱怨：「欸不是你的事你說的很輕鬆欸，我幹嘛沒事給自己惹事？」

「不是啊，妳看妳就是錯失先機，」章哥確實是站著說話不腰疼的臉。「妳要是早讓她寫現在哪需要煩惱這種事啊，妳現在銷量跟點閱率還是這樣的。」他比了個拇指。

章哥雖然是在說風涼話，但難免讓羅彩涵面上表情有些許停頓跟動搖，但很快又指著劉知君罵。「妳說話啊！」

眾人視線放到知君身上，她百般無奈地開口。

「羅姐，真的不是我，但是……」猶豫片刻，劉知君不吐不快的樣子，盡量用委婉的語氣說明：「但是我們內部消息走漏，這也不是第一次吧，我這樣講妳可能會不開心，但我覺得要想辦法的話，應該優先處理這個狀況。」

章哥嚇一跳：「這又是怎麼回事？」

知君這麼說，會議室內氣氛凝結了幾秒，大家各懷心思。

章哥小聲問：「是怎樣，有內鬼喔？」

「你惦惦啦請你來聽八卦的喔。」羅彩涵有點焦慮，她發現自己沒有辦法立即地掌握現在的狀況跟眾人內心的計較。

會議室內氣氛詭譎，章哥觀察一陣，皺著眉頭，輕咳兩聲端坐起身體。他雙手交握在桌上，如果跟他熟識的人就會知道，這是他準備開始「做點事」的預備動作。

「我們那個……調查組那邊呢？」

黃慈方接話。「這件事拖了一陣子，法院一審到現在還沒宣布，調查組還有其他新聞，最近就要再繞回這個案子有點難度。」

「是嗎？」章哥想了想，又說：「我看這件事也沒這麼複雜啦，彩涵，妳想想，這個新聞平白無故被其他記者撿走也不是什麼好事。死掉那個記者好歹是你們的人，肥水不落外人田嘛。」

章哥說的確實不無道理，事情已經發展到這個階段，仍一味迴避確實不是羅彩涵的做事風格。

羅彩涵眼珠子轉了轉，突然問黃慈方：「妳覺得呢？」

黃慈方放下手上的筆，想了想，說：「照章哥這樣說，那就寫吧。」她抿著嘴微笑，大有無奈下此決定的意思。「反正『肥水不落外人田』，不是嗎？」

章哥忍不住拍拍桌子。「喂喂，不要都推到我頭上啦。」

羅彩涵打量著又是一臉雲淡風輕、事不關己模樣的黃慈方，心裡有點拿不定主意。

「那妳覺得應該怎麼寫？」

黃慈方淡淡地說：「就照知君的意思。」

黃慈方一向擅於打太極，此時乾淨俐落地站了邊，確實讓知君內心一震。她看向黃慈方，後者朝她若有似無地點頭。

知君感覺黃慈方正藉著這件事，順水推舟地將機會往她身上送。她清清楚楚地意識到，慈方姐在用她的方式成全自己。

知君低下視線，一句話沒說，內心確有觸動。

羅彩涵下意識地用指甲輕輕刮著指尖肉，這是她想事情時的習慣動作。

羅彩涵又問：「劉知君，妳覺得呢？」

再次被點到名，視線瞬間又如聚光燈一樣全放到知君身上。

事已至此，確實也是劉知君想要的局面。她肯定地說：「我能寫。」

現場人人都輕易察覺到那詭譎的波濤洶湧，又說不出到底哪裡不對勁，幾乎要屏氣凝神，才能不誤觸空氣裡恐怖的緊張。

羅彩涵想了片刻。她看向大海的空位，吩咐：「再打給大海，不管他在哪裡現在就給我趕回來。」頓了頓，她看向劉知君，說：「然後劉知君，妳來找我。」

*

劉知君一人坐在已經散會的會議室裡頭。片刻，羅彩涵端著一杯花茶走回來，一進來就瞪了劉知君一眼，慢吞吞地坐下，喝口茶過後才舒緩過來，彷彿今天一早經歷的是一場大戰。

「什麼爆料網，真是不入流。」

羅彩涵兀自喝著茶想事情，知君端詳著她的表情，覺得她也不是真的在生氣，沒有要大發雷霆訓人的意思。

「羅姐還是覺得這件事是我做的嗎？」

羅彩涵喝著茶，片刻後說：「如果是妳做的，那也算有本事。」

劉知君笑了笑。「我知道了。」

她這一笑引來羅彩涵的瞪視。「妳不要用那種態度跟我說話，看了就很討厭。」

劉知君臉上的笑容收了收。會議室有一片對外的落地窗玻璃，今天沒有雨，但鎮日都是陰天。

她開口：「羅姐，妳那時候為什麼說，慈方姐不是能幫我的人？」

劉知君的問題讓羅彩涵一愣，片刻才明白過來。

她勾勾嘴角。「妳看不出來？黃慈方這個人，大事小事全想避掉，想裝好人，又不甘心只當好人，跟著這種人有什麼好？」羅彩涵語重心長地說：「劉知君，有野心才能當好記者，不要總是想當二流的貨色。妳雖然很煩人，但說實話，妳有時候也煩得讓我敬佩。」

羅彩涵的話確實讓知君腦袋一懵，她完全沒想到，羅彩涵竟然是這個意思。

羅彩涵嘆了口氣。「林姵亭的新聞就去寫吧，寫得越大越好，我看妳能變出什麼東西來。」

第五章

蜿蜒的山路，在細雨濛濛裡頭，若站在山林至高處往低處看，一台黃色的計程車順著彎曲路徑，相當安靜、宛如低著頭的山野行人，一路往山林內走。

藍灰色的山影深處，一座療養院立在半山腰，牆上蜿蜒攀爬的藤蔓，幾乎讓這棟灰白色的建築物融在山裡，成為來往過客匆匆一瞥的乾枯背景。計程車在門口停下，車門打開，知君下了車。

車內的司機提醒她：「小姐，這裡車不好叫喔，要不要等妳？」

知君禮貌地微笑，搖頭。「不用了。」

關上車門的撞擊聲在這個近乎沉默的深山裡發出震天般巨響，驚擾林鳥，抬起頭似乎能看到那幾扇霧色濃重的窗戶，有幾個人影往此處查探。

計程車離開了，知君一個人站在這裡，用旁人看不到的姿態，非常小心地提起一口氣，才有勇氣往內走。

療養院外表老舊，內部倒是乾淨整潔，一踏入大廳，藥水味首先進到鼻腔內，說明這裡與醫院無異。知君簡單知會過櫃檯人員，便熟門熟路地一路往三樓走。這棟老式的病院無論從格局到院內裝潢、牆上貼瓷、清淺的用色，都是幾十年前的樣式，如一座堡壘，把停留於此的老人們保存在舊時光裡。

三樓長長的走廊底部，右手邊的病房內有一扇很大的窗，方方正正的木製窗櫺上是剝落的綠漆，往外一看，是醫院中庭的整片花園。

病房中間的病床有一個女人，風采年華都已經老去，無論是外表或是思緒，都被鎖在舊日年歲裡頭。

知君站在病房門口，靜靜地看著那個坐在床沿、眼神空洞毫無光彩的女人。

「媽。」

知君喊她。

女人抬起頭看著她，但知君知道，在她眼裡看到的不是一個女兒。

花園內，知君坐在鐵製的長椅上，看著母親在花圃邊兜轉。知君點起一支菸。她自己也不知道這是什麼習慣，即使工作壓力這麼大，她也不是一個有菸癮的人，唯有來到母親這裡，她才會點起一支菸，將腦袋裡那些終日轉著的思緒淨空。

母親肯定是識不得眼前的景色。這一年來，她的病情越來越重。其實無論是病前病後，她都認不得這個女兒，也從來做不來一個母親，因此面對一個生了病的媽媽，知君感受不出差別。甚至可以說，兩人的關係反而在母親失智後得到了奇妙的舒緩。

有時候感受著內心的毫無感受，知君才覺得心驚。

對媽媽生病一點感覺都沒有，這讓她覺得自己是一個，一個非常非常可怕的人。與那個當初張揚無情的母親，究竟有什麼差別？

四處兜轉的母親經過她身邊，停了停，仔仔細細地端詳她。

知君知道接下來會發生什麼事。

母親伸出枯燥的手，嘴裡小小聲嘟囔：「錢、錢。」

知君習以為常地掏出錢包，放了一張鈔票在她手上。

母親看著手上鈔票，臉上竟然有點微乎其微的笑容。

為了那一點笑容，知君又掏出一張一張的鈔票，慢慢地放到母親手上。一張疊上一張、一張疊上一張，越疊越高、越疊越厚，甚至一張張飄落地上，散了一地紅紅藍藍的紙。

看著母親的笑，知君打從心底覺得自己非常可悲。

*

「不行是什麼意思？」

電話那頭的成翰聲音相當不解。

「就是……最近都比較忙。」

知君站在巷子另一頭，看著在家門口的趙小淳被記者團團圍繞。與之前不同，此時她臉上帶著不可置信的驚喜跟一點困惑，應對著記者們的問答。

成翰沉默許久，知君知道這是他發怒的前兆。

「我早就跟妳說過了。」

「我知道，對不起。」

「那是我媽生日。」

眼前的趙小淳不斷朝記者們鞠躬，面上表情非常激動跟感激。即使聽不見她說什麼，也能猜測出她不斷地說「謝謝、謝謝」。

知君嘆氣，「我知道，真的對不起，但是這一週真的很忙。」

「妳在忙什麼？」

成翰語帶憤怒地這樣反問，知君一愣。

「我……」

「妳有好好告訴過我妳在忙什麼嗎？」

這回換知君沉默。她說不出話來。

「我會去接妳。」

那頭掛了電話，標準的成翰作風。被氣得掛電話也不是一兩次了，除了無奈外，更多的是煩悶。劉知君覺得自己已經快要被耗損光，然而她跟莊成翰不能被解決的問題一直放在那裡，始終沒有解決。

巷子那頭的趙小淳還在不斷道謝，眼淚流個不停。

於是知君覺得自己的選擇沒有錯。一百萬件錯事裡，她一定至少做對了一件。

*

趙小淳將房子整理得乾乾淨淨，沒什麼過多的裝飾或是隨年月堆積的家具，簡樸低調，唯有櫃櫥上幾張與林姵亭的合照特別亮麗顯眼。

「房東人很好，也沒趕我。」

趙小淳從廚房走出來，手上端著一盤水果，頗是不好意思地對知君笑。

「還請人來清鐵門上的油漆。」

一邊說著這些，趙小淳眉眼裡都是感激的笑意。

自從離婚之後，趙小淳帶著尚年幼的姵亭，一路輾轉住過許多地方。環境再惡劣、狹小的住所都有。知君想起林姵亭告訴過她，她沒有什麼「童年的家」的概念，四處游離，更分不清楚哪個地方比較像家鄉一點，乾脆把整個家鄉的定義，擴展到無限大。

現在落腳的這個老屋，是她們住得最久的一處地方，房東是一對老夫婦，早就隨子女搬到其他比較新落成的公寓居住，本來趙小淳只租了一樓，二樓以上偶爾房東的女兒會回來住，後來房東女兒到了美國工作，整棟也就這麼空下來，林姵亭住起了二樓的房間。

「……本來以為可能又得搬了。」坐下來後，趙小淳淡淡地這麼說。

知君的視線從櫃櫥裡林姵亭的照片收回來。

她仍有點擔心，「那些人還有再過來嗎？」

趙小淳笑了笑。「沒事了，放心吧。」

其實如果按照知君的意思，她希望趙小淳最好是先搬走一陣子，但看來她外表溫婉，實際上也很固執，說不要就不要，堅持在這屋子裡住下來，不曉得是守著回憶，還是等不會回來的女兒。

知君也沒繼續勸她，轉而說起今天來的目的。

「阿姨，妳也知道，最近姵亭的事情，網路上風向變得不太一樣，今天來找妳的那些記者，大多也是為了這件事情而來。」

說起姵亭的事，趙小淳就像小學裡認真聽老師說講的家長，表情相當認真。在她眼裡，新聞的事她是一竅不通，而知君是「專業的」。

「是。」她微微蹙著眉，認認真真地聽。

知君慢慢地跟她解釋：「無論如何，這是一件好事，妳要放寬心，事情會漸漸好起來。」她繼續說：「我想替姵亭做一篇報導，妳可以把它當作是對姵亭的一個追思，不知道妳同不同意？」

趙小淳當然不會有什麼意見，她原本就不是不相信人的個性。她又點頭。「當然沒有問題。」

「所以我今天來，是想要跟妳做個訪問，請妳跟我說說姵亭過去的事情，比方說她的成長經驗啊、童年的事，尤其是怎麼決定當記者，這類的事情。」

至此，趙小淳本來略略凝重的表情才舒緩開來。她理解地點頭。「這有什麼問題，」她不好意思地笑了出來。「我還煩惱找不到人說這些呢。」

趙小淳起身，讓知君等一下，自己到後頭搬了好幾本相冊來，難掩臉上的開心，又唯恐太興奮一樣。她翻了幾頁，一時不知道該怎麼從頭說，有點語無倫次。「當記者這件事就是……她從小就很有正義感，也很有自己想法，小學的時候有一次在學校被欺負，她還打回去，把對方打哭了。」

相簿裡一張張照片都保存得極好，即使幾經搬家遷徙，趙小淳一張也沒有丟失。對她來說，每一次搬家失去的家具、金錢，都是可以割捨的東西，唯有這幾本相冊，即使每次搬家都被姵亭嫌重，嚷嚷著想丟掉，卻一直帶在身邊。一晃眼什麼都走了，只有相冊留了下來。

泛黃相片裡小小年紀的林姵亭，眉眼間已很有長大後的模樣，精緻，又帶著倔強不服輸的英氣。知君一邊做紀錄，一邊翻拍幾張照片。

「後來就是……」趙小淳皺著眉回想。「後來其實發生一件事情，應該是姵亭大學的時候，還是高中，我有點忘記了。」

「沒關係，妳想一想。」

趙小淳眼珠猶疑地動了動。「應該是大學……姵亭從小跟我什麼都聊，那個時候，她有一個很好的朋友，」她表情有些不太確定。「好像是去當了模特兒還是明星，長得很漂亮，她工作的時候好像被人那個……」

「那個？」

「就是……」趙小淳嘆氣。「被人『欺負』。」

知君愣了愣。

「那個人是誰，妳還記得嗎？」

「她以前還常常來……」趙小淳不太確定地翻閱著後幾本相冊，兒童時期的林姵亭隨著她翻閱的速度快速成長，幾張畢業紀念照，出落成一個少女。趙小淳停在其中一張照片上。「就是她，叫什麼名字我有點忘了，我想一下。」

照片上的兩個少女穿著高中制服，青澀又天真開朗的樣子，靠在一起笑得非常開心。那是一場高中的畢業典禮。左邊是林姵亭，手上捧著一束花，另一隻手摟著她最要好的朋友。

「吳瑜莉。」知君脫口而出。

趙小淳嚇一跳，「對，妳怎麼知道？」

知君抬頭看著她，覺得總算接近了自己想要的答案。

「她後來叫做 Kelly。」知君輕輕地說。

那張照片上兩名燦笑如花的少女，都不清楚自己日後的命運。

*

小時候有一種卡片，上頭有各式各樣的問題，姓名、星座、興趣、嗜好……鄰近畢業時，大家很熱中於填這種資料，外公外婆沒有錢，劉知君從沒買過這種冊子，但也從同學那裡收到好幾張請她填寫的卡片。劉知君還記得自己窩在那個又小又滴水的房間裡，鼻息間是三合院內特有的樟腦和木柴氣味。她趴在書桌上，小心謹慎地對待那些花花綠綠、相當漂亮的卡片。

她字跡端正地一格一格填下自己的資料，最後總是會在「最喜歡的事」、「最討厭的事」那一欄卡關。她想不出來自己有什麼特別喜歡的事。但最討厭的事，日後想想，倒是有一件。

她討厭活得恣意妄為的人。

但她一生都想成為這樣的人。

*

飯菜香蒸騰。

台菜料理餐廳，華麗花紋的地毯上，一桌桌大紅圓桌。餐廳內部挑高，裝潢氣派，幾盞裝飾用的大紅燈籠垂掛，個個鑲有華美的金邊。餐廳內人聲鼎沸，一派的喜氣洋洋。幾間半開放式的包廂座落在餐廳兩側，知君走在男友成翰身後，姍姍來遲。兩人臉色都不太好看，在親戚們「這麼晚來」的調侃聲中，勉強微笑。

成翰拉開椅子，在母親莊江秀環身邊坐下。

知君看了他一眼，有些尷尬地雙手遞出禮物給成翰的母親。「阿姨，生日快樂。」

莊母也看了自己的兒子一眼，含笑說：「不是說工作忙就不用來了嗎？真是的。」

知君也給自己拉了張椅子坐下，成翰率先替她回應：「已經忙完了才來。」

「知君啊，」坐在知君對首處的是成翰的舅舅，平時人很熱情，遇到知君總會刻意聊兩句。「妳最近有什麼明星的八卦，說出來給大家聽聽看啊。」

知君乾笑，被問這問題也不是一兩次了，人人只要聽到她在八卦週刊當記者，內心蠢蠢欲動就想問這種問題。「我想想。舅舅想聽誰的八卦？」

舅舅哪想得到什麼明星的名字，倒是他身邊的女兒很來興趣，興沖沖地說了一個男藝人的名字：「他有女朋友嗎？」

知君想了一下，「最近好像有拍到一個。」

這一下，這桌的人就沸騰了，紛紛你一言我一語地丟出一些問題，天花亂墜，有的很離譜、有的還真有那麼點影子。知君其實很為難，碰到這種問題不能不答，又得答得恰到好處。成翰這些親戚，說實話人不差，但從小家族關係淡薄的劉知君並不習慣這麼熱鬧緊密的家庭氣氛。

趁對話的間隙，知君又瞄了成翰一眼，他仍是面色冷淡。

也許是逐漸注意到成翰情緒不佳，熱絡的場面逐漸冷下來，大家尷尬地換了另一個話題。

「什麼時候結婚？」

劉知君微笑。全都是她不喜歡的話題。

莊成翰回答了：「等她辭職就結婚。」

他一這麼開口，空氣就凍結了，眾人一片尷尬。

莊母放下手中的碗筷，半開玩笑地對發問那人說：「現在年輕人不喜歡被這樣問，你會被嫌哦。」

繼而又略過兒子，笑著看知君：「知君這麼好，我們一定會娶回家，你們不要老是急著問時間。對吧知君？」

視線轉過每一個親戚面上的表情，神色，飯菜熱氣全蒸騰在空中。

知君也笑著回應。

車上，莊成翰一手搭在方向盤上，沉默地開著車。窗外是城市的燈火流光，偶爾映過兩人的臉龐。

兩人都沒有說話。

知君雙手按在包包上，下意識、輕輕地摳抓著包包上的菱紋。

車身在一個巨大的十字路口停了下來，紅燈擋在前頭，倒數九十秒鐘。

「你媽媽生日，你這樣鬧脾氣，你覺得她會開心嗎？」知君總算開口，也沒看身邊這男人。

「妳不要把問題說到我身上來。」

紅燈仍在倒數，異常地緩慢。

成翰渾身散發著緊繃壓抑的怒意。他手指敲著方向盤，越來越忍不住。

「我如果會這麼討厭妳的工作，都是妳自己害的。」

知君沉默，靜靜地聽他罵。她從不試圖去對抗正在氣頭上的成翰。

莊成翰一開口就停不下來。「工作忙，就消失大半天，全推給工作。什麼忙不忙，只有願不願意而已劉知君。」

「我又不是在騙你……」

成翰氣得聲量提高。「那妳有告訴過我妳在忙什麼嗎？妳懶得解釋，就乾脆消失。我要忍幾次？」後頭傳來喇叭聲。紅燈倒數結束了，成翰深深呼吸幾口氣，車子又開始往前移動。

如果沒有爭吵，知君本是很喜歡這種在夜晚馬路上、匆忙車流中，唯有兩人相當安心安靜的車內時光。如果沒有越來越嚴重的爭執的話。她深呼吸，吐氣，深呼吸再吐氣。她告訴自己，不要跟莊成翰起正面衝突，交往這幾年，她很清楚他的脾性。

他其實是個體貼的男友，唯有他生氣發火，如小男孩一樣鬧脾氣時才難以收拾，但讓一讓、哄一哄，他很快就會好的。對待成翰，千萬不能跟他硬碰硬，他越是生氣，劉知君就得表現得越像一隻撒嬌的寵物，說些軟軟的言語，即使再怎麼言不及義都沒有關係。

「不要生氣了。」

也是到此刻，知君才看分明成翰的臉色。這男人一直忍到現在，臉上的不悅跟怒意，才逐漸化成男孩一樣的受挫跟受傷。知君心裡也很清楚，從以前到現在，莊成翰無論多忙，一定為她二十四小時待命，再忙也會抽空回她訊息、與她見面。但她跟家庭觀念重的成翰完全是不同世界的人，對她來說，不需時時見面也無所謂。只要工作一來，她就廢寢忘食，有時候一整天回不到成翰幾句話。

最近因為結婚的事情兩人摩擦變多，她對於跟莊成翰解釋任何工作上的事又覺得厭煩，尤其自從媧亭的事件發生後，更佔據了她大部分的注意力，一整天忘了回訊息是常態。她明明知道成翰會生氣，但就是太了解他，才越想逃避他。

此時見到他挫折的神情，知君也心生愧疚。

「對不起，真的是我的錯。」知君說。

成翰仍沒有看她，也許根本不想看她。

「我常常搞不清楚，妳是不是真的想跟我結婚。」

知君張開口許久，吐不出一個「是」。

放在包包裡的手機接連傳來訊息的震動聲，適時解救了她。知君拿出手機，將手機關機，並亮出關機的螢幕給成翰看。

「關起來了。這樣好嗎？」

成翰看了一眼，沒說什麼，但知君知道，這招能讓他稍微感到平衡一些。

她轉開車上音響，廣播聲流洩而出。知君表面上故做輕鬆，但腦中始終轉著手機關機前的訊息，來自大海。

大海：「照片都準備好了。」

＊

站在公寓門口，知君回過頭跟成翰再度道別，轉身上樓。片刻，知君的身影再度重新出現在門口，左右張望，確認成翰真的離開了，這才悄悄地再溜出來。

前方一台停在電線桿底下的深色轎車，若不仔細看，沒人會發現裡頭還坐著一個滿臉落腮鬍的男人，像在黑夜中隱了身。見知君走來，他橫趴過半個身體，替她開副駕駛座的門。

大海笑嘻嘻地跟知君打招呼，眼神曖昧。「剛剛是男朋友喔？」

知君懶得理他，坐上副駕，伸手就要資料。

大海一邊把資料袋交給她，一手舉著菸，整個人懶洋洋地靠在駕駛座門邊，笑得一抖一抖。「妳男友看到會不會誤會啊？」

知君忍不住横他一眼。「再說下去就是職場性騷擾喔。」

大海睜大眼，沒想到她會說出這種話。他瞠目結舌，又笑得彎腰。

「對啦，人醜性騷擾。我服，我服。」

知君一邊檢視著資料袋裡的照片，表情嚴肅，沒有理他。

大海不甘寂寞，看著街燈，有感而發。

「妳看像我們這一行有多少人能接受啊？這麼晚了還在工作，還得見髒兮兮的狗仔……」

知君打斷他的自艾自憐。「就這幾張嗎？」

「什麼就這幾張，這麼久以前的照片，妳應該要說『竟然找到這麼多張』才對吧？」

知君於是端著好聲好氣的臉，重新講一次：「竟然這麼多張，謝謝大海哥。」

大海受用地點頭，拉下窗戶點掉菸蒂。

煙蒂滾落水溝蓋內。水溝內涓涓細流，轉瞬把那一點紅星帶走。

大海傳來有點遲疑的聲音：「不過，妳真的要寫出來？」

知君看著第一張照片上頭，穿著豔麗、但面容難掩青澀的 Kelly。她內心有猶豫掙扎。「我不會指名道姓地寫。」

大海看著她沒說話。兩人當然都知道，哪有什麼叫做「不指名道姓地寫」。即使把名字全打了馬賽克，該明白的人還是會明白、會曝光的就是會曝光。

「那個 Kelly。」大海慢慢地說。「進了豪門之後，日子也不好過。」

大海半張臉在夜色裡，唯有手上舉著的菸亮著火紅的光。他一手搭在窗邊撐著臉，一邊回想，聊天一樣地說：「嫁進去之後才被知道，有過那件事情。」他比了比那封資料袋。「又等了大半年都沒懷孕。老公長期都在越南工作。聽說被婆婆折磨得很慘。那肚子裡要是女的，我看就得被趕出去了。」

想起那天見到 Kelly 時憔悴的模樣，其實知君大約也能猜到一二。Kelly 嫁入豪門後過得一點都不幸福，甚至是在懸崖邊徘徊，隨時都會失足跌落。

「……我不會著墨太多。」她低聲說。

大海搖搖手，一邊坐直身體，嘴上呼出口白煙。「妳不要誤會，我只是隨便聊聊而已。」

他低咳幾聲，趴在方向盤上，眼裡裝著奇特的光跟笑意。他朝知君挑挑眉。

「我們畢竟是同行。」

＊

低沉的機器運轉聲響。

一頁頁彩色的紙張，在印刷廠的輸送紐帶上被推送出來，一張接著一張、一張接著一張。

喀拉喀拉、喀拉喀拉的聲音，嘈雜的印刷廠內，一張張報導被推送出來的畫面，卻反差地令人感到寧靜莊嚴。如暴雨將至的前奏。

若是仔細看上頭字樣，能看見鮮豔繁複的紙面上，大大的字體寫著：

賣淫還是臥底？女記者深入淫窟慘死真相

記者名稱處並未遮遮掩掩地寫著「娛樂組」，反而光明正大地寫著「劉知君」三個字。這是劉知君自己的選擇。用一種近乎挑釁的姿態，掛上自己的名字。

*

那天早晨，天濛濛亮，知君睜開眼，從夢中醒來的那一刻，她就異常清醒。

大海是第一個傳來訊息的人，簡短扼要。

「恭喜。」他說。

一夕之間大家都在問劉知君是誰。

最新一期的立週刊一本難求，即使是一早，都得多跑好幾間超商才能搶到一兩本，且轉眼就被取走結帳。

瘋搶、瘋傳、謠言、熱議、風生水起。任何激烈的字眼都被搬上檯面，自從死了一個記者後行事異常低調的立週刊，此次王者回歸，親手將自己推上了浪尖頭。

對公司來說，當然是件相當振奮的事情。

八卦週刊的銷量有多久未曾再見到這種榮景？看著節節攀升的銷量跟網路討論聲量，業界的人酸溜溜地說立週刊此舉與姦屍無異，又有人繪聲繪影地說，前陣子爆料網的事，說不定就是由立週刊一手操縱，否則怎麼可能這麼恰巧就在暴雨未歇的時刻，做出了這一則報導？

最讓人玩味的是劉知君這個名字。

其實，報導內容到底是什麼，民眾們也許並不在乎，但他們喜歡英雄故事，也愛陰謀論。經過前陣子的報導渲染，所有人都曉得，劉知君就是林姵亭傳送出最後救命訊息的對象。她就是那一個「閨蜜」。閨蜜講的話，那就是祕辛了，究竟她揭露出什麼？大家都想窺探。

所以人人都在問，劉知君到底說了什麼？劉知君跟林姵亭的交情究竟如何？從案發到現在劉知君都沒有開口，卻在爆料網事件後，迅速刊出一份顯然經營許久的報導，這中間的緘默是為了什麼？是被迫封口、或是真的在操縱輿論做效果？

劉知君的名字出現在各個網路角落。人人都在猜、都在問，有些人默不作聲，卻始終看在眼底。連劉知君都不知道，自己也許已經默默從一個展示者，變成不自知的展示品……

＊

平滑纖薄的紙面上，印著五顏六色奪目的圖片、文字，「賣淫還是臥底？」以鮮豔的字體掛在最前頭，「記者劉知君」放在右下角的位置，看似不起眼，卻擲地有聲。許多人在不同的時間點翻開了這篇報導。

一雙雙的眼睛，逐一讀過一個個的文字。

根據記者劉知君的報導，勾勒出不幸枉死的記者林姵亭生前的圖像。

二十六歲的女記者林姵亭，近半年來一直祕密進行一項臥底報導，即揭發娛樂圈壓迫女性從業人員被迫接受性騷擾、苦水只能往肚裡吞的真相。根據林姵亭留下來的資料，以及其他匿名模特兒的證詞，女性接受潛規則在娛樂圈裡早是司空見慣之事，甚至有些經紀公司會輸送旗下漂亮女生到高檔派對，表面上是同樂，實際上是賣淫。而促使林姵亭一心完成這則報導的動力，要追溯回她當初志願成為記者的原因。

林姵亭有一個非常要好的高中同學，高中畢業後，兩人分別上了不同的大學，這名高中同學A（化名）相貌姣好，大學時就兼職做模特兒，年輕漂亮又外向的A，幸運地博取了許多人的喜歡，很快成為眾廠商、老闆的寵兒，無論是商務聚會或是私人聚會，A總能獲得出席的機會。接下來的發展並不令人意外，在某次的私人招待所聚會中，A被強行侵犯成功。年方二十的她，心裡面交錯著許多念頭跟想法，其中，有個特別強大的聲音，日夜出現在她腦中：去那種場合妳就該知道會發生這種事，為什麼要去？難道妳沒有想要靠身體上位嗎？妳發誓沒有想靠年輕美貌獲取捷徑嗎？

「妳沒有資格成為一個受害者。」聲音告訴她。

她感到錯亂、害怕，但又求助無援，不敢告訴家人、唯一能傾訴的人，就是始終陪在她身邊的摯交林姵亭。個性勇敢的姵亭，牽著害怕畏懼的好友，四處找方法想伸張正義。只是，兩個二十出頭的小女生到底能做什麼？

他們都說這是一場合意性交。沒有證據、沒有痕跡。

少女手牽著手，站在高聳陰沉的警局與人情世故面前，後來都選擇緘默。

但林姵亭告訴自己，總有一天要能夠出聲。這世界是給能夠說話的人存活下去的。能夠說話才會有力量，所以她決定……

讀到這裡，其中一雙觀看這篇報導的視線來自 Kelly。在那深山豪宅中，挺著孕肚的她渾身發抖、眼淚直流。

她怒不可遏。

*

辦公室內爆出一陣歡呼與掌聲。

黃慈方站在不遠處的小陽台抽菸，從她的角度，可以看到辦公室內的一部分視野。一群人聚在那，舉杯慶祝，劉知君站在其中，看不見面目表情，此時正一一感謝大家，以及站在她身邊的長官們。

依稀可聽見裡頭的聲音。

「知君這次做了很好的示範，我們做媒體就是要殺出一條血路。不痛不癢的新聞，不是好新聞……」

小陽台依靠在廚房旁，替大家拿紙杯的雪倫走進來見到黃慈方，一時愣住。

「慈方姐，怎麼沒一起過去吃東西呀？」

黃慈方笑著搖頭，揚揚手中的菸。「待會就過去。」

雪倫又是甜美乖巧地賣笑說好，走沒兩步，看著眼前重重的人牆，手上舉著幾個紙杯的她停下腳步，端著視線不知想什麼。片刻，又繞回來。

「慈方姐。」

黃慈方靠在陽台邊，等著她的話。

「我有看見。」小廚房內沒有開燈，雪倫的表情埋在晦暗的光線裡頭。此番她卸下總是裝傻甜笑的眉目，僅是清清淡淡地看著黃慈方，像在提問天氣。「有天下午，林姵亭被妳罵哭，從這裡離開。」

黃慈方的神情似有瞬間鬆動，但也僅是如此。她點頭。

「嗯，我記得。」

「我也有聽到妳罵她什麼。」雪倫進一步說。

「是嗎？我不記得。」

「我記得。」她說。

黃慈方揚眉，沒說話。

「不安好心。妳說她不安好心。」她又恢復成那個甜笑裝傻的雪倫。「為什麼？」

黃慈方低下頭點了點菸灰。「我常常罵人，不記得了。」

雪倫微笑，「我想也是。」她又從冰箱裡拿出幾罐可樂，朝黃慈方晃了晃。「慈方姐，菸抽完囉，過來吧。」

雪倫腳步輕盈地離開，笑著重新加入正在慶祝的同事們。黃慈方指尖一燙，不知何時菸頭已燒到了末端。她嘆口氣，將菸捻熄。

辦公室內聚集的人群逐漸散去，黃慈方看見劉知君站在原地，並未察覺到自己的視線。

林姵亭已經被清空的座位上放著一束花，以及寫著她報導的週刊。

黃慈方看著劉知君站到姵亭原有的座位旁，一動不動。

天邊陰雷陣陣，風雨欲來。

一些她們不知道的事情正在醞釀，在網路的某個角落，一個初時看來相當細小、不易察覺的消息被放了出來：報導中所說的那名高中同學A，本名叫做吳瑜莉。

第六章

「這次做得不錯。」

劉知君跟著羅彩涵進了小會議室，沒預期她會說什麼，但沒想到對方一開口，竟然是非常直白的稱讚。這反而讓劉知君更覺得奇怪。嚴格來說，羅姐並不是壞人，但個性陰晴不定，難以判斷她到底什麼時候開心，什麼時候又絞盡腦汁地要挖苦人。

今天老闆在所有同仁面前這樣稱讚劉知君，身為主管她看起來與有榮焉，但劉知君估計她對自己沒出糗、倒出了風頭，或許感到很不是滋味。

劉知君想了想，沒必要得罪她：「謝謝羅姐給機會。」

羅彩涵一屁股坐到椅子上，雖然沒有不悅的樣子，表情卻厭厭的。

「不用謝，這有什麼好謝。這只證明妳不是一個縮頭烏龜。」一抬頭，見劉知君還站著，羅彩涵的不耐又堆上臉。「坐下啊，妳是婢女啊？」

劉知君順從地坐下，還思索著羅彩涵為何突然叫她進來。

羅彩涵倒是自己解釋了。「這個題目妳就繼續寫。」

劉知君點頭答應。

「然後有一件事情。」羅彩涵想著該怎麼說，能讓她糾糾結結說不出來，顯然這件事很困擾她。

「本來不應該在最近做這種事情，但我想了想，也算是時候了。」她停頓，又說：「我想升妳當主筆。」

知君眼睛睜了睜，沒想到聽到這種答案，一時不知作何反應。

羅彩涵接著說：「但我現在升妳就是害妳，妳應該懂吧？」

劉知君當然明白她在說什麼，在這個浪頭上，寫了一篇文章突然就升遷了，任誰都會有翩翩聯想。

「我知道。」

「所以妳自己就爭氣一點吧也不要說我不幫妳。」她語速飛快，一句話裡沒停頓地講完了，這是羅彩涵一貫的講話方法，聽起來總有點強勢又不耐的意味。劉知君對她這種分秒都在瞧不起人的態度曾經非常反感，總是明裡暗裡對抗，但不知為何這麼一遭走下來，喜怒全擺在臉上的羅姐，面對起來反而最沒有壓力。因此，此時羅彩涵又是皺眉又是白眼擺臉色，她看了心底也沒什麼感覺。

「妳應該懂我的意思吧？」羅彩涵總是做滿漂亮光療指甲的手往桌面拍了拍，吸引劉知君的注意力。

知君眼珠子移來移去，還思考著講什麼，羅彩涵就當她傻，聽不懂人話了。她也一向喜歡底下的人適當地傻，然後再由自己好好進行一番開示。

她於是耐著性子解釋：「我老實告訴妳，我想要幫妳一把。但是有些人呢很奇怪，喜歡講求先後順序。」指甲在桌面敲了敲，她又說：「只要妳的表現一直都超前，那些擋在妳面前那些老人，他們也沒理由說什麼。」

劉知君點頭。「我明白了。」

羅彩涵打量著她，突然壓低聲音問：「妳應該沒有傻到不想升遷吧？」

「我沒……」知君張開口，突然一愣。

她腦海中忽然閃過成翰的臉。

她想起成翰問她到底有沒有想過結婚。

然後她再抬起視線，眼前羅彩涵的臉非常清楚，比成翰真實多了。她將心中成翰的影子先壓了下來。

她發現在羅彩涵質疑跟打量的視線面前，自己竟然有些緊張、心跳加快，是因為她腦袋正轉著該怎麼把握住這個機會。她有一股衝動，想要這個東西，想要現在就答應、想要表現給人看。她想她的毛病又犯了。

知君回答：「我想。」

羅彩涵眉頭的結至此才舒緩開來。她放鬆地靠到椅背上，神情明顯比方才輕鬆許多，甚至有些滿意。

「好。」她只淡淡這麼說。

兩人的對話結束，一直到走出會議室，劉知君還有點不太真實的感覺。

以她現在二十七歲的年紀，在競爭激烈的八卦週刊升任主筆，雖非不可能，但確實是得表現非常出色才可望爭取到的成績。劉知君的確一直以來都表現得很好，算是同期當中的模範生，但進到公司沒多久後，羅彩涵也來了，也許是因為心向著黃慈方的緣故，知君跟這個新主管始終不對盤，頻率完全不合拍。在羅彩涵的管轄下，縱使知君多優秀努力，始終像在對一團棉花出力，使不上勁。偶爾，會從羅姐口中獲得一些出乎意料的鼓勵，但僅此而已，因此她始終覺得升遷這檔事，沒辦法這麼快落到她頭上來。真要說升遷，前面還有好多人排隊等著。

但突然就是她了，或者說，差一步就是她了，這感覺與之前截然不同。

如同一個看不見的影子，焦慮無可自拔地爬上她手腳，纏上喉嚨，在別人看不見的維度裡，將她層層包覆。

經過林姵亭擺放著鮮花與雜誌的桌面，知君停下腳步，看著發愣。有那麼一瞬間，她看到林姵亭坐在這位置上，抬起頭望向她，臉上堆滿笑容說：「恭喜妳啊。升官感覺怎麼樣？」

劉知君轉身快步走開，徒留林姵亭的亡魂坐在原地，側著臉，森森地看著她。

*

隔著一條街，大海藏身在不起眼的轎車中，注意對街的動靜。

他人正在立週刊辦公室大樓附近，平時他四處走動，鮮少回到公司，今天純粹是一場意外。他本來打算在辦公室對街的巷弄裡乘涼小睡，就看見對面超商進出了幾個不尋常的人。說是不尋常，其實純粹是基於狗仔的雷達罷了。那些人身上穿著相當普通的外出服，但帶著一股說不上來的匪類之氣。

這裡是辦公區，四處林立著辦公大樓、公司行號，進出都是普通的上班族，為何突然有這樣的一批人出現，讓他很好奇。

與此同時，劉知君從大樓大廳走了出來。大海將手中相機的焦距拉近，那幾個男人站在超商外抽菸，一見劉知君出現，立刻就扔掉手上的菸頭，緩步靠近。

他們也不像要找碴，但就是信步跟在知君身後。

此時大海車上的新聞廣播，傳來一則讓他稍微分心的消息。

「……記者劉知君的報導在社會上引起軒然大波，所有人都想知道，高級酒店命案一案的審判方向，究竟會不會因為這則報導而有所改變……」

稍一分神，那幾個男人就這樣跟知君錯身而過，似乎只是路過。大海困惑地拿下相機，心想莫非是自己多慮了？

不遠處，幾個記者奔向知君，遞出麥克風，對著來不及反應的知君問了一系列問題。

大海再度舉起相機，拉近距離。景框中的劉知君從慌亂中回過神來，講了幾句話，彎腰致謝同業辛勞後，急忙離開。

而那幾個男人早就不見蹤影。

＊

夜裡，劉知君匆匆趕往一間位於鬧區地下室的夜店。

夜店內傳出震耳欲聾的音樂與嘈雜人聲，像是黑洞，漸漸把那些散落在外的人全吸了進去。知君困難地穿過在舞池中間搖擺身體的人群與迷亂的燈光，來到舞台左側的包廂內。一進到包廂內，知君一時還認不出誰是誰，直到 Jimmy 伸手攬過她。

Jimmy 已經喝開了，從眉梢到嘴角都是開心飛揚的樣子。

「劉大記者！」Jimmy 笑嘻嘻地靠在她耳邊喊。

Jimmy 踢了踢身邊一個誰，讓他讓座，然後摟著知君坐下，又不耐地拍了拍誰，讓他再去買些酒來。

自從上次遊艇的事之後，兩人關係就有點尷尬，今天下午 Jimmy 主動打電話約她，知君也有些意外，只是她跟 Jimmy 是合作許久的夥伴了，有什麼尷尬都只能讓它過去。

ＤＪ換了一首歌，舞池內一陣驚喜的歡呼，躁動聲越來越大，幾乎得趴在彼此身邊才聽得見說些什麼。

知君在 Jimmy 耳邊大喊：「說要讓我見誰？」

Jimmy 喝了酒，舉止顯得大剌剌。他點點頭，保證：「很多人，很多人，都是對妳有用的。喂！」

Jimmy 朝旁邊一吼：「不會過來打招呼啊？」

身邊幾個女生這才站起來，一一走到劉知君面前。知君這才看清楚她們的面目，都是些長相出眾的小模，但叫人留不下什麼印象。女孩子們朝知君打招呼：「知君姐。」

「他媽的，一個個都沒有禮貌。」Jimmy 幾乎是趴在知君肩頭，一一指著面前的女孩子。「這些都給妳採訪。」

知君皺眉看 Jimmy。「你是吃藥了？」

「吃個屁藥，我天然嗨。」Jimmy 又朝女孩子們大喊：「自我介紹啊！」

女孩們一個個湊到知君面前，壓著巨大的音樂聲自我介紹。

這個叫愛蜜莉十九歲、那個叫小雨二十一歲、還有另一個叫玲玲二十五歲……

知君一時受不了了，朝著 Jimmy 大喊：「你到底要做什麼？」

Jimmy 一臉理所當然。「幫我寫新聞啊，妳上次那篇搞那麼大，也幫我寫一篇可以吧？」

知君看著站在 Jimmy 面前不敢造次的小女生們，竟一時啞口無言。

Jimmy 看她沒說話，加碼說服她。「她們都有被性騷擾過啊，妳現在不就專門愛寫這個？」他點點頭，又指著一排女生吼：「妳們怎麼被騷擾的，舉手說話！」

女孩子們面面相覷，Jimmy 又怒吼：「舉手啊！」

知君對 Jimmy 的失態感到不可思議。「你真的夠了。」

Jimmy 表情玩味。「幹嘛生氣啊？我手上這麼久沒有新大牌，妳做個順水人情，幫我捧一個，有很難嗎？啊，還是妳嫌她們都是便宜貨？這簡單啦，我把她們送去做善事搏版面，大家都這樣洗白的嘛。妳覺得怎麼樣？」說完，Jimmy 笑得誇張。

知君總算弄明白 Jimmy 的意思。

現在社會輿論站在知君這裡，女孩們若能出來哭一哭博取同情，不失為曝光機會。

「你何必這樣？」知君問。

「什麼怎樣？妳問問看她們這裡誰不想紅啊？」他大聲說：「妳們他媽以為想紅都不用犧牲嗎？」

知君沉默，看著面前的Jimmy，紅色、黃色、紫色、藍色的光在他臉上交錯，勾勒出一幅錯亂破碎的圖像。

「你是發生什麼事了？」知君語氣平和地問，這麼一句不扯著喉嚨喊的話，竟然也能穿透夜店裡轟隆作響的音樂，來到Jimmy耳邊。

原先情緒高亢躁動的Jimmy一下子安靜下來。

「妳以為我想嗎？」Jimmy靠到椅背上，長嘆一口氣，群魔亂舞的光在他視線中閃動。

「劉知君啊，像我這樣的人，死後是一定下地獄的。」

知君一時無語，知道Jimmy大概也受到一些指示。

她幾番想說什麼，最終只是嘆口氣，說：「把她們帶來找我。」

語畢，她轉身離開。穿過左搖右擺的人群，尚未走到出口，突然伸來一隻手，輕輕扣住知君手腕。

回過頭，是一個個頭嬌小的女孩子，並不在方才Jimmy叫來的女孩行列裡頭。即使畫著濃妝，看起來年齡頂多也只有二十歲出頭。巨大的音樂聲潮裡頭，那女孩目光爍爍，氣息不穩，看來一路追著她來。

「妳是劉知君對嗎？」女孩急切地問：「對不對？」

知君困惑，仍是點頭。

女孩一邊回頭，似乎顧忌著誰。

她靠到知君耳邊，大聲掩蓋過音樂說：「我有事跟妳說。」

女孩仍是頻頻回首，不曉得看著哪處。知君順著她的視線看，四處全是沉浸在酒意中的人群，視野所及之處隨著韻律的燈光明明滅滅，看不出來她到底在顧慮誰的目光。

雖然不曉得她想說些什麼，但看出她的緊張跟害怕，知君想了想，按住她的手安撫她：「沒關係。」她一邊拿出名片，塞到她手中。「妳再聯繫我。」

女孩雖然不斷注意著身邊的人，望向知君的表情倒是很堅定。人與人之間的第一印象，雖然僅憑直覺，但有時第六感也準得可怕。知君心底有個奇特的感覺，面前這看來勇敢正直的小女孩，也許能給她帶來一些她想要的東西。

女孩點頭，在鬆開知君的手之前，在她耳邊說：「我叫薛薛，妳要記住喔。」

薛薛。

＊

僅開著一盞桌燈的小套房內，知君縮在椅子上，面前的電腦螢幕跳動著各式資訊，反映在知君正思索琢磨著事情的眼珠子裡。

電腦螢幕上布滿了大大小小的視窗，長期為了頻繁應付每分每秒湧進來的各類訊息，這樣戰國時代般紛亂的視窗，本就是知君電腦上會出現的常態。只是今天她心思全不在這上頭。她還在想著薛薛的事。回家的路上，她越想越不對勁，總覺得「薛薛」這名字她應該聽過，但方才那張在夜店燈光中的漂亮臉龐，卻一點印象都沒有。

她心想是誰家的藝人嗎？模特兒？甚至是哪裡來的網美？又或者只是工作上有接觸過的漂亮女孩？知君想了半天，卻毫無頭緒。

她點開聊天視窗，想找一個工作上相熟的前輩打聽。順著與每個人的聊天紀錄一一往下找，游標在經過成翰那欄時頓了頓。明明是情侶，兩人訊息卻已在自己其他各種對話紀錄的淘洗下，被壓到了底處，若非仔細找，根本不會看到。紀錄上顯示的最後對話時間，是一天前，最後一則訊息由知君發出，她說：「對不起。」

其實是為了什麼事情又道歉，早已經無所謂，這段感情岌岌可危，知君總是為了任何事情說對不起。成翰沒再回覆，這次報導引起軒然大波，肯定也惹得他非常不滿。她內心終究還是捨不得，知道當記者這一路走來，成翰為她退讓很多。只能說，兩個人都有一條不能退的底線，而她正把莊成翰逼到那裡。

知君點開訊息，鍵入：「還好嗎？」

訊息方傳出，突然就見右上方的提示欄跳出大海傳來的一串網址。

知君點開，連結通往了爆料網的網站，貼文上只有短短幾個字，寫著：「同學A？」

文字底下附了幾張照片，Kelly 幾年前當模特兒時的工作照、清涼裸露的寫真，還有幾張明顯偷拍的照片，是已嫁為人婦的 Kelly 戴著墨鏡、挺著孕肚，低調出門的模樣。網頁往下捲動，留言內有些人揭露 Kelly 本名、就讀學校，甚至連她怎麼嫁給富二代丈夫的事情都寫了出來。

其中一個評論寫著：「她喔……報導寫成這樣，我也是笑笑的。只能說可憐之人必有可恨之處。」這則評論有幾百人按讚，並在下頭追問求真相、求八卦。點進去那評論者的帳號頁面，明顯是一個刻意創立來留言的假帳號。

知君心跳加快，感到窒息。

她手指飛快地在鍵盤上敲打，鍵入訊息給大海：「給我ＫＪ的聯絡方式，我要找他談談。」大海回了訊息：「我帶妳去找他吧。十五分鐘後樓下等我。」

知君答應，同時傳了訊息給爆料網的粉絲專頁，要求撤下暴露 Kelly 個資的貼文，但沒有回覆，每秒鐘都顯得漫長。

她坐立難安，起身在室內打轉，忍不住重複觀看那則貼文底下的留言，所幸已經沒出現更多帶著弦外之音的留言，但內心的不安仍籠罩不去。她有很壞的預感，那預感如一團黑霧，模糊似有形體，但又沒有夠具體的輪廓。

與此同時，成翰來了訊息。

「現在去找妳好嗎？」

看著對話框，知君天人交戰。

一個「好」字反覆打了又刪、刪了又打。

左邊的視窗顯示著爆料網的畫面。知君怎麼也按不下發送訊息的按鍵。知君看著這則貼文的按讚數越來越多、越來越多。

她刪掉了「好」字，鍵入：「很晚了，明天好嗎？」

樓下傳來車聲，知君透過窗戶往外一看，確定是大海的車子。等不及讓她多思考，她抓起隨身物品便往樓下跑，氣喘吁吁地坐上大海的車。

駕駛座上的大海側頭看了看她，說：「走吧。」

手心的手機傳來一聲悶震，是成翰回訊：「知道了，妳早點休息吧。」

罪惡感襲上全身。知君朝大海點頭，反手蓋上了手機螢幕。

＊

營業到深夜的泡沫紅茶店。半露天的紅茶店內仍坐著熙熙攘攘的人群。濃重的菸味瀰漫，人們聲音或高或低地說著話。隔著一道淺淺的欄杆，偶有夜歸的路人經過，此時鬧區的燈已一盞盞熄滅，唯有這裡高朋滿座，是城市內不同於夜店的另一種不夜城。

坐在知君對面的ＫＪ滿臉鬍渣，頭髮雜亂，沒了上次見面乾乾淨淨讀書人的樣子，面容顏色憔悴，只有眼睛還是笑笑的，很溫和靦腆的樣子。

他正照著知君給的網址，查看最新的那篇貼文。

此時只有知君跟ＫＪ兩人，大海將知君載到目的地之後，就窩回車上去了。這人在車上待著的時間，說不定都比待在家裡還多。

「能刪嗎？」知君急切地問。

因為夜深的緣故，按讚和轉發的速度明顯緩了下來，但這些照片存在在網路上的一分一秒，都讓知君感到焦慮跟難以忍受。

ＫＪ放下了手機，一臉招牌的良善笑意。

「劉小姐，妳應該很清楚，就算爆料網把這篇文章刪掉，它仍然會在其他地方再生。尤其依照它目前的觸及率來說，我現在做什麼都於事無補。」

知君當然明白，「我知道，但我希望還是先把這篇文章撤下來。」

ＫＪ看了知君一會。片刻，他往後靠到椅背上，掛著名錶的手輕輕搭在蹺腿的左膝蓋上。他舒緩口氣，鏡片閃了閃，少了一些溫和裝傻的成分，那是聰明人特有的疏離表情。

「劉小姐，我就這麼說吧。」ＫＪ開口。「上次跟妳合作得很愉快，但我的原則應該也告知過妳了，我不會為了任何人刪除爆料網上的資訊。我認為我們就是各取所需，好聚好散。若妳先前的文章也有人要求下架，難道我應該同意嗎？」

知君看著他，腦中迅速地轉動，突然想通一些事情。

她問：「這篇文章是誰貼的？」

ＫＪ笑了笑，沒有正面回答，繼續說：「爆料網是一個很公平的地方，想分享的人不分貧富貴賤、資訊也不分大事小事，只要有人願意提供，這個網站就會永恆運轉，即使有一天我死了，爆料網也會在，或者是用另外一種方式重生。」

「即使他人惡意散播資訊，也無所謂？」

「什麼叫惡意散播？」

知君有些動怒，「不要跟我玩文字遊戲。這就是惡意散播。」

ＫＪ淡淡地看著她，並沒有受到知君的情緒牽動。

「劉小姐，大多數人等了一輩子，都等不來公平正義，因為他們沒有管道，也沒有資源。」

知君看著他。

ＫＪ繼續說：「而爆料網是這樣的，每個人都能公平發言，但說話的同時，不僅獲得了關注，可能也會引來仇家。以今天的這則貼文來說，妳就是那個被吸引來的仇家。」他放下翹著的左腿，微微傾身，開始挪移桌上的玻璃水杯。

他抓了一只裝滿水的水杯來到面前，又撿起桌面上的東西往水杯裡扔。扔下薯條、水果、醬汁……

「就跟這杯水一樣，妳在裡頭丟了什麼，水就會因為妳的舉動，如實地起一些變化。而這些變化是不可逆的。那如果，」他提來水壺，往水杯裡灌水，「妳為了稀釋它，拚命地往裡頭倒水，水也不可能變回原狀。」高高墜落的細小水柱拚命往水杯裡鑽，水面越來越高、越來越高，直至漫出桌面，而ＫＪ不為所動，就這麼眼睜睜看著從壺口落下的水飛蛾撲火般地擠進水杯，直至整個桌面都濕透，連地板也遭殃。

ＫＪ越講越來勁，真誠地給知君上了一堂課。

「當然我們也能想一些其他方法，比方說，把水給倒了，或者……」

知君奪走了ＫＪ手上的杯子，手一鬆，框啷一聲，水杯摔個粉碎。突如其來的刺耳聲響，讓人聲鼎沸的紅茶店內一陣靜默，所有人都往他們這桌看來。

ＫＪ一臉懵樣，沒反應過來。

店員回過神，匆匆靠過來，不知所措地看著氣氛奇異的兩人。

「請問……還好嗎？」

知君靜靜地看著他，眼神冰冷。

「說這麼多屁話你就是偽善而已。浪費我的時間。」

ＫＪ呆愣在後頭，眨了眨眼。

他剛剛那番「屁話」講得正在興頭上，此時見一地的玻璃碎渣，話全卡在喉嚨。ＫＪ看著早就站起身、一臉不爽的劉知君，朝服務生做了個手勢，示意他不用過來。

「劉小姐，」ＫＪ拔下眼鏡，苦笑著用上衣擦拭鏡片上的水珠。「我的意思是，我們在商言商，妳有什麼想法提出來，拿我有興趣的東西來換，不用跟我講什麼道德節操那套，很無聊。」

ＫＪ倒了一杯全新的水，擺到劉知君面前。「妳想想看，什麼事情有意思。我會等妳的消息。」

回到車上，駕駛座上的大海沒睡覺，倒是舉著相機，興致勃勃地朝紅茶店內望。

「如何？」大海側頭看了一眼知君的臉色，心下了然。「失敗啦。」

劉知君一邊思考。「ＫＪ要我拿有意思的消息給他。」

大海笑了笑。「要讓ＫＪ覺得有意思不簡單吧。」他發動車子，車內浸透深夜廣播的輕柔音樂聲。

知君覺得自己陷入一場膠著當中，她皺眉苦思。

大海在一旁說：「妳最好想快一點，否則網路上又一發不可收拾了。」

知君問：「什麼意思？」

大海搖頭嘆氣，車子在夜裡空曠的馬路過了一個彎。

「對方如果只發一篇文章就罷手，妳也不用煩惱了，劉記者。」

*

大海一語成讖。

次日，整起事件有了峰迴路轉的劇烈動盪。

Kelly 僅僅是被起底的第一人，其後更有大批模特兒、女星的裸露照以匿名方式被散播在網路上，四處都在求更多檔案、求上車，整個網路世界為了窺密而暴動起來。這風暴已颳至爆料網以外的地方，各式社群軟體、論壇、私人聊天群組，全都在散播一組又一組心照不宣的數字，這把數字鑰匙能打開獸慾與懲戒並行的大門。

一組組的照片中，女孩們巧笑倩兮地靠在男人身上，一個個都笑得心甘情願，她們漂亮的身體連結著性愛與金錢兩端，誰拿了多少錢、誰靠出賣肉體上位，每張照片都寫得清清楚楚，這群淫蕩犯賤的婊子收錢還喊冤，簡直罪不可恕。若說前幾天，劉知君的報導將她們寫成了落難天使，現在就全是一個個愛慕虛榮的妖女。

在這樣的風向下，好奇與暴虐的本性互相作用，每個人都在問，哪裡還有更多？網紅不夠、小模不夠，那群光鮮亮麗的當紅女明星脫了衣服的照片在哪裡？什麼實力派女演員、空靈女歌手，誰走過哪張紅毯不重要，對群眾來說，越勁爆越好，衣服脫了才是她們的本色。這把火沿著金字塔底端不斷往上竄燒，風聲鶴唳，人人自危，就怕燒到了自己。

最廉價的懲罰就是觀看，那些窺奇的視線穿透螢幕，每一道都烙印在女孩身上，無論她們走到哪裡，都擺脫不了那些彷彿隨時都被打量的目光。

一名面目清秀的少女在螢幕上哭得鼻子眼睛紅腫，泣不成聲。

「拜託大家不要再去看那些影片……求求你們……」

畫面上的少女是一個小有名氣的歌唱新星，外貌甜美、個性又活潑搞笑，不只有粉絲緣，在記者中也很受疼愛。最近開始籌備第二張專輯，沒想到一段短短十秒鐘的影片，就將她往深谷裡推。

對照國外曾經爆發過的豔照門事件，網友也替這件事起了一個戲謔的暱稱，叫「母豬門」。

一個記者低聲問：「她到底是被拍到什麼？」

另一人鎮定地回答：「口交。」

記者「哦」了一聲，搖頭嘆氣繼續看。

畫面一收，新聞主播坐在主播台前，面色凝重地解釋這起突如其來的風暴。許多民眾不以為然，紛紛在新聞網頁下頭留言，惡意嘲笑這女人只是裝腔作勢、博取同情，「有種就跳下去啊。」他們這樣叫囂。女歌手的粉絲專頁緊急關閉，記者試圖聯繫上她採訪感想，對方閉門不出。

當然，這個小歌手僅僅只是千萬個案例當中，浮出檯面的其中一人。

一早，還沒踏進辦公室，記者的群組裡面早就傳來數個連結，裡頭都是不堪的裸照。三點全露、性感照、雙腿大張甚至到性愛影片，檔案裡包羅萬象，大家都在辨認誰是誰。

照片裡不乏許多熟人。若是以前，劉知君大約能面不改色地把這些照片看完，說不定還能跟著同事說幾句嘲弄的話，但這一次不同。事件因她而起。這些女孩子都是因為她堅持寫那一篇報導而受罪。而最麻煩的是，依目前狀況，各家報社不管願不願意，都得跟進做這新聞。而身為上一次「表現優異」的劉知君，勢必得接下這重責大任，這是她推都推不掉的事情。

她想起夜店裡 Jimmy 那句話：我這樣的人，一定下地獄。

一邊觀看著相簿裡女孩們迷亂快樂的面容、淫靡的軀體，劉知君內心沉重，腦中不斷轉著這件事該怎麼解決。事到如今她不得不寫。

我一定會下地獄。她想。

*

隱蔽的咖啡廳內，明明懷有身孕，身形卻比上次見面更顯憔悴的 Kelly 坐在知君面前，即使在室內，仍壓低帽沿，戴著墨鏡。遮遮掩掩，仍難掩面色虛弱蒼白。因為四肢過於細瘦，顯得她即將臨盆的肚子異常巨大，像是刻意安裝上去的一顆假肚子，或者是因病長出的一顆巨瘤。

知君看著她，久久說不出話來。

「吳小姐。」

Kelly 抬起頭，墨鏡遮住她的雙眼，看不清楚她的眼神。

知君猶豫片刻，艱難地問。「妳……還好嗎？」

Kelly 嘲弄地揚起嘴角，沒有回答。

纖瘦到彷彿一折就斷的手指上，到處都是被掐出來的瘀青，順著那些傷痕往上看，知君注意到她的手臂內側，竟有一道道自殘傷癒的痕跡。那些傷痕有些很新、才剛剛結痂，有些看起來已是陳年舊疤，若非仔細看，不會注意到平滑的手臂內腹竟有不尋常的折痕。

今天是 Kelly 主動提出見面要求，赴會以前，知君也不能預測 Kelly 想做些什麼。

「她說她想要新聞。」沉默許久的 Kelly 突然開口。

知君想了一下，反應過來她指的是林姵亭。

Kelly 的語調風一吹就散，淒淒慘慘，像在說給自己聽。她緩緩地說：「我離開那個圈子那麼久了，她卻來找我要新聞。」

知君沒有插話，讓她自己慢慢說。

Kelly 繼續說：「妳的報導寫得其實沒錯，被強暴之後，只有姵亭幫我。」她傾身坐著，用一種幾乎環抱著自己的奇特姿勢，敘述陳年往事：「但是，我們兩個人都不知道該怎麼辦，我跟她說，算了，她說怎麼能算了，她非常生氣。我沒有告訴她，其實那時候我已經快撐不下去了，好像……好像我跟這世界對抗，是為了讓姵亭息怒。」

她身上的衣服清楚透出因姿勢匍匐而節骨分明的脊椎。Kelly 的聲音仍繼續：「有人告訴我，只是被睡，幹嘛不忍下來，識相一點說不定還能被包養。那個人說，『妳不就是要錢嗎？』我很害怕，如果我不表現得像個受害者積極哭喊，如果我消極地放棄，姵亭可能也會把我當那種人。那世界上最後一個相信我的人就消失了。」

她停頓片刻，回憶掉進幾年前那段黑色濃稠的歲月當中。

「……後來我就發瘋了，進出醫院好幾次。很長一段時間，我刻意不見姵亭。」

聽著她的故事，知君沒有辦法開口，Kelly 似乎也不期待她說什麼，好像約她出來，只是要把過往這些殘酷破爛的事情重新敘述一遍。

「所以，後來她出現，跟我說她變成記者了的時候我……我確實很訝異。」Kelly 接著說：「然後，她就說她想要新聞，希望我能幫她。如果我幫了她，她也能幫我，她可以幫我申冤。」

說到這裡，Kelly 不能自制地笑了起來。她的模樣並不誇張，像聽到一個有些許趣味的玩笑，無聲地捂著嘴悶笑。她坐起身，靠到椅背上，撥弄因動作而掉落在面前的幾縷黑色細髮。

知君看著她，思量片刻後開口：「那妳說什麼呢？」

Kelly冷笑。「我說，難道我要感恩戴德嗎？」想起那時的事情，Kelly的臉上蒙上一層陰鬱色彩。「申冤？我已經不發病了，結婚了、甚至懷孕了。這段日子裡我沒有奢求誰幫我，她突然出現，卻說她要幫我？」

Kelly彷彿進入一個困惑的失語狀態內，嘴唇張了許久，卻一個字都說不出來。片刻，Kelly抬起頭，望向知君。「妳也是。妳也一樣。」

她舉起瘦弱的手，緩緩拿下墨鏡。

墨鏡底下原本明亮動人的一雙大眼此時伴著觸目驚心的瘀青，一隻眼睛又青又腫，根本睜不開。

知君倒抽了口氣。

Kelly率先開口，語調輕鬆，聽來就更加殘忍。「別緊張，被打也不是一天兩天的事情了，沒有妳的報導，他也會找其他的事情打我。」

「妳……妳看醫生了嗎？妳懷孕了他也打妳？妳就讓他打嗎？」

Kelly輕輕摸著肚子，臉上的慘狀，讓她顯得更加神情恍惚。「不然我能去哪？」

知君簡直不知道該從哪一句話先說，她氣急敗壞。「我帶妳去看醫生好嗎？」

「不要假好心，妳也只是想利用我而已。」

Kelly搖搖頭，又搖搖頭。

她抬起頭，冷冷地看著知君。

「問問妳自己，難道不是嗎？」

＊

海潮聲。

海浪沖刷著黑色的夢境，逐漸洗出一片骯髒海灘。泥沙混著海砂，貝殼裡生出野草，垃圾纏著海草被送回土地，一些不知哪裡來的動物屍體，漁網纏住了腳趾。

劉知君回過神來，彎下腰解開了那一小段漁網，海浪湧來，沖濕了她深藍色的制服裙。捲起髒泥的浪頭竟有她的倒影，這是小學時的她。

知君不動聲色，也並不恐懼。她預知了母親就站在身後。

這個夢做了千百次，她知道母親就站在那裡，一身豔紅，漂亮的臉龐毫無生氣。她不是以一個活人的型態出現在知君夢中，更像是一尊陶偶。

海水會漸漸漫過她們的腳踝。海面四處是，屍體、枯花、垃圾。最終會淹毀整座小鎮。

劉知君覺得自己生病了，當海水淹上咽喉時她這樣想。

「我一生都在追求不愛自己的東西。」

＊

年底選戰即將開跑，娛樂圈的大動盪，也間接對政壇造成影響。新聞畫面裡，幾個市長候選人正各自跑著選舉行程，一片歡聲鬧騰，激情地喊著「當選！當選！」的場景裡頭，記者們將麥克風送到候選人面前，有人問起，這次的裸照事件，聽說不少女孩被咖掉一半的裸照身旁，就是政壇要角，不知道候選人對這個事件有什麼看法？

候選人微笑地對周邊的民眾打招呼、握手，一邊聽聞著這個問題，本以為會敷衍回答，沒想到這穿著西裝打領帶的男人回過頭，沉吟了片刻開口：「對於這種網路上個資被散布的狀況，我們應該予以譴責……」

鏡頭一轉，轉到了候選人身邊的男人。電視畫面定格在這裡。

記者們聚集在辦公室裡看新聞，電視訊號出了問題，辦公室裡靜默幾秒，有人拿來遙控器，抱怨：「這是怎樣？」

娛樂組下午有會，難得大家早早就到了。小孟看著電視上那男人，不屑地說：「噁心。」

定格在新聞畫面上那張上了年紀仍文質彬彬的臉，正是政壇中呼聲頗高的中生代黃水清。黃水清原本想選市長，但黨內初選沒過，後來倒是與候選人和氣地打成一片，笑瞇瞇地當了競選團隊的總幹事，憑藉著在鏡頭前的話題度，曝光率跟候選人有得拚。

光說黃水清這個名字沒有意思，但若搭配是他身邊的夫人梁恩恩，那就有很多故事能說了。

電視訊號恢復正常，畫面上，黃水清偕同夫人梁恩恩一同出來拜票，梁恩恩笑容端莊優雅，五十幾歲仍風韻猶存，眉眼間帶著一股官太太的傲氣。

前陣子，雪倫在編採會議上提了關於梁恩恩的立委丈夫外遇的題目，當時這則由梁恩恩本人提供的新聞被「讓」給知君做，誰料到當知君繼續追蹤，梁恩恩竟全盤否認，甚至揚言若週刊堅持報導就要提告。知君等於白忙一圈，雪倫也對她滿口抱歉。

如今，雪倫撐著腦袋看這畫面。她回過頭，對同樣望著新聞畫面的知君眨眨眼，笑容甜甜地說：「還是知君有挑新聞的 sense，當時對梁恩恩一點興趣都沒有，不然現在就虧大了。」頓了頓，又故作姿態地嘆氣：「我當初還勸妳別寫姵亭的報導，還好妳沒聽我的，否則現在哪能升官啊？」

她這話一說，立刻引起周圍記者們的注意。

對雪倫的話，知君本還只想笑笑帶過，此時聽她這麼一說，心跳漏了一拍。

升官的事情當初是羅彩涵嘴上在提，到現在根本還沒個影子，為什麼雪倫會知道？

復而又想起雪倫本來就跟羅彩涵交好，兩人興趣像、頻率也像，八面玲瓏的雪倫最懂得怎麼迎合羅彩涵霸道的性格，她要是知情一點也不奇怪。

幾個同事湊了過來，面色非常驚訝。

「什麼升官？知君要升官了？」

「公布了嗎？我沒看到啊。」

「知君，妳怎麼都沒說啊？」

劉知君一時不知道該怎麼應對，此時承認也不是、不承認也不是。「雪倫，妳聽誰說的？」

雪倫一臉笑瞇瞇，故作尷尬地擺擺手。「哎唷，只是聽說而已。所以沒這回事囉？」

知君被幾個同事圍著，所有人都等她回答。
「但我沒有聽說。」她說。
雪倫點點頭，抿著唇笑，好像真的是一場誤會，而她非常不好意思。
「那應該是我搞錯了。」

編採會議。記者們三三兩兩進了會議室，等到大家都差不多坐定了，羅彩涵還沒出現。黃慈方帶著筆記本走進來，順口提一句：「羅姐會晚一點。」羅彩涵比較忙，有時晚來些倒沒什麼，只是相對她的遲到，大海就難得地非常早到了。
只見大海一登場，就在桌上帥氣地壓了一塊硬碟，走過路過，不忘給記者們眨眨眼睛拋個媚眼。
沒人答話，黃慈方好心地開口詢問：「大海，這是什麼？」
大海颯爽地坐下。「不要再說狗仔沒在做事，這一位，」他鄭重介紹自己的硬碟。「全本高清無碼硬碟，大家了解一下。」
老蔡挖苦他，「阿海，你是先留著自己用喔藏這麼久？照片我們早就都有了啦。」
「老蔡哥不愧是老司機。」他亮出拇指，「但我的硬碟不一樣，上山下海飛禽走獸應有盡有。不信現在放來一起看看。」
語畢，也不管眾記者哀嚎阻止，他硬是要去開電腦放投影幕。
此時羅彩涵走了進來，帶著一股誰也惹不起的低氣壓，橫了擋在路中間的大海一眼。

「你在幹嘛？」

「我要……」大海話一收，乾脆地坐回位置上。「開會，開會。」

羅彩涵懷疑地多瞪他幾眼，這才坐下。雖然親切可人一向不是屬於她的形容詞，但今天的羅姐尤其生人勿近。她一邊坐下，一邊檢視手機上的內容。會議室內氣氛緊張，人人皮繃緊，不敢說話。黃慈方左右觀察這股凝重的沉默，開口試探：「羅姐，先報題目嗎？」

羅彩涵這才從手機上回過神來，隨手將手機往桌上一扔。她擺擺手。「先處理那個……小模裸照。」她看向大海：「叫你處理是處理好沒？」

大海搖搖手上的硬碟。「我帶來啦羅姐，剛剛要放妳又不讓我放。」

「放個屁，你當這裡A片欣賞會啊？」

一陣悶笑，大海本人也嘻嘻笑，沒什麼話能罵進他經年累月堆積起來的厚臉皮裡。

羅彩涵一手撐著腦袋靠在桌上，神情苦思。「這個新聞，Gary，你去問夜店那邊，這些妹啊平常都跟誰在夜店玩，怎麼玩，最近有誰包場，包廂裡在幹嘛……都問一問。」

Gary平常沒他的事就不說話，溫文儒雅彬彬有禮的樣子。此時點名到他了，一邊在筆記本上記下資訊，順道提醒：「羅姐，夜店最近口風都很緊喔。」

羅彩涵翻了翻白眼，耐著性子解釋：「你問他們，想不想做生意，不想做生意就不用說，你會直接把夜店名字寫出來。如果想做生意，他們可以供出別家夜店的狀況。ＯＫ？」

「ＯＫ。」Gary點頭。

「然後那個誰……那個誰？」她皺著眉想，手指著小孟。

「小孟。」小孟無奈地自我介紹。

「對，小孟。」她手上的筆轉兩圈，繼續吩咐：「妳去問問看有沒有可靠的經紀人消息。」

小孟答應，低頭在本子上做筆記。

「雪倫去問一下名單上那些女的，最好問出還有誰，看她們要怎樣互咬。」

一般大新聞的頭題會做八頁至十二頁不等，因為題目大，會通常會分配給不同的記者分頭進行。羅彩涵一邊在腦子裡轉著該怎麼操作，嘴上一邊安排各個記者的路線。這次裸照事件鬧得很大，各家報社搶著做這塊大餅，羅彩涵當然不想輸。在場每個記者都依序拿到了自己負責的工作，輪到劉知君身上，羅彩涵卻停了下來。

還以為她在思考什麼，羅彩涵卻已經替這個話題作結：「就這樣，妳們再去跟慈方姐報告進度。」

所有人面面相覷，劉知君一份工作都沒拿到，顯得格外突兀。

察覺到不自然的氣氛，羅彩涵這才從沉思裡抬起頭，掃視眾人：「幹嘛？有什麼問題？」

大家你看我我看你，又偷偷瞄向知君。

劉知君感到頭上被打了盞聚光燈，分外不自在。

羅彩涵了然地看一眼知君。「劉知君不用。」

不用是什麼意思？這句話大家聽進心裡面，卻沒人聽得懂。

黃慈方打圓場：「知君有其他事情要做是嗎？」

羅彩涵雙手環胸，聽黃慈方這樣說，揚揚眉。她用指甲敲了敲桌面，看著始終沒說話、但難免有些坐立難安的劉知君，說：「我怕劉知君寫這個新聞，會太慈悲，手下留情。我們娛樂組裡面，心腸最好的就屬知君囉。」

羅彩涵假笑一番，眾人也只好稀稀落落地乾笑。

黃慈方垂下視線，閃避任何一個探究的眼神。連她也搞不懂羅彩涵又是什麼意思。倒是雪倫驚訝地很明顯，她毫不避諱地來回看著知君跟羅彩涵，兀自眨眨眼，心想劉知君不是快要升官？為什麼現在又有這一齣？

難道沒有要升官？

劉知君自己倒頗淡定，沒有說話。

雖然是誤打誤撞，但如若現在要她做這則新聞，她確實也感到左右為難，不知道該從何做起，現在這狀況雖然微妙，卻也算是逃過一劫。

羅彩涵拿資料夾拍拍桌子，喚回大家注意力：「報題目。」

紛紛翻開筆記本的聲音，記者們開始一條一條討論。大海興味盎然地檢視著大家臉上細微的表情，臉上忍不住趣味地笑。

這就是他對新聞業樂此不疲的原因了。

＊

會後，娛樂組的記者從會議室裡走出來。小孟落到知君身邊，長嘆一口氣說：「知君，好羨慕妳喔，只有妳沒工作還可以領薪水。」

小孟這個人的好處是，當她在講尖酸刻薄的話時，就是真的在尖酸刻薄嘲諷人，沒有別的意思，不需要對她說的話胡思亂想。知君聽了也沒生氣，衝著小孟假笑：「妳可以像我一樣慈悲啊。」

小孟放空地想了想，做不到。「不要好了，我就是一個天生的壞胚子。」

老蔡經過，對著劉知君雙手合十：「這位菩薩。」

雪倫轉過頭來，被老蔡哥逗笑。「妳們不要捉弄知君啦，人家知君說不定有祕密任務要忙啊。」

雪倫老是意有所指，知君覺得很煩，她半開玩笑對雪倫說：「什麼祕密任務？妳指派的？」

雪倫微笑不說話，也不在意知君挖苦回來，腳步輕盈地走了。

其他人紛紛回到位置上，大海行經知君身邊，腳步停了停。「不用工作還能領錢，哎呀妳該不會是老闆的女兒吧？」

其他人開玩笑知君還能應付，現在連大海都來，她實在懶得回應了，看了大海一眼，也沒說話。

大海沒走，湊在她耳邊低聲說：「有一件事，既然我們是麻吉，免費告訴妳。」

看著他，知君心裡那句「我們什麼時候是麻吉」忍著沒說出口。

「什麼事？」她問。

「上一期週刊上架被大量收購，通路缺貨，一般民眾根本買不到。」

他這話總算讓知君認真起來。她停住腳步，問：「什麼意思？」

大海聳聳肩。

抱著筆記本跟資料，知君眼珠子轉來轉去思考。「有人不想這報導被看見？」

「有可能，妳自己留意吧。」

「你怎麼知道這件事？」

好像她問了天大的笑話，大海一臉怪異。「我是狗仔，妳以為我平常開車跑來跑去是在開 uber ？」

想想也是，知君沒再多問。「我知道了。」

大海還想聽八卦。「羅姐那新聞不給妳寫了，妳怎麼辦？」

劉知君倒是不緊張。「我有我自己的方法。」

雖然這麼說，但究竟是什麼方法，劉知君現在心裡還沒有答案。

*

那天下午，當她接起那通沒見過的號碼來電、聽見那頭的聲音時，劉知君大大地鬆了一口氣。「方法」很快就找到了，根本是從天而降，算準了天時地利人和。

來電者是薛薛。那天在夜店裡倉促見過一面的女孩。

薛薛是帶著她的好朋友出現的。

知君和她們約在公司內碰面。兩個年紀約莫二十出頭的女孩子，侷促不安地靠在一起，薛薛長相可愛，一頭俐落短髮，比起身邊的小安，她顯得像個姊姊，眉眼中帶著一股稚嫩的英氣，護著身邊氣質柔弱的小安。

初初看到她們的第一眼，知君直覺想到了二十歲時的姵亭與Kelly。想起她們手牽著手，站在警局前哭泣的模樣。莫名的既視感讓知君有片刻分神。向兩人打過招呼，知君將她們帶到適合談話的會議室內。

現在是下午三、四點左右，辦公室內人不多。兩個小女生行經走過，小心翼翼地偷瞄周遭，腳步慢一些，落在知君後頭一小段路。站在會議室前，知君回過頭，兩人才趕緊小跑步跟上。看她們緊張的樣子，知君不免起了看顧小妹妹般的憐惜，只是視線落在小安身上，有一股說不出來的熟悉感，又想不起來在哪裡見過。

小安是很常見的整型美女。一張臉上動刀無數，保守估計，至少開過眼頭、割了適合上妝的大片雙眼皮、墊鼻子下巴、玻尿酸打出來的臥蠶，胸部大約也動過刀，加上濃妝跟華麗的嫁接睫毛，即使她現在戴著一副黑框眼鏡，看起來也非常顯眼。整型美女動刀的位置都差不多，時下的審美觀也非常接近，知君首先將那股熟悉感歸咎於錯覺。

給她們準備了兩杯舒緩身心的花茶，拉起會議室的窗簾，知君這才坐下。一直到現在，她還不確定薛薛和小安會給她帶來什麼樣的消息。在電話裡頭，薛薛說得非常嚴肅，又神祕兮兮，說：「一定是對妳有幫助的事。」

當記者之後遇到千奇百怪的人，也不乏一聽到記者這職業，就曖昧不清地說自己有重大消息要透露、實際上說出來的事根本無關緊要的民眾。踏入業界這幾年，對那種懷抱奇怪幻想的人，知君早練就出一套禮貌迴避的方法。只是這次知君有預感，薛薛不一樣。要當記者，正需要這種自己也說不上來的第六感。

薛薛確實沒讓知君失望，為了避免知君失去興趣，她甫一開口，就帶來了知君最想要的消息。

「我跟林姵亭聯絡過。」

她這句話如天頂砸落的巨雷，縱使知君在腦海中如何預想過這次的談話內容，都沒想到她帶來的竟然是姵亭的消息。

知君臉色丕變。原本好整以暇等著妹妹們說故事的模樣消失，取而代之的是震驚和急切。

「妳找過姵亭？什麼時候？」

見到知君確實起了興趣，薛薛暗自鬆了口氣，娓娓道來：「林姵亭過世的幾個月前，我聽人家說她想要蒐集性醜聞的資料，主動找上她，林姵亭也有見我，我把小安的故事跟她說。」

至此，知君算是稍微明白了薛薛偕帶小安赴會的用意。這整件事是綁在一起的。整理好思緒，知君按捺下內心的激動，盡量語氣柔和地問：「小安怎麼了？」

兩個小女孩互視一眼，小安朝薛薛點頭，薛薛語帶猶豫地說：「妳……妳有看到小安的影片嗎？」

語畢，三人陷入相當奇特、心照不宣的沉默。

雖然知道這麼做對小安很不好意思，但知君還是重新把視線挪到她的臉上，審視這張相當人工、但不可否認非常美麗的臉龐。

現在網路上四處流傳的裸照檔案非常多、也很龐雜，幾百張照片，先別說光線昏暗，照片裡的女主角大多醉得一塌糊塗，妝容髒亂、臉頰跟眼皮都因喝太多酒而浮腫，要輕易從裡面認出人來實際上很困難，有些照片裡的主角認到眼睛脫窗也看不出是誰。大海帶來的硬碟確實如他所說，全本高清無碼，資料非常齊全，要什麼有什麼，簡直是百寶袋，只是要辨識每個人的身分仍是海底撈針。知君現在細細地審視小安的面容，想起確實是昨天某幾段影片裡匆促一瞥的一個女孩子。

照片外流已經夠不堪，小安被流出的還是影片。她現在竟能在朋友的陪同之下，來到這裡見一個素未謀面的記者，知君著實覺得她非常勇敢。

提到這件事，小安眼睛泛紅，低著腦袋不說話。

知君抽了張衛生紙給她。「我知道了，繼續說吧。」

薛薛拍了拍小安的手背，替她將這個故事說出口。小安以前也曾經有過模特兒夢，因為沒什麼成績，轉而到直播平台經營自己的粉絲，開播至今，也累積了幾千個粉絲，數量不多不少，但也夠她有好幾個乾爹乾哥每天送虛擬金幣。也許是相中了她的人氣，某次小安收到了一封信，邀請一些「漂亮的女孩」到 party 同歡。對網美來說，被邀請出席派對不是罕事，小安當然去了，應邀的女孩們清一色是像她這樣，有點小名氣，但又稱不上紅的漂亮女孩，大家都在渴求一個機會，不諱言地說，當然希望巴上幾個富商富豪，從此嫁入豪門作少奶奶；或者獲得金主支持，出唱片或演戲，得到真正的表演舞台。

但去了之後，小安才發現這個派對跟她想的非常不一樣。

「那是一個競標派對。」薛薛說。

根據薛薛的描述，那是一個有錢男人的享樂大會，現場所有女孩只要願意，都能都開放競價，只要得標，金主就可以要求女孩子做任何事情。派對裡的金主們是女孩們打拚一輩子都遇不到的大人物，人脈、機會跟金錢就在眼前，就算知道當下派對凶險，甚至可能是場海市蜃樓，但只要有一點點的機會，誰不想一試？

這個派對說好聽一點是競標派對，實際上是有錢人的性愛聚會。而小安日後被流出的影片，也是在那聚會上發生的事。

「妳當初就是把這件事告訴姵亭？」

「對，」薛薛直截了當地說：「我想要她把這件事寫出來。」

知君總算是全盤搞懂了。「那後來呢？妳有再跟她聯絡、或者是她有告訴妳進度嗎？」

薛薛表情失望。「沒有，我有聯絡過她，但她後來非常忙，再聽到她的消息時，就是她過世的事。」

「非常忙？」知君皺眉沉思。除了部分早就被警方帶走的東西，姵亭身後留下來的工作資料，都是由她經手整理。在決定追蹤姵亭命案的報導之後，劉知君就翻閱過每一份筆記本跟檔案，但並沒有看過性愛派對這個驚世駭俗的內容。

難不成是她遺漏了什麼？

她側頭想，卻想不出個所以然。知君再問小安：「那個聚會上大概有多少人？妳看到誰？」

輪到她自己開口說話，小安顯得很緊張。知君注意到她焦慮地下意識用指甲扒抓大腿，一下一下刮出紅痕。見她情緒不對勁，薛薛又趕緊說：「她不記得。」

知君困惑：「不記得？」

「她真的不記得。」

看著臉色蒼白、緊張到整個人瑟縮在一塊的小安，知君明白了為什麼在姵亭的遺物裡面，沒有看到任何跟性愛派對有關的稿件。這線人只拋出一個消息，再深入追問，卻一問三不知，就算記者有心要追這條新聞，也無能為力。

「那當初那個邀請信呢？還留著嗎？」

說到這個，小安倒是點頭了，知君正想先看一下邀請信內容，薛薛又興致勃勃地插話。薛薛說：「但重點不是那個，我來找妳是真的有證據了，這次一定不會失敗。」

薛薛拿起手機，在螢幕上點點滑滑，然後推近到知君面前。

知君本以為是關鍵畫面的照片，沒想到出現在眼前的，是一封信件。

信件發送時間是三天前，寄件人未明。

這是一封邀請函。

「這次換我收到邀請了。」薛薛說。

＊

知君非常猶豫。

薛薛跟小安離開之後，知君回到自己的座位上，望著資料夾裡各式各樣的性愛照片發愣。螢幕上照片一張換過一張，臉、歡愉、體液、性器，交替在她的螢幕上出現又消失。她就這麼維持著這個姿勢，身旁的同事回來公司又離開，等她回過神時，偌大的辦公室只剩下她一個人。

滑鼠移動到存放影片的資料夾，點擊。白色的游標一一審視著每一個影片，總算在第四排的末尾，找到它的目標。空曠的辦公室裡，連滑鼠點擊聲都格外清楚。電腦螢幕上跳出的影片鏡頭劇烈搖晃，燈光嚴重不足，初時看不清楚影片內容。周圍是許多男人的笑聲，鏡頭拉近，影片的女主角醉到連呻吟聲都發不出，隱隱翻著白眼，早就神智不清。她妝髮凌亂，仔細一看，長髮上全是嘔吐物。畫面角度一換，相機由旁人接手，這才看見女孩正被壓在桌上性交，食物、菸酒、不明的粉末散落在她身旁。她衣著不整、乳房外露，上頭有不明痕跡，看起來似是傷口。掌鏡人如介紹展示品一樣拍攝女孩，從她發青的臉色、乳房，一路延伸到正在被交合的陰道。掌鏡人要她身上的男人退開一些，近距離拍攝她沾滿不明體液的陰道口。

看到這裡，影片竟還有三分之一的長度。知君再也看不下去。噁心感跟憤怒堆滿胸口。在見到小安之前，這些影片她只有匆匆看過，印象不深，今天重新找到了小安被外流的性愛影片，才明白小安說「不記得」是什麼意思。

她當然記不得，那場面明顯就是被灌酒下藥然後輪姦。但影片巧妙地沒有拍攝到任何男人的臉，場地看來也與一般的夜店無異，不確定行凶的地點為何。光憑這支影片，恐怕也只淪為素人偷拍這種網路流傳的A片。而小安事後沒有驗傷、沒有證據，對現場的細節甚至一問三不知，也難怪之後她們求助無門。

想起初見兩人時，那股看見姵亭和 Kelly 的既視感，竟是一場誤打誤撞的直覺。

當薛薛和小安站在她面前時，彷彿就附上了姵亭和 Kelly 的靈魂，少女們手牽著手，笑盈盈地看著她。這麼多年過去了，事情仍然重複發生著。

看著資料夾裡滿滿的照片，罪惡感跟責任感在作用。劉知君知道自己必須寫出來。非得是她，不然還有誰？別家報社她管不了，在自家週刊裡頭，她畢竟對這個報導握有發言權。

她不能掌控別人要怎麼寫，但至少可以確定自己想怎麼寫。

這個想法讓她非常猶豫，同時又非常興奮。

當記者誰不想要寫幾個轟轟烈烈的獨家？若說她寫的林姵亭之死那則新聞，還可以歸類成閨蜜的悼念，現在這個性愛派對，才是件真正的大事。她想知道派對上有誰、怎麼競標、整個流程怎麼進行。這是一場極為機密的上流階級牛肉場，只要她能進去、能拍到照片，什麼裸照事件根本不值一提，她的新聞將會震盪社會。

她同時感知到自己的猶豫，以及血液裡那種非常興奮、很想一試的感覺。

這就是她之所以當記者，最想要做的那種新聞。

擲地有聲，而後振聾發聵。

這種心臟怦怦跳，甚至連血液也在沸騰的感覺，使她突然切切實實地感受到，擔任記者這件事對她來說，從來就不是妥協，也不是混口飯吃。她是為了自己，才會一路披荊斬棘、如履薄冰，至今仍然站在這裡。

第七章

大海看著劉知君的神情，像在確認她有沒有發瘋。

「你幹嘛？」

潛入派對一事，知君思來想去，身邊只有大海能夠幫忙，特地跟大海約了時間討論這件事。本是想找個安靜的餐廳請這位狗仔吃頓飯，再好好聊她的計畫，但大海顯然對氣質二字過敏，一聽到要去那種最高品質靜悄悄的地方吃飯，就渾身不對勁。車子一調轉，此時兩人就坐在速食餐廳，知君看著大海大嗑薯條漢堡，一邊對自己露出匪夷所思的表情。

大海把薯條當菸叼，眉頭一揚一抑，打量著劉知君。

「妳確定？」

事實上，劉知君根本沒想過大海會懷疑自己。她很肯定這是她要做的事，如果身邊有一百個人會阻止她，不按常理出牌的大海，應該會理解她的做法才對。因此當大海率先表露出這副態度時，讓她有些失望。

「我確定，我想過了。你會幫我嗎？」

看知君的神情就知道她早就下定決心，大海有些煩惱地「哎呀」一聲。「我是知道妳有點那個啦。」

「哪個？」

大海嘴唇運動，緩緩把叼著的薯條全咬進嘴裡去。他又拿了一根新的。「有點瘋。」

知君臉上表情一懵，怎麼也沒想到會被很瘋的大海說「有點瘋」。

知君有些不開心。「你不想幫的話，就直接說吧。」

「我沒有說不幫啊。」大海揚著聲音說，一副被誤解的受傷模樣。「妳請我吃薯條，我一定幫妳的啊。」

知君沉默，懷疑地審視大海，判斷不出他到底是隨口呼嚨，還是真的有心幫忙。

看她這神情，大海笑了笑，手上捏著薯條晃了晃，沾了一手的鹽巴。

「妳那什麼眼神？我說會幫，就是真的會幫。」

知君勉強相信他。「這件事你不要說出去。」

「我不是那種人。」

大海的每一句話都讓她非常懷疑，只是此時才開始盤算著找大海幫忙到底是不是個明智的選擇，好像已經太晚了。知君拿出電腦，亮出自己最近蒐集到的資料給大海看。

首先是那封經由小安截圖、轉寄給她的特殊邀請函，以及她自己拼湊出關於這派對的面目。

根據她手上有的信息顯示，這個祕密派對至少已經舉辦了三次以上，一年一次，邀請政商名流，舉辦地點不一，每次舉辦時，也都用不同的名目包裝，這一次的包裝手法與上次雷同，對外宣稱是一場慈善派對。雖然說是慈善派對，但行事非常低調，唯有受邀者才知道派對的存在，而每個人收到的邀請函，也經過特殊加密處理，難以複製。

大海吃著漢堡，邊聽知君解說一邊點頭，像看電視節目一樣。他伸出油膩的食指，在螢幕上晃來晃去。「妳這個信怎麼解決？」

「ＫＪ應該可以吧。」知君理所當然的樣子。

大海皺眉。「妳確定？妳上次才把人罵成孫子……」

知君看著大海，眼神裡寫著「不行嗎」三個大字。

「這不就是他覺得『有意思』的事情嗎？」

知君這句話讓大海無從反駁。「也是，也是。妳繼續說。」

知君最近從一些知情人士中探查到一些口風，能夠受邀這個派對的女孩子分成兩種，一種是有經紀人帶去的，一種是早就被看上、指名的女生，關於這點，在薛薛的協助下，她決定混在薛薛跟其他女孩之間，裝作是經紀人帶去的小模，進到會場之後，再伺機而動。

知君說得口沫橫飛，大海仍是半信半疑地看著她。

「妳應該知道進去可能會發生什麼事吧？妳可能會出不來喔。」

知君一頓，當大海說「出不來」時，她腦海中閃過了姵亭的樣子。她知道，大海其實暗示的也正是姵亭的下場。

「我知道。」她說。

看她神情堅定，大海不再多勸。事已至此，他接了這「工作」，那就聽雇主差遣發落。他搓掉手上鹽巴，認真詢問他的雇主：「那我要做什麼？」

「我進去拍到照片之後，不會久待，很快就會出來，你就負責在附近接應我。」

「就這樣？」

「還有一件事。」

知君仍是一本正經地開口：「教我怎麼當狗仔。」

＊

雖然嘴上抱怨「我是狗仔不是SPY」，大海仍是傳授給她自己從業十多年來的狗仔心法。這套心法說難不難，一個訣竅就是「伺機而動」。

「慈善派對」舉辦的位置頗有大隱隱於林的意思。覆蓋著茂密樟樹枝葉的林蔭大道，這個高級招待所就開設在這條市中心昂貴的路段上，外表與一般大廈無異，但入內機關重重，門禁森嚴，即使只是行經門口，也能輕易看到每個角落都站了保全，時刻盯著大廈外的動靜。

大海開車載著知君到大廈外繞一圈。對這地方他倒是非常熟悉，「好像回到故鄉」，大海是這樣形容的。雖然聽來誇張，但所言不假。這地方時常出入政商名流跟知名藝人，附近又有好幾間有名的夜店，晚上看似安靜，實際上是一座隱藏的不夜城。狗仔平常如果沒什麼事做就蹲在這裡，總是會有幾個晚上能撞見一些好東西。

大海將車子挪進停車格，這裡距離招待所大門大概兩百公尺遠，視野好，能夠一眼看見大門口發生什麼事。依照這裡門禁森嚴的狀況，想從後門或側門逃跑都不切實際，因此大海說，最好的偽裝，就是光明正大從大門口走出來。

「到時候妳就裝爛醉，去廁所躲一躲，然後抓準時機從逃生口走樓梯下樓。」

招待所位於頂樓二層樓，只要能躲過那兩層樓，下到大廳，基本上就算逃過一劫。

「如果真的出不來……」

現在是白天，碧海藍天被分割成萬花筒般的視野，偶有白雲輕輕飄過。刺眼的陽光穿透茂密的枝葉來到他們眼前。兩人坐在大海這台不起眼的黑色轎車裡，吸著冷氣的霉味，以及老轎車特有的皮革悶味，靠在擋風玻璃前，認真地分析情勢。

說到這裡，知君接了大海的話。

「如果出不來，我就待到結束。」知君說，臉上也沒猶豫。她早就把可能的情況都想過了，該害怕的情況，也已經都嚇過自己一輪。但她還是想做。

雖然平常瘋瘋癲癲，但說到底大海好歹長了知君十歲左右的年紀，當初書都沒讀完，誤打誤撞進了媒體業，狗仔一做竟然就是十個年頭。這一行觸目所及五光十色、眼花繚亂，即使狗仔總是蹲在最骯髒的旮旯裡，見到的是煙花餘暉，或是狂歡過後滿地的髒亂與屍體。十年來看的藝人多，記者也多，什麼樣光怪陸離的事情沒有聽過。而他從業十年，即使仍是髒兮兮的街角老鼠，至少在公司裡還是被人尊稱一聲哥。

此時他看著這個年輕的女孩，一看就是受高等學歷出身的聰明女生，有想法跟堅持，又有點站在雲端上的天真。他聽劉知君語氣堅定地這樣說，當然也不把它當一句玩笑話。他知道劉知君是真的想過了，而且要這麼做。

想到這裡，他笑了笑，引來劉知君莫名其妙的眼神。

「怎麼了？」知君問。

「沒什麼。」大海說，朝知君眨眨眼。

其實本來就是要這樣才好玩。他一生都在不守規矩，不喜歡讀書、討厭體制，誤打誤撞當了狗仔，一心也就沒有別的。狗仔是最好玩的職業，窺探那些光鮮亮麗的大人物最骯髒下作的一面，在他們不知情的時候，悄悄將醜聞帶到了新聞版面，殺得他們措手不及。即使犧牲睡眠跟尊嚴，偶爾還得冒著被打的風險，大海都甘之如飴。他根本想不到有什麼工作比當狗仔還好玩了。

所以他喜歡劉知君這個提議。

「不管裡面發生了什麼，最重要的是記得出來，然後帶著照片。其他的都別想太多。」他輕描淡寫地說。「外面的事我會幫妳。」

大海的聲音沉穩正經，沒有平時的吊兒郎噹，知君知道他試圖用最雲淡風輕的方式鼓勵她。這就是她想要的合作模式，不問太多，做就對了。誰都不要先怕。

想到這裡，原本知君彎著開心的唇角有些向下掉。

彷彿看到那個總是「不怕」的姵亭，昂首闊步走在她面前，頭也不回朝那個致命的高級飯店走去。

如果當時她成為她的臂膀，就像今天這樣，跟她說，我在外面等妳，外面的事我會幫妳。

妳記得回來。

如果當時有說那句話就好了。

＊

一個下午，大海那台車繞來繞去，告訴她進了會場之後可能會遇到什麼事情、該怎麼辦。最重要的事情是不動聲色，被摸被抱被親，都屬於正常範圍，假笑迎合然後偷溜即可，不要太顯眼，有空垃圾桶裡翻一翻，也許能看到什麼東西。

在大海的幫忙下，劉知君得到了一只微型的監視錄影器，巧妙地安裝在手拿包的鎖扣上，與包包融為一體，如果沒有仔細看，誰都會以為上頭那個偶爾閃過一抹亮光的東西，只是包包上的寶石裝飾。

「到時候我就在這裡等妳。」大海說。「保持聯絡。」

邀請函的部分，ＫＪ倒是很快就回了信。

知君沒有猜錯，這就是ＫＪ想要的遊戲。或是，她總算抓到了與ＫＪ合作的模式。

互利共生，正確地提供給ＫＪ他想要的東西，不要談飄在虛空裡的道德正義，人情在爆料網也不起作用。這個科技宅出身的奇特網站負責人，要的是更真實、血淋淋的利益交換。知君跟ＫＪ要求了一張邀請函，這對ＫＪ來說並不難辦到，回頭還能拿到幾張別人獨家的淫趴照片，怎麼想都是大賺一筆。這個交易ＫＪ爽快答應，雙方合作愉快。

那張附有特殊流水號的邀請函很快發到知君的信箱，模樣精緻，跟真貨沒有兩樣。

至此，前置的準備算是告了一個段落。跟薛薛確認完當天碰頭的事項之後，知君獨自一人回到承租的小套房。颱風似是要來了，外頭起了風，還不見雨水，但雲層很厚，天很陰。

劉知君坐在靠窗的書桌，桌面上堆滿連月來的各樣資料。自打當了記者之後，她的桌面就沒有空閒的一天。牆面上貼滿了記事的便條紙，有些已經過期。等待的時間閒來無事，她起身把過期的便條紙一張張撕下來。一邊撕，就看見一旁牆面，是她與成翰三年來的點滴合照。一起走過的地方、第一次共享的節日、某一些承諾。

有些承諾聽起來幼稚得像玩笑，比方說，拿鑰匙圈當戒指、包著大浴巾當嫁衣，掀開浴巾的那刻，她看見對方很真誠、甚至有點緊張地問她：「妳要不要嫁給我。」

那是劉知君的魔幻時刻，她太喜歡了，從來沒有對任何人複述過那一剎那。

「對不起。」她對自己說。

劉知君其實不怕進了派對會讓自己受傷，但她怕受傷之後，成翰會不愛她。

她其實很怕莊成翰再也不愛她。

但她現在要親手把自己很喜歡的東西毀掉了。

她明白，如果莊成翰知道了，絕對不可能會原諒她。正因為如此，她更要做。她不打算給自己留任何退路。

＊

夜裡的風更大了，伴隨著隱隱雷鳴。

派對的時間在三個小時後，薛薛先到了知君的房間內替她做準備。換上薛薛借給她的黑色貼身洋裝，裙襬極短，但胸口跟袖口都縫有薄薄的一層黑色蕾絲，袖口蕾絲抓皺，做出微微公主袖的模樣，小細節的甜美感讓這件洋裝顯得不過分暴露誇張。

即使如此，知君還是不自在地頻頻拉著裙襬。

薛薛正在給她上妝，無奈道：「知君姐，妳這樣我很難化妝。」

知君趕緊坐直身體。「對不起。」

薛薛正在給她上繁複的眼妝，因為不確定在場會不會被眼尖的人認出她記者的身分，今天薛薛的任務就是把她的妝畫成易容術。

薛薛信心地說：「保證妳媽媽都認不出來。」

知君有點古怪地想笑。她想，她媽本來就認不出她。

劉知君平時上班是帶妝的，但此生從來沒化過這麼久的妝，光是睫毛似乎就貼了兩層，這讓她眼前總有一片小小的黑影子。

「往上看。」薛薛說。

知君乖巧地用力往上看。

外頭一陣強烈的颱風聲，薛薛一邊替她修飾下眼線，頗是擔心地說：「應該會如期舉行吧？」

知君聽了想笑。「淫趴跟颱風哪有關係？」

「是嗎？」

薛薛放下剛剛替知君簡單夾起的頭髮，拿出預熱好的電捲棒，將知君原本長度及胸的直髮捲出一圈圈的波浪捲。知君忍著不再去拉裙襬，沒注意到薛薛的視線停在牆上她與成翰的合照上許久。

薛薛收回視線，放下一綹熱燙的頭髮。

房內溫熱的黃光，在颱風來臨前的這個夜晚，竟像是暴風雨裡小船上那盞瘋狂擺動的油燈，隨時會被吹滅。

「知君姐。」她輕聲說。

「嗯？」

「妳放心，我不是只是利用妳而已。」

知君一愣。電捲棒小心翼翼地夾起她的瀏海，這讓知君不敢亂動。

「什麼？」

熱氣在眼前蒸騰，捲棒一放下，熨著熱氣的瀏海溫熱地裹著她的前額。

薛薛尚嫌稚嫩的臉龐在她面前，相當認真地對她說：「我不是只是把妳騙進去寫新聞，我知道妳不是屬於那個世界的人，我帶妳進去，就會好好保護妳。」

知君沒想到薛薛會這麼嚴肅地對她說出這些話，認真到近乎可愛。她忍不住會心一笑。

「妳跟小安是怎麼認識的？」

薛薛細心地替她整理著頭髮。「我跟小安以前是同學。小安愛漂亮，我就陪她。但小安外表跟她個性不太一樣，她很傻，別人叫她做什麼，她就做什麼。」她的聲音就在知君耳邊，細細地說：「其實，上床，包養，根本也沒什麼。但為什麼出了事永遠只有一方受傷？我一直在想這件事。為什麼做了壞事的人，永遠都不會有報應？」

知君靜靜地聽。

「知君姐，大部分的人都覺得我們這種女孩子活該。」薛薛笑了笑，說：「其實，有時候我也覺得，好像真的是活該。而且當我這樣想的時候，心裡就不痛苦了。」

薛薛退開一步，放下電捲棒，看著眼前煥然一新的劉知君。

「好了。」薛薛說。

知君起身，看著連身鏡中的自己。薛薛說得沒錯，別說是她媽認不出來了，連她自己都要多看幾眼，確認鏡中的人真的是劉知君本人。

這個時間點，大海應該已經到了，知君匆匆看了一眼窗外，確實看見大海的車。她交代薛薛：「等我一下，我東西都收到了就下去。」

薛薛點頭答應，先往樓下走。

知君最後確認自己的針孔攝影機跟微型錄音筆是否正常運作，這才隨意披了件西裝外套要離開，彎身繫上跟鞋細緻的鎖扣，她一起身，又看見連身鏡中的自己。一臉厚重的妝，豔麗的大捲髮，平時壓根不會穿的性感洋裝和高跟鞋，她深呼吸幾口氣，告訴自己，不會被認出來。不可能被認出來。

外頭風雨增強，強風颳過的聲音撞擊著瘦弱的頂樓加蓋牆面。每到這時節，這裡沒比危樓好上多少。她看著鏡中的自己，想著面前站的若是姵亭，她會說什麼。

狂風驟起，雨水瘋狂打在屋頂上。滿室的雨水噪音。

鏡子裡的女人逐漸變幻成事發當天的林姵亭。一頭及腰的黑色直髮，惹眼紅唇，杏眼似笑非笑，仍是那副張揚自信的樣子。

闊別數月，未曾改變。

「知君，妳在學我走一樣的路嗎？」她問。

我沒有學妳。劉知君想。

姵亭笑了笑。「還很怕嗎？」

有一點。

林姵亭看著她，用一種很懷念的神情。她抱著手臂，側著臉，髮絲掉在肩膀上，神態甚至可說得上是溫柔。

「不要怕。妳要走更遠一些。」她說。

忍了許久，知君開口問她：「妳現在呢？還害怕嗎？」

林姵亭看著她，深色得接近純黑的雙眼有些不捨，嘴唇上卻仍帶著笑意。

「不要哭。」

林姵亭消失在鏡中。世上早就沒有林姵亭。

一路樹枝飄搖，雨滴帶著沉重的分量拍打在車窗上，偶爾捲帶著一些落葉殘枝。

*

車身停在之前早就排練過的位置，兩百公尺的距離，不遠不近，剛好提供狗仔良好的視線，觀察大門口的一舉一動。

薛薛已經先行下了車，與相識的經紀人會合，也先替她探探前方狀況。知君身上抱著一罐快喝完的番茄汁，這是她往常參加酒局前的事前準備，讓自己不容易醉，又掏出解酒藥，也不管番茄汁能不能配藥，混在嘴裡就吞下去。做這些動作時，她一氣呵成，視線始終鎖定在前方的大門口。

大海看著她專注的側臉，感覺到她的慎重，但並不恐懼。

他知道劉知君是個不需要別人同情的人，這個女孩子，有時剛直得不近人情。她做自己覺得對的事情，即使路上偶有迷途，她也不用別人加油打氣，更不要嘘寒問暖，因為無論路走哪一條，全是她的選擇。既然一切全是咎由自取，就沒有必要同情。

即使如此，他仍然覺得意外。

這是一場極有可能賠上自己、有去無回的征途，而她的眼神清澈，毫無反悔害怕的意思。

某種程度上，大海跟劉知君是同一種人，他能夠明白她的心情。比起畏懼，更想知道這一趟能看見什麼、聽見什麼。

所有的記者都是賭徒，即使知道此去無路，也要親眼見識一次。賭自己不會被發現、不會被灌醉、賭被硬塞的藥能及時吐掉。賭全身而退。

「命比較重要。」因此，當大海聽見自己說出這句話時，也暗暗吃驚。

原本全神貫注的劉知君被大海這句話拉回了注意力。她側過頭，訝異過後，朝他微笑。「我知道。」

當狗仔的生活，少不了搏命演出的時刻。大海沒有一次退卻跟後悔。對於下屬他也從不走溫馨關懷那套，他信奉的道理是：相信一個人，就不必替對方擔心。

大海靠在車窗上，點起菸，盡量掩蓋話語中的擔憂。「如果走不出來，我會報警。」

「不對，」劉知君打開車門，回頭向大海說：「我如果出事，你要想辦法讓新聞報出來。」

大海笑了笑。他們倆確實是同路人。他揚了揚手中已燃起火花的菸頭，擺擺手。

「一路順風。」他說。

知君反手正要關車門，想了想，又說：「謝謝你，大海。」

＊

富麗堂皇的大廳。

劉知君從特別開啟的側門，到大廳內與薛薛會合。一樓大廳的保全並未查核每個女孩的身分，現在時間尚早，到場的女孩子三三兩兩，大夥忙著補妝跟檢視自己，彼此沒有多交談，劉知君看不出她們是不是彼此熟識。

知君注意到，走這個門的賓客多是來赴會的女孩子，大人物們約莫是從哪個隱密的門進到會場了。為了這場宴會，知君帶的是一隻內容完全空白的備用手機。此時，她趁著還能使用手機，給大海發了訊息：「注意一下其他門。」大海很快回覆：「知道。」

電梯直上十二樓，密閉空間內，混雜著各種牌子的香水氣息，冶豔的玫瑰、甜美的甜梨，性感的依蘭，橙花若隱若現，還有充滿魅惑的麝香後味。知君偷瞄著其他女孩子，注意到有人甚至是先喝了些酒、微醺才來。撲倒香。腦海中突然閃過這個詞。即使不睜開眼、沒有親眼見到這些女孩子有多爭奇鬥豔，滿室的香氣都足夠驚心動魄。

劉知君突然意識到一件很重要的事。這些女孩子是來展示自己的。在這場狩獵大會當中，她們雷達全開，怎麼做最性感惹眼、如何成為全場焦點、在一堆星星裡成為最耀眼的那一個，在她們心中早就都經過精密綵排。這是一場她們的絕佳機會，務求完美登場。

她突然想起 Kelly 曾經對她說過的話。

「賣淫這件事，有些人沒做、有些人有做，有人很樂意但有人被逼著做。」

Kelly 憤怒的神情歷歷在目。

「我問妳劉小姐，如果今天不是死了一個林姵亭，妳會在意嗎？這個圈子內的每個女孩子身上都有價格。」

「我問妳，妳真的在意嗎？」

電梯輕微震動，停了下來。十二樓到了，電梯門在女孩面前緩緩打開。知君注意到女孩們冷豔的臉上仍不免露出緊張期待的神色。這是她們的入場券。

薛薛看了知君一眼，走出電梯之前，她湊在知君身邊小小聲地說：「跟緊我。」

知君不怕，相反地，她的緊張當中隱含著期待的成分。她等不及要看這場派對上都是怎麼樣的人，而自己究竟會拍到什麼畫面。

十二樓的擺設與一樓大廳的風格有些微的不同。有別於大廳金碧輝煌的闊氣模樣，一踏出電梯，十二樓的地板是夜空一樣的深邃曜黑，頭上的水晶燈打在地板上，倒影出每個女人腳上美麗的高跟鞋及性感的腳踝。挑高的空間設計，落地窗氣派得佔滿廣闊的牆面。此時外頭風雨正大，雨幕貼附著窗面不斷往下流動。

這裡僅僅是十二樓的過道，面前高聳的黑色拱形大門緊閉，隱隱能聽見裡頭悶響的音樂聲。身著西裝的男人擋在知君等人面前，一一檢查她們的邀請函。輪到知君，男人多看了一眼她的邀請函，這讓知君心跳漏了一拍，好險對方並未多說什麼。

「請往這裡走。」檢查完邀請函之後，另一個笑容可掬的男人朝這批女孩子比了個方向，並未直接帶她們走進大門，反而是往樓梯間走去。樓梯間的另一扇門通往的是工作通道，與氣派的前廳截然不同，這裡宛如過氣的百貨公司，陰暗又充滿霉味，沒有人交談，她們快步走過。

「請將妳們的隨身物品放這裡。」他們在其中一個小房間稍作停留。所謂的隨身物品，其實重點是留下手機跟電子產品。她們被迫留下自己的個人手機之後，很快被趕了出來。過道一路走到底，推開那扇擋在盡頭的黑色大門，震耳欲聾的音樂聲立刻如暴水猛獸一樣泉湧而出。

今晚的舞台於焉登場。

*

會場實際腹地並不大，水泡一樣的形狀，約莫能容納一百多人。錯落在場地中的半開放式圓形包廂簇擁著中心的島狀舞台，包廂垂掛著若有似無的薄紗，每一座包廂的底部均透著紫紅色、靛藍色的螢光，光線曖昧地時明時弱，在薄紗上潮起潮落。左右兩側共有兩座吧台，吧台牆面是紫色的燈光基調，隨著音樂起伏，如海浪一樣沖刷出不同的紅、黃色的彩光。除去迷幻的燈光，整座招待所的基調打造成與外廳一樣深邃幽密的沉黑，高跟鞋踩在地面上的每一步，都如同踩在深夜結冰的湖面，隨時會驚擾湖泊中的神靈，一絲絲碎裂的冰面細縫，都將導致全面的崩毀與災難。她們必須足夠小心翼翼，又要能夠隨時放浪形骸。

燈光昏昧不明，知君不確定身上的攝影機究竟能拍到多少畫面，她盡量不動聲色地變換手拿包的位置，以確保鑲嵌在包包上頭的機器能夠拍下會場內的全貌。

到場的女孩子們被一一帶到每一個包廂內，此時包廂內、外已經有不少男人們端著酒水，或坐或站地彼此交談，有些人獨自揀選了一個包廂坐在裡頭，低著頭不曉得看些什麼。這裡主要是男人們的社交場合，女孩只是美麗的陪襯，知君見已經到場的男人們主動互相攀談，有些人交換名片，不少人一邊端著酒杯，赤裸裸地檢視經過的女孩，視線停留在她們的胸部、乳溝、幾乎要遮不住屁股的裙襬。

她們已經不知道是第幾批進到會場中的女孩，知君見到某些薄紗掛簾內傳出溫聲軟語、杯酒碰撞聲，女孩熟練地趴伏在男人肩頭。調笑聲四處都有。

此時，現場的燈光又暗了一階，能見度與夜店無異，群魔亂舞一樣的音樂聲磨損著每個人的感官，即使沒有喝酒，身心輕盈愉悅的感覺也油然而生。這裡什麼事都能發生，宛如百鬼夜行。人群當中有人朝知君屁股摸了一把，她嚇了一跳，反射性回頭看，人臉隱沒在眾人之中，根本分不清楚是誰。知君告訴自己冷靜，別大驚小怪。

粗估每個包廂大約能坐四到五個人，不曉得是否因為時間尚早，有些包廂還空著。接待員領著新到的女孩們來到包廂前，裡頭的男人挑豬肉一樣，喜歡的就留下，不喜歡的，就繼續往下一個包廂走。這是屬於男性的狂歡，政商界有頭有臉的人物群聚在此，模特兒、酒店妹、女明星也齊聚一堂，各別被帶入不同的包廂當中，每個人都是待價而沽的商品。

知君還是有點心虛，她做了這幾年記者，也算認識幾個有頭有臉的人物，前陣子還因姵亭的新聞而出過風頭，此時盡量躲在隊伍的尾端，微微低著眉目，希望別一眼就被認出來。薛薛走到第二個包廂就被挑走了，她回頭看了知君一眼，知君朝她微笑，示意別擔心。

知君自知比不上其他漂亮女孩，也慶幸也許能多走幾個包廂，看看裡頭都坐些什麼人。簡單走過了兩三個包廂，認出了好幾個政商界有頭有臉的人物，知君心驚，經過那桌時，壓根不敢抬起頭。

此時，原本暗著的中間舞台亮起燈來，光束四射又收散，吸引走了片刻知君的目光，再回過神時，知君一踉，不小心撞上了人。

那人原本正在跟人交談，此時知君這一撞，他回過頭，詫異地看著知君。

幾乎第一眼劉知君就認出他是誰。那是某林姓媒體大亨的兒子，Vincent。

Vincent 長相平凡，有著肥厚的單眼皮，一張臉上最大的特色就是青春期留下的坑坑巴巴凹洞，雖不算醜，但若非因他家中極度有錢，絕不會有人對他起任何印象。Vincent 近幾年動作頻頻，預計要擴展父親原有的事業版圖。知君跑報社娛樂線出身，有機會跟他在飯局上接觸過幾次。Vincent 在業界裡出名，不僅因為他的有錢老爸，更因為他流連花叢、下流成性。知君長相乾淨秀氣，應對進退拘謹疏離，在第一份工作時偶爾幾次遇上 Vincent 的飯局，Vincent 似乎對知君這種難搞到手的類型很感興趣，一連串挾帶強大企圖與惡意的示好，當時知君雖然巧妙避開，內心仍對他厭惡得不行。後來從報社離職到了立週刊後，就沒再跟他碰面過。事隔數年，此時在這裡又碰上，劉知君理智上不覺得對方會認出自己，但心臟忍不住緊張地急跳。

Vincent 眼神詫異後轉疑惑，在知君臉上打轉。

走在前頭的接待員發現這小插曲，責怪地催促知君：「叫林董啊。」

知君回過神，後知後覺地堆起僵硬笑容，刻意拉高聲線說：「林董好。」

Vincent 手上拿著酒，回頭看一眼剛剛正在談話的男人，打了讓對方稍等的手勢。他回頭問接待員：「這個要帶去哪？」

接待員還沒接話，突然「啪」地一聲，全場暗燈。

音樂聲驟變，節奏性極強的前奏每一下都撼動空氣。隨著節奏，包廂內外一陣躁動，歡呼跟嘻笑，伴隨著電音震動的紫紅色光線打橫來回掃過擺動的人群，一張張面孔在光中稍縱即逝。DJ出現，中央舞台總算開張。人群推擠晃蕩，趁著這陣混亂，知君悄悄讓自己掉了隊，消失在人群當中。

＊

知君在會場裡亂晃。接待員身上的西裝別有特殊的麥克風，隨時回報現場狀況，知君特別留意身邊是否有接待員在身邊，一旦瞄到可疑的人影，她就隨意靠到身旁的男人身邊，假意迎合微笑。

不遠處傳來一陣騷動，劉知君順著群眾躁動的地方擠去，一看到那個被簇擁在中間、無奈微笑的男人，心中嚇得不輕。她當然期待進到派對能拍到一些有爆炸性話題的照片，但怎麼也沒想到，竟然有這麼高層級的人參與其中。這人是演藝圈內演、歌雙棲的大哥級人物，越老運越旺，連老美都想找他演戲，現在都能稱上一聲巨星了。除了事業一路火旺，大哥的人和也做得不錯。他個性大方又親切，在他身邊，永遠有拿不完的好處。放眼整個演藝圈，找不到誰想與他作對。

大哥笑笑地擺擺手，感謝大家的熱情，他身邊摟著的女人不確定身分，但看著很眼熟，劉知君覺得像某個超級名模，一時不能確定。她盡量姿態自然地讓自己的攝影機能拍到這個畫面，正想這麼做，一個接待員卻按著對講機朝她走來。

「喂，妳什麼名字？」

知君閃避不及，說出邀請函上的名稱：「Sherry。」

劉知君聽見大哥的聲音隱隱傳來：「謝謝大家，大家盡量玩，今天的酒都算我的。」

一陣歡聲雷動，劉知君回過頭，見大哥已經摟著美女，往樓中樓的包廂走去。

包廂設置隱密，漫漫垂簾，一入內，什麼也看不見。

淫趴也有分階級，有錢中還有更有錢，權勢中要有更權勢。劉知君懊惱錯失良機。

接待員可疑地看著她，一邊回報給對講機那頭的人。「妳是哪個包廂的？」

「我剛剛去上廁所，所以……」

她一邊編著該說什麼，接待員倒像是仔細在聽對講機那邊的指示，此時打斷了她，逕自說：「妳過來。」

知君沒有反抗，順從地跟著接待員走。倒是看見在許多角落裡男男女女緊抱交纏，酒精正在發酵，她過去在許多夜店裡也看過這種情景，當然不是太意外，包廂內暗香浮動，肉體與生意語言混在一起，男人的手上下游移，有時放在臀上，有些直接探進了裙底。

女孩們笑得又醉又嬌媚，彷彿對男人的小動作渾然不覺。

知君在這之中找不到薛薛。

接待員停下腳步，知君定睛一看，發現裡頭坐了五六個男男女女，其中一人竟是 Vincent。知君內心一沉，沒想到都已經躲開了，Vincent 竟然還堅持要找到她，究竟用意何在。Vincent 見到知君，笑著朝她招手，拍了拍自己身邊的位置。

知君並未抗拒，她忐忑不安地坐到 Vincent 身旁。沙發座相當狹小，她一坐下，幾乎是整個人貼在 Vincent 身上。Vincent 自然而然地伸手環抱住她，頗是親暱地牽來她的手，細細地撫摸。

音樂聲震動，Vincent 靠在她耳邊問：「妳叫什麼名字？」

知君驚疑未定，實在摸不透 Vincent 的舉動。她回答：「Sherry。」

「哦。」

Vincent 沒有多問，朝一旁的服務生打了個手勢，要來一杯 shot，塞到知君手裡。

包廂內大家喝開，Vincent 左擁右抱，一邊還要朝對座的人說話聊天，注意力並未全在知君身上。Vincent 遞來的東西能不能信，劉知君面露片刻猶豫。

Vincent 一回頭，捕捉到她的遲疑。「怎麼了？」

他這反應引來了整桌的注意，其他男人笑笑地看著知君，問她：「不會喝？」知君知道再這麼裝死，就算 Vincent 一開始不起疑，早晚也要造成反效果。她假笑地捏來桌上的檸檬片，淺咬了一口，這才一口將 shot 灌入喉嚨。雖然對於酒精早有準備，且當了記者誰沒有幾分酒量，但烈酒帶來的強烈後勁仍相當分明，刺激感沖上腦門，勁頭過後，半分微醺也能讓虛情假意的笑容變得真情流露。這個狀態，對劉知君來說，也許才是最好的保護色。

見她表情對了，Vincent 這才有點滿意，拿起自己的調酒靠在知君嘴邊餵，知君躲不開，一口一口喝下去，部分酒水順著嘴角流進低胸領口。

很多記者會泡夜店拓展人脈，或是純粹下班放鬆身心，知君當然知道，要懂得玩，人家才會給新聞。剛當小記者的時候，為了獨家，也時常泡這樣的場子，但這種為了工作麻痺自己的事情，即使當下玩得開，內心也並不真的感到好玩，沒有慾望一去再去。

獨當一面之後，除了曾跟姵亭去過幾次夜店交際應酬，後來也就沒再去了。根據過往的經驗，喝酒最舒服的兩個時刻，一是小酌微醺，二是喝過了那個想睡的勁頭之後，渾身輕飄飄又快樂的感覺，逢人就笑，笑就顯得騷。

知君一笑起來，原本緊繃的神情消失，取而代之的是一種迷糊朦朧的風情。Vincent 靠在她耳邊溫聲軟語地問。

「妳剛剛為什麼跑掉？」

雖然微醺，臉上表情控制不住，知君腦袋裡倒是很清醒。

她裝傻地說：「我沒有跑掉。」

Vincent 也沒追打著這點繼續問，又低低地說：「妳長得很像我認識的一個記者。」

語畢，知君渾身如冷水潑過，指尖發冷。此時好在酒意掩護，她仍是一副迷離開心的模樣，趁勢趴在 Vincent 身上，半真半假地問：「什麼記者？」

鼓點有了變化，音樂稍作緩和，中央舞台再次亮起，這次上了台的是身著白色西裝的接待員，拿著麥克風說：「各位貴賓，今晚的慈善拍賣會即將開始，請貴賓準備好你們手上的操控器。」

光束顏色變幻，金黃之中蒙上一層淡淡的紫色，音樂漸緩，人群躁動聲卻比方才更大，隨著一件件的拍賣品 show 在中間降下的四面螢幕，底下滿滿的口哨及起鬨聲。

螢幕上的數字快速飆升、翻倍再翻倍，每一次得標，笑鬧聲都比方才更甚。

「跟、跟、跟、跟！」

這整場派對的重頭戲，砸錢買一個畫虎類犬的慈善之名。

拍賣的物品從哪個大老闆的車子、賣到誰家老婆的絲襪，絲襪以一百二十四萬台幣得標，大家笑得眼角出淚，伴隨著酒意正濃，樂音迷惑，眼前的一切似真似假，那數字飆升得彷彿不是真錢，一切既像兒戲，又認真無比。這是一場屬於上流社會的真正華宴，在錢海中沒有任何道德與拘束的邊界。盡情戲鬧與狂歡，空氣中流溢著性慾與金錢的味道，每個人嘴邊的笑容越是快樂，就越是殘酷野生。

Vincent 也看得開心，偶爾也操縱手中的操控器，但顯然跟不上其他大老闆的速度，金額翻飛，他總是按個兩下就停了。

上一個拍賣品被推下舞台，主持人笑著介紹下一個商品。

光束激烈擺動之間，一個巨大螢幕從舞台中升起，投影機的光束一打，白色螢幕上出現一個無人海灘的圖片。眾人議論紛紛，探頭看這次標的是什麼。圖片幻變，正中央出現一個穿著泳裝、雙手被綑綁的少女。

主持人笑盈盈地說：「這個就厲害了，我們現在有一名漂亮少女等著各位老闆解救。」

圖片逐漸放大，少女矇眼、低著頭。泳裝胸前一片平坦，看起來年紀稚嫩無比。

知君原本嘴邊還有笑容，此時一點一點地斂下去。

台下男人一片哄笑。有人大喊：「騙人的吧？是買這張照片還是買人啊？」

主持人神祕兮兮地說：「哎唷，老闆，我們這是慈善拍賣會，是照片還是人有差嗎？我們看的是大家的善心。」

台下沒這麼輕易上當，觀望幾秒後，突然某處有個人站了起來，大聲宣布：「我！來！我標！今天的大好人就是我啦！我就來看看到底是照片還是人！」

這人滿臉通紅，醉得站起來都會晃。知君還沒看清楚他是誰，其他人倒是被他登高一呼給激起了好勝心，紛紛站起來喊價。

「欸欸不行，在場最善良的就是我啦，誰跟我搶標我跟誰翻臉！」

「我看不下去了，千萬不能讓這個小妹妹落在你們手中，我要站出來捍衛兒童，我一向最挺兒童福利……」

主持人安撫大家：「各位老闆別急，我們拍賣所得都會捐給兒童福利機構，大家的善心都會被看見。」

此話一出，現場哄笑成一團，口哨聲不斷。

知君徹底沒了笑容。噁心得不行，渾身比沉入海底還要冰冷。

她對上 Vincent 的視線，她知道自己應該笑，但她真的笑不出來。

直到此刻，派對最下流的一面，才真正揭開序幕。

螢幕上的數字不斷跳動。

知君心跳急促，她不能再待在這裡陪 Vincent 裝瘋賣傻，她必須要拍到整個拍賣的過程。無論這拍賣是真是假，照片是不是一場噱頭，她都必須把這荒誕的畫面記錄下來。知君面色蒼白，假裝虛弱地對 Vincent 說：「林董，我有點不舒服，去一下廁所，很快回來。」

Vincent 看來相當關心地問：「怎麼了？要不要我陪妳去？」

知君堆著笑容婉拒：「不用，我很快就回來。」

接著她也不管 Vincent 回答什麼，抓著包包趕緊起身，竄入站起來看起標的人群裡頭。知君躲了一段路，確認 Vincent 沒有跟來，這才鬆了口氣。她相準廁所的方向，看似朝廁所走，卻被舞台上的競標吸引目光似地頻頻回過頭，面上表情滿是興趣地看著喊成天價的價格。她巧妙地讓手拿包對準了舞台。數字還在跳動，每一次看似要結標了，又有新的價格往上喊。

知君前方站著不少人注目著舞台的動靜，知君刻意站得離一個男人很近，裝作微醺，那男人見知君貼近，也不感奇怪，打量一眼她的模樣，便摟在身邊。這男人年紀比 Vincent 大許多，一靠近他，知君就聞到藥味。知君內心一沉，知道自己大概選錯了人。男人狀似相當享受台上的競標，手裡卻沒閒下對知君的騷擾。身邊有接待員經過，知君忍下作嘔感，沒撥開男人的手。男人開始在她身上磨蹭，有藥助興，讓他感知異常清楚又容易受到撩撥，此時他抱住知君亂親亂拱，知君再也受不了，噁心得要吐，使勁掙脫。

知君拚命往廁所方向逃，深怕那人跟上來，然後她聽見後頭爆出一陣歡呼聲，主持人的聲音透過麥克風，傳到她耳邊來：「恭喜黃委員得標……」

知君停下腳步，不敢相信自己的耳朵。她緩緩回過頭，看見最靠近舞台的包廂裡站出一個男人，朝眾人揮了揮手。有人塞給他麥克風，他好笑地說：「大家繼續玩。」

那人是立委黃水清。

知君定在原地，不敢置信。手上動作倒是比腦子反應得還快。她忍著發抖將手拿包轉向黃水清的方向。

她突然就明白了，什麼淫趴、慈善會，其實都只是這些手中握有權力的男人的好玩遊戲之一罷了，這場慈善會是誰舉辦的、參與其中的人，希望在裡面換到什麼樣的政治利益？美麗的女孩子全是性感的擺設，全都在成全這其中的利慾薰心。

知君突然一陣暈眩。

心跳加速讓她體內的酒精快速作用，她頭暈目眩，身週所發生的一切變得極其緩慢，人聲、躁動、酒杯碰撞聲、鬼魂般的刺耳尖笑……她感到天旋地轉，不正常的意識混亂。

一雙手承接住她。她面前是 Vincent 那張坑疤的臉。

「妳怎麼去這麼久？」

Vincent 的聲音忽遠忽近。知君覺得自己彷彿沉入水中。耳邊是水中的高壓與尖銳的耳鳴。她看見

Vincent 朝自己遞來一杯水，靠到她嘴邊，誘哄著她喝下。

知君已經支撐不住發軟的身體，她靠在 Vincent 身上，眼前是一片混沌。劉知君渾身冒著冷汗，仍記得緊閉著雙唇。

Vincent 說：「喝水會好點。」

知君沒有張嘴。

她知道事情開始失控了，她現在身體的狀況不正常。這根本不是醉酒之後的模樣。

Vincent 笑了笑，靠在她耳邊說：「劉知君。對吧？」

知君有了一瞬間的清醒。她瞪著 Vincent 看，他宛如妖魔，不斷扭轉變化，揉雜出各種鬼魅的模樣。她現在不是很能信任自己的感官，分不清楚眼前的一切是幻想還是真實。Vincent 說的是知君還是 Sherry？眼前的人真的是 Vincent 嗎？

她感到自己的衣服正在被解開。

知君突然奪回一點力氣，她推開 Vincent，用盡一切力氣邁開腳步，一步一步往廁所走去。她好像走在水裡，或是踩在流沙中，步伐沉重緩慢，一步比一步沉，眼前是星星與鮮豔扭曲的色塊，感官被放到最大，一絲一毫的聲音，都用倍數的分貝竄入她耳中。知君痛苦萬分，她遮住耳朵，想阻止那些竄入腦中的滴點聲音。她的大腦快要爆炸，纖細的感官不斷受到撞擊。知君看見廁所的標示，那發著螢光的女廁圖案，在她視野中不斷放大、不斷放大，她的瞳孔如附著在萬花筒上炸開，滿是煙花。

知君踉蹌地跌入廁所，用最後一絲意志，將自己鎖進隔間當中。

她倒在廁所地面，冒著冷汗的臉靠在門板上，貪求上頭的一絲涼意。知君感到身體裡的血液不斷竄入心臟，脈搏壓縮得又急又用力，她大口呼吸，覺得難受得快要死去，卻又有一股快意在胸口，讓她忍不住想笑，快樂得看著天花板傻笑。

也是在此時，門板另一側出現一雙皮鞋。

皮鞋的主人緩緩蹲下，輕輕敲了敲門。

「知君，」Vincent 語氣詭異、緩慢地說：「我剛剛想了好久，才想起來妳的名字。」

「……我記得妳喔。」Vincent 興奮地笑起來。

*

知君知道再這樣下去，她若不是就地被強暴，就是死在這裡。女人在這個場合是走動的商品與肉塊，沒有人會在乎她們的死活。她下意識地探摸自己的包包，慶幸即使在這個狀況下，她竟然還能牢牢把包包握在手中。

外頭的 Vincent 靠在門板上，側耳聽著知君的動靜。

Vincent 輕聲說：「知君，如果被發現記者進到這裡來，妳知道會發生什麼事嗎？」

Vincent 享受這種狩獵的感覺。第一眼發現知君時，他也不想聲張。像他這樣的人，好玩刺激是第一，對於墨守成規的事情沒有興趣。知君就像走進他的網子裡，他一步步收網，看她自以為是地演戲，這讓他感到很有趣。

知君渾身虛軟無力，藥效正在發作，即使盡力集中注意力，她仍忍不住被某些特定的小東西吸引走目光。馬桶上反射著銀光的沖水閥、映著廁所內高級吊燈的馬桶水，每一個閃閃發亮的東西，都在她眼中被放得無限大。好像盯著這東西是件多好玩、多有趣的事，她克制不住自己看得入迷。

「知君，把門打開，我不會說出去。乖。」Vincent 柔聲地哄她。

知君無神地看著門把，意識混沌，分不清楚 Vincent 的話是邀請還是威脅。知君的手指觸摸到門把，緩緩滑動……

門外突然一陣高跟鞋聲。

女孩的驚呼聲跟尖笑聲。

「Vincent？這是女廁耶！」

那些女孩酒意正盛，此時一點小事也能笑得誇張，見 Vincent 蹲在女廁裡，更是笑得前仆後仰，語調飆高，每一句話的尾音都像在尖叫。

她們太醉了，得抱在一起才不會因為超細跟的高跟鞋跌死。

知君靠在門板上，看不見外頭的狀況，但她看見門縫外的皮鞋總算離開門板前。知君聽到 Vincent 似乎說了什麼，女孩們又是一陣大笑。

「屁啦！」

一個女孩子腳步踉蹌，醉得靠在 Vincent 身上蹭來蹭去。

「我不管啦，你今天都沒有跟我玩。」

女孩不曉得做了什麼，幾個女孩子又是笑成一團。

「灌他酒、灌他酒。」

這陣嬉鬧，給了知君喘息的空間，雖然還是渾身發軟，但感官不斷爆炸的感覺好了許多。藥效緩下來，取而代之的是一股抵抗不了的睡意。知君牙關使勁往嘴唇一咬，一陣血味瀰漫。她冒著冷汗，腦中瞬間清醒許多。她指尖摸上手提包上的攝影機，用力一抓，硬是把微型裝備扯了下來。

知君扯開洋裝，將攝影機放入了胸罩內襯中。

外頭的笑鬧仍在繼續，女孩們尖聲說：「再喝、再喝！」

似乎又有其他人走進廁所，見這混亂嚇了一跳，笑得停不住。

外頭的ＤＪ切換了音樂，隱約可聽見人群的哄鬧。一聽節拍極重的音樂，顯然是女孩們熱愛的歌，聚集在廁所裡的女孩子們誇張地尖叫，乘著酒意，就在燈光昏暗、閃爍著激烈彩燈的廁所內跳了起來。

女孩畫著魅惑妝容，引誘又挑釁地睨著 Vincent，幾乎是肉貼著肉，舞動著自己誘人的身材。晃動的乳房、隱約能見底褲的裙襬，擺動的腰肢曲線，在迷幻的電音舞曲中這過度刺激視覺的畫面不斷摩擦跳動閃爍。整座招待所全都在沸騰，黑暗與碎光當中誰也不見誰，唯有嘴唇磨擦過唇角的觸感、某一瞬間閃過女人充滿挑釁的眼底流光、柔軟的身體與肉欲的舞是最最真實的。

髮香、香水、酒、嘔吐、體液，音樂。藥、呻吟。騙局。

她們是希臘神話中的海妖，縱是海上最勇猛的冒險家，也要為她們的歌聲顛倒迷惑，最終卑躬屈膝、奉上性命。

Vincent 被酒灌得頭暈腦漲，不知不覺給推送出廁所外。知君聽見部分腳步離開的聲音，正想嘗試起身，突然聽到聲音又回來了，她嚇得不敢動作，外頭的人激烈地拍著門板。

「知君。」

是薛薛的聲音。

知君回過神。她的手指仍因藥效發作而不斷發抖，她努力壓抑著手上不自然的抖動，打開了門鎖，見到門外薛薛急切的臉。知君身體一軟，薛薛趕緊拉住她。

「妳還好嗎？」

她身邊還站了兩三個女孩子，知君聽見其中一個一邊走回來，一邊抱怨：「什麼咖還搞這麼久……」

知君臉色發白，意識時而清明時而模糊，薛薛見她眼神不對，讓身旁的女孩架住知君，自己伸出手狠狠甩了知君好幾個巴掌。痛楚讓知君恢復些許神智，薛薛又抓來她手臂，狠狠地咬了一口，傷口立刻泛血。知君驚叫，從肺底深處用力地吸了一口氣，總算回過神來。薛薛警告她：「妳要保持清醒。」

薛薛跟身邊的女孩打了個手勢，幾個人臉上又換上那副醉得傻笑的表情，裝作攙扶醉死的姊妹一步步走出廁所。

接待員觀察到她們的動靜，正要上來關切，剛剛被灌醉的 Vincent 總算回過神，匆匆趕回廁所內，見知君不見了，怒不可抑。他衝回會場，站在人群中間大聲吼：「有記者！有記者進來了！有記者！」

他這麼一喊，會場內立刻亂成一團。此起彼落的驚叫，大夥紛紛驚嚇地複誦：「有記者？」「記者在哪？」恐慌蔓延，比任何醒酒藥都來得有用，人群從歡愉中驚醒，彼此推擠。一張張圍在身邊的面孔，男的女的，所有人都在問：記者在哪？

薛薛攙扶著知君，低著頭走得更快，眼見幾個接待員已經看準她們的方向快步走來，另一個女孩擋住薛薛，說：「這樣不行。」

「那怎麼辦？」薛薛問。

女孩臉上沒有慌張的神色，告訴薛薛：「等等妳們就拚命往下跑，跑出這層就沒事了。然後一邊大喊……」

「喊什麼？」

女孩笑了笑，沒說話。薛薛還沒意會到她的意思，就見她神態堅定，筆直地往回走。

片刻，一陣驚叫從會場的某個角落爆炸開來。

「失火了！」

一陣火舌竄起，警報鈴大響，眾人尖叫推擠。薛薛眼中映著火光。她要爭取這時間。與另一個女孩對上視線，一個點頭。兩人抓著知君，混在逃跑的人群當中拚命往外逃。「失火了！」她們一邊大叫。

「救命啊！」

人群裡，三個女孩變得毫不起眼，大家爭相往逃生口跑。

知君最後的意識停在這裡，滿眼的火光與眾人驚慌的神情，還有薛薛臉上視死如歸的神情。

再被推送出門口之前，薛薛在她耳邊說：「一定要寫出來。」

知君終於失去意識。

第八章

清醒時，眼裡最先出現的是大海車上熟悉的吊飾。

腦門的漲痛隨之而來，知君發出一聲痛苦的呻吟。感官知覺回來了，她聞到自己身上的酒味、嘔吐味，混合在一起，讓她忍不住又是一陣乾嘔。咳了許久，她才感覺自己真正醒來。

一瓶水遞到她面前，知君抬起頭，是大海，臉上帶著溫溫的笑意。

此時天邊泛白，黎明到來。車內很安靜。林蔭大道在清晨微光中甦醒，原本錯綜複雜的黑色枝葉恢復了該有的綠意。晨光朦朧，城市開始醒來。

知君猛地想起來。「攝影機。」她發現手包不見，恍然想起來自己把機器拔起來塞在衣服內，慌忙上下翻找。「東西呢？」

大海手上亮出手中的針孔攝影機，晃了晃。「這裡啦。」

知君震驚地看著他。「你……」

大海擺擺手。「不要這樣看我，妳人出來照片沒出來，比死在裡面還慘。我當然要翻一翻啊。」

「……」知君仍是一臉震驚地看他。

大海被她看得有點尷尬。「欸妳很聰明欸塞在那個內衣裡的口袋，很有當狗仔的天分……」

知君仍沒有說話。

「我真的沒幹嘛啦！」大海氣急敗壞。

知君這才忍不住笑出來。九死一生，什麼都再也驚嚇不了她。她疲倦地靠在椅背上，虛弱地沾了一口水。「檔案都還好嗎？」

「安啦，都檢查過了。」大海調侃道：「我在外面給蚊子餵一晚，都不知道裡面這麼精彩。」

知君記憶逐漸回籠，一片一片棉絮組合成昨晚的完整圖像。

她看見後照鏡裡的自己，妝容融化，頭髮凌亂，渾身是不明的髒汙跟傷痕，洋裝上還能看見乾涸的嘔吐物，整個人比鬼還嚇人。虧得她這模樣，大海還能面不改色地跟她說話。

知君笑了笑，心中某個情緒鬆綁，笑著笑著，眼淚不知不覺就掉下來，連她自己都還沒發現，眼淚已經止不住。她再也忍不住整晚的恐懼跟噁心，抱頭痛哭，怎麼也停不下來。

大海沒有說話，嘆了口氣，手心懸在空中猶豫片刻，總算輕輕地拍了拍她的後背。

「沒事了。」他說。

*

清晨蒼白薄透的陽光當中，知君提著高跟鞋，赤腳踩在濕潤的小巷中，緩緩回到家門口。她以為自己看錯了，但坐在門口，一身疲憊的男人抬起頭，真的是成翰。

成翰從睡意中清醒，見她在晨間的薄霧之中一跛一跛而來，一身狼狽的妝髮與只能用凌亂悽慘來形容的性感貼身洋裝。成翰的表情淡然，既沒有緊張，也沒有生氣。他的身邊擺著一個小小的禮物提袋，是他在這裡坐了一整晚的原因。

「昨天來找妳，剛好看到妳上了別人的車。」

知君眼眶濕潤，但不知道為什麼，就是沒有解釋的衝動。

她站在那裡，嘴唇緊抿。

「不說些什麼嗎？」成翰問。

說什麼？說事情不是他想的那樣，自己是去工作，不是去玩，沒有胡作非為，沒有浪蕩形骸，仍是他心中溫柔婉約的妻子人選，她冰清玉潔，適合站在丈夫身邊，成為丈夫的影子。

晨光拖出兩人淡淡的影子。他們隔著一段距離站著，視線匯流，復而錯開。

「你擔心我嗎？」知君慘澹地笑。「看我這個樣子。」

成翰一愣。

「如果有的話，很謝謝你。但是不用再擔心我了。」

知君聽見自己說，她內心平靜，覺得自己的靈魂拔升到高處，看著底下名為劉知君的軀殼，一個字一個字地對著成翰說出殘忍的話。

「我們分手吧。」她說。

＊

陽光朦朧地被隔絕在窗簾的另一頭。床單、枕頭、乃至於雜物及擺飾、牆上的情侶合照，在薄弱的光中顯得格外安靜，一如往昔。書桌上的電腦正亮著光，螢幕顯示著檔案體積龐大的影片與照片正在過檔。數據條緩緩推進。

劉知君站在鏡子前，陪她度過一晚、悽慘無比的洋裝落在腳邊，她臉上殘妝已經卸乾淨。她的眉眼冷靜，彷彿昨晚的記憶、身體的傷痕、渾身的酒氣嘔吐味都與她本人無關。她不急不徐地給自己換上一身屬於劉知君的裝束，簡單樸素而幹練。

連身鏡裡頭映出身後的電腦螢幕畫面，進度條已經快要推到底。

知君扣上襯衫的最後一個扣子，電腦發出一陣急促尖銳的提示音，影片已經過檔完成。推上窗戶、扣上門板的鎖。她離開租屋處。

＊

搖晃的視線。

到處都是吵鬧嘻笑的人聲，迷離的光線遮掩了某些人的面目，幾個路過的面孔好奇地朝這裡望來，又隨即撇開。夜色正濃，中央舞台上是浮誇的燈光。視線劇烈搖晃，試圖穿過人群，看清楚舞台上男男女女的真面目。

視線在這裡停了下來。

羅彩涵按下了暫停鍵，螢幕上的畫面定格在過度曝光的中央舞台，但仍然能隱約看見黃水清的側臉。之前黃水清的老婆梁恩恩給了立週刊新聞，又突然反悔，想反咬週刊一口的事情早就惹羅彩涵很不爽，日後講起梁恩恩，總是左一句臭婊子，右一句賤胚。此時看著螢幕，羅彩涵雖然沒有眉飛色舞，但眼裡也有幾分開心跟讚賞的意思。

「妳是怎麼混進去的？」

「有人幫忙。」知君簡單地說。

「有人幫忙。」羅彩涵不以為然地複誦。「反正就是那些嫩模吧，妳最近跟那些塑膠妹處得真好。」

劉知君沒答她話，這種時候跟羅姐較真，反而是給自己找麻煩。

照理來說，這則新聞劉知君理應先知會直屬主管黃慈方，但自從上次郵輪一案之後，知君雖然沒有直接證據證明是誰搞砸了自己的新聞，但大海也說過，在公司內千萬小心，圈子很小，誰也不知道風聲是從什麼間隙溜了出去。這種時候，跟羅姐相處起來還比較省事。羅彩涵這個人，嘴巴壞，擅長討厭人、排擠人，但只要處理到工作上的事，管現在要寫的新聞會得罪什麼人，只要是猛料、有爆點的東西，她就巴不得要去搞別人全家似的寫出來，就這點而言，她處理新聞處理得絕對是公事公辦。

要是黃慈方，現在肯定要關懷劉知君幾句，問問昨天怎麼樣、有沒有受傷，但這完全不是羅姐的風格。此時霹哩啪啦從她口中說出來的，全都是新聞的事。「妳這個新聞不要告訴別人妳懂吧，免得被誰洩漏出去，妳趴在地上哭我也救不了妳。」

「我知道，第一個就告訴羅姐妳了。」

「放火的事情又是怎樣？妳放了火？」

說起火災的事情就有點尷尬。

昂貴地段的豪華大廈頂樓發生火災，是這起事件最先出現的新聞。

一開始，各方資訊非常混亂，媒體們只能憑藉著僅有的零星消息，隱晦存疑地猜測事發當時大廈頂樓正舉行一場宴會，但對於宴會的名目、乃至於現場到底有哪些人，遲遲無法掌握確切的名單。一時之間，流言四起。先是某電視台誤植這是某個知名小開的生日派對，引起某小開不尋常的反應過度、暴跳如雷，又有傳言說這其實是某個當紅藝人的私人派對。

各種謠言甚囂塵上，卻沒有人看透霧中真貌。

羅彩涵早上還想著怎麼處理這個事件，沒想到真相就這樣送到她手中。她心裡高興，但又有些七上八下，腦中一直轉著這麼大一個事，到底要怎麼處理比較好。現在事情十萬火急，最好就是能在第一時間出獨家，距離下次出刊日只剩下三天，她們時間不多，又怕讓太多人知道事情有變。她心想，劉知君這麼大一個人從火場裡頭跑了出來，裡面那些權貴現在一定巴不得要找到這個小記者是誰，趕快封住她的嘴。週刊勢必要在這件事發生前就立刻行動。

羅彩涵側頭沉思。「妳說那個 Vincent 在淫趴上認出妳，他現在人在哪？」

說起 Vincent，這也是讓劉知君最擔心的事情。她心底一沉，搖頭。「我不確定。」

羅彩涵一臉麻煩。「最好祈禱他被火燒了屁股躺三天醒不來。Vincent 那邊我會讓狗仔幫忙去看一下什麼狀況。」但講起這些狗仔，羅彩涵內心又有氣。「這個死大海最近不知道在幹嘛，跑得不見人影。」

羅彩涵沒注意到自己講起大海時，知君表情有一瞬間尷尬。大海要是被嫌怠忽職守，八成也是知君的錯。但他們私底下勾搭在一起找新聞的事情當然不能給羅姐知道。

羅彩涵闔上電腦，腦子裡還轉著許多事情，沒餘裕多跟劉知君廢話的模樣。

「妳這個稿子最好後天就能給我，妳先做幾件事情，首先，」她指尖清脆地敲敲桌面。「裡面都有誰，流程是什麼，做些什麼，拍賣了什麼。最重要的是，我不要妳報流水帳一樣寫給我，我要妳寫得動人一點。」

見知君沒立刻反應過來，羅彩涵就不耐煩。「動動腦啊，大腦不用等萎縮啊？」她點點太陽穴，紅唇一開一闔。「這個新聞最好看的地方是什麼？我不想光看那些有錢人的淫趴，那些事情讀者用膝蓋想也知道一定有這檔事。讀者想知道的是『妳』劉知君，『妳』怎麼進去的。」

知君沒說話，但內心明白了她的意思。

「妳也算是不笨，不要老是想當小綿羊。」羅彩涵笑了笑。「我底下的記者，不是要捧在手心裡呵護的。」

*

辦公室內，幾個人匆促從黃慈方身邊經過，黃慈方來到羅彩涵的辦公桌旁，這才發現裡頭沒有人。羅姐辦公桌上的電腦螢幕還亮著，說明她剛離開不久。黃慈方手上拿著一疊文件，此時四下張望。

「羅姐呢？」她隨口問了身旁的人。

這個早上搞得好像整個城市都在失火跟爆炸，所有人都忙翻了，誰也沒注意到誰在哪裡。幾個被她問到的人搖搖頭，一頭霧水，有人說，好像見羅姐剛剛往會議室走，不曉得多久才回來。

「會議室？」

黃慈方側頭想了想，更困惑了。

她捧著文件往會議室的方向走。此時所有事情都正忙，路過黃慈方身邊的人一個個都行色匆匆，唯有她一個人往反方向走。她越來越靠近會議室，隱約能透過玻璃看見其中一個小隔間裡頭，羅彩涵的身影就在裡面。

再稍靠近，黃慈方總算辨清會議室內另一個人的身分。

劉知君。

黃慈方停下腳步，站得遠遠的，某個角度仍能夠從這一小片玻璃裡，看見知君專心聆聽，偶爾點頭的模樣。他們桌上擺著一台電腦，黃慈方不確定他們正在看什麼東西。

與此同時，幾條訊息被送到了她的手機裡頭。

黃慈方點開查看。聊天訊息中對方一句話都沒說，幾張照片倒是交代清楚整件事情。

那是已經消失在昨晚的「小模」。濃妝、豔麗、一身魅惑醉意的 Sherry。

計程車緩緩開入狹窄的小巷中，小心翼翼地避開兩側停放的車輛，以及偶爾探出誰家圍牆的枝葉花草。

「停成這樣。」

司機小聲碎唸，更是謹慎地避開兩側停車，車速愈見緩慢。

坐在後座的劉知君將筆記型電腦放在腿上，十指本飛快地在鍵盤上敲打，司機的話打斷了她的思緒。知君抬起頭，此時車子已經快要開到她的租屋處門口，多虧了車身的慢行，劉知君多了許多時間留意這條似乎變得有些不同的小巷。

壅塞的城市住宅區，一條街以外就是喧騰的商店街，到了晚上，就會搖身一變成夜市商圈，小巷子裡越靜，就越是能聽到隔著幾道牆之外人車的喧鬧聲。因為鄰近商圈的緣故，為了在一位難求的城市內停放車輛，外來的車子時常塞進小巷裡頭。但那通常發生在晚上的時候。知君瞄一眼手錶，時間是下午兩點。

刺眼的陽光射入擋風玻璃，她想起不久前大海曾經告訴過她的話：有人在收購週刊。當時劉知君還不以為意，現在回想起來，確實覺得不對勁。

同一時間，大海的訊息跳了出來：「妳在哪裡？」

大海的訊息通常跟他的人一樣，慢悠悠，從文字就能感受出他調侃的語氣。但這次不同，他難得開頭不是一句輕飄飄的「嗨劉記者」，而是開門見山就問人在哪裡。知君知道事情不對，立刻點開訊息要回覆，大海的電話就打來了。

「怎麼了？我在我家附近。」

「快離開，可能會出事。」大海語氣急促地說。

知君從電話中也感覺出他的緊張。「怎麼了？」

「公司被砸了。等等再說，總之別回家，我待會去找妳。」語畢，大海掛了電話。

司機正對照著門牌緩慢前進。「小姐，十六號是前面那棟嗎？」

知君正要答話，就見後照鏡裡，隱約反射出後頭停放車輛裡的人影。知君一時恍神，司機又問了一次：「小姐，要停哪邊？」

知君定了定神，她沒有多餘猶豫的空間。她搭著副駕駛座的座椅，傾向前拜託司機：「司機大哥，抱歉，我突然想到有事情沒辦，你能再載我一程嗎？」

車內的計費錶湊巧又往上跳了十元。司機看了一眼，當然沒意見。「可以啊，妳要去哪裡？」

知君一邊分神注意後照鏡，不確定剛剛是不是自己看錯，一邊回答司機：「如果要去山區的話，你方便走一趟嗎？」

從外頭看來，計程車在小巷猶豫地慢行了一陣，卻始終沒有停下來，還沒有開到司機口中的「十六號」公寓，突然又加快速度，離開了逼仄的巷弄當中，彷彿剛剛的慢行只是一場誤會，司機不小心走錯了路而已。

計程車揚長而去，在與租屋處錯身的瞬間，知君抬頭看，看見自己房間的窗戶開了一道縫隙，她精心挑選的蕾絲窗簾隨風飄揚，在藍天熾日裡頭，那道飛揚的白色格外明顯。

知君收回視線，心臟跳得很快。

計程車離開小巷，在城市規劃趕不上人口增生的雜密城區裡頭晃了好幾圈，好不容易擠出人群，開上快速道路。

*

午休時間，人來人往的商業區，幾名少年雙載經過立週刊所在的辦公大樓門口，叫囂吶喊，還用 CO_2 空氣槍射擊鋼珠，造成大片玻璃全被砸毀，引起來往行人驚叫，少年隨後揚長而去。

十五分鐘後，門口拉起封鎖線，警察前來關切，紀錄事發經過。身為據山頭一方的媒體巨頭，立週刊一被砸，警察立刻就著手調查整起事件，目前往黑道尋仇方向偵辦，也已經調閱監視錄影器準備循線抓那幾名犯案的少年，只是真相為何，目前還不清楚。

商業區來往上班的員工好奇又害怕地駐足，有些人舉起手機，記錄下這片狼藉。一些電視台的記者已經趕到，拿著麥克風，開始對著攝影機說話。

一天之內又是發生火災、又是尋仇，記者們疲於奔命，立週刊的記者站在公司門口有些傻了，本以為火災會是個大案子，沒想到自家公司也成了焦點之一。

「流年不利。」也不知道是誰這麼說。員工們聚集在門口，進去也不是、不進去也不是，正有人提起一口氣要向前邁一步，倒是有個人率先跨過封鎖線，細跟高跟鞋踏上碎玻璃，似冰川裂痕，玻璃表面立刻又裂出無數細縫，再度碎了一地。

羅彩涵一身俐落風衣和中長裙襬的深色洋裝，不耐煩地回過頭看那群磨磨唧唧、不曉得該不該進辦公室的同仁。

「在等什麼？都給你們配個保鏢才肯進來？」

羅彩涵面色不改地踩過一地的碎玻璃進到公司內，在沒人注意到時，眼神閃過一絲憂慮。

她不確定這是否跟劉知君早上帶來的新聞有關。她越想越不對勁，腳步加快，來到辦公桌旁，仔細檢查了一下電腦，確認剛剛應該沒有人動過自己的東西。她詢問身邊的人：「剛剛有誰來找我嗎？」

那人回答：「早上慈方姐好像來找妳，但妳那時候在跟知君開會，慈方姐就走了。」

「就走了？」羅彩涵思考。

她早上十點左右跟劉知君講完話，隨後有事就離開辦公室一趟，中午時聽說公司大門被砸了，擔心有事會發生，趕緊回來看看狀況，在這之間黃慈方都沒聯繫她。

羅彩涵又問：「她有說什麼事找我嗎？」

那人搖頭，一臉不清楚狀況。

羅彩涵知道問也問不出更多。此時左右張望，午休時分黃慈方也還沒回來。想起剛剛一地的碎玻璃，記者的直覺讓她一直不能安心，要真是黑道尋仇，尋的也不會是立週刊的仇，找上的應該是娛樂組，又或者說，是劉知君。
她覺得事情要糟了。上午看到淫趴裡的照片一時開心，跟劉知君把話說得太滿，此時卻覺得自己一時沖昏了頭，沒注意到更重要的真相。
她到底漏了什麼？
當記者當這麼多年，她能一路爬到這個位置，除了手段果敢俐落之外，當然也靠著這份渾然天成的警覺。現在警鈴在她耳邊響，事情似乎不能如此做收。
她交代身旁的人：「待會有人找我，就說我不在。」
羅彩涵收拾了資料跟電腦，匆匆離去。

＊

「躲到這什麼鬼地方。」
深色的轎車沿著蜿蜒的山路向上爬行，猶如闖入一處逐漸被人間遺忘的祕境，人造的柏油路已經被沿途巨木貫穿，隱約可見路面破裂長出的樹根。連夜的風雨雖然不致山路封閉，卻也是沿路濕漉的軟泥落葉，一不小心就得打滑，空氣裡起了一層薄薄的霧氣，此處似有山靈。
大海已經在這山路繞了有二十分鐘，還不見劉知君描述的建築物，若不是剛剛在山口處與一輛計程車錯身而過，他幾乎要認定劉知君躲仇家躲瘋了，草木皆兵，連給他的地址都是亂報一通。

GPS信號閃爍，大海將車靠到路邊，重新調整導航，卻見定位開始飄移，網路訊號薄弱，看來這密林已經離人間很遠了，生人勿近。大海沒有辦法，掏出手機來，果不其然也沒有通話訊號。大海深呼吸一口氣，正要連篇地罵髒話，一抬頭就見薄霧褪去，遠方隱約聳立了一座白色建築。從這個方向，僅能見到它尖塔般的建築頂端。

「見鬼了。」

大海晃晃腦袋，重新發動車子，踩下油門，趕在霧氣之前，來到這棟因年歲而泛黃的巨大建築之前，就連刻在門口的「靜心療養院」五個字，都爬滿了細碎枝芽與枯藤。療養院如山林間沉斂的古老巨獸，縮著身體、安安靜靜地躲在白霧之中。

大海從齒縫間吸了一口山林的冷空氣，熄火下車。

整座白色病院猶如被鎖在歲月中的電影場景，從空氣到聲音都與外界略有不同，卻又實在難以說明那巧妙的誤差。大海用他那無論什麼場合都穿在腳上的硬底工作靴，小心翼翼踩過淡青色的磁磚，與來往的醫院住戶擦身而過，那些眼神恍惚的病人對於一個外來者的出現表現得非常淡定自如，來往過客都驚擾不了他們。

他來到三樓底部，走入右手邊那空間整潔明亮的病房裡，首先看見一扇木製窗櫺的方正大窗，綠色的窗簾隨淺風偶有波動，隱約可見後頭的舊式西洋花園。三座潔白的病床上唯有中間那座躺著一個老太太，此時正伴隨著清脆的鍵盤聲入眼。坐在她身旁的劉知君難得地戴起眼鏡，正將電腦擺放在小矮几上，手指行雲流水地鍵入一個個方正的電腦文字。

山間的空氣冰冷乾淨，黑色髮絲落在知君專注的臉側，一夜未睡，她卻不為睡意所動，疏離與冰涼一如大海初見這個小記者時的感受：她終會行經所有人的人生與記憶，到達一個杳杳不能及的遠方。

她手上動作一頓，抬起視線，終於注意到站在門口的大海。

與知君對上眼，大海撇掉內心奇怪的感受，聳肩笑道：「讚喔，很有跑路慧根，跑來這種地方。」

知君也淡淡地微笑。「不是說跑路都要到山裡躲著嗎？」

大海挪動腳步，往病床邊走來。他為難地看著躺在病床上的女人。「妳早點說是醫院，我就帶伴手禮來。」

「沒差，」知君的視線又落到螢幕上。「她也不會記得。」

大海怕打擾床上病人，在幾步開外坐下。他雙手搭在腿上，觀察著面前一老一少的女人，眉眼有些相似。

「妳媽媽？」他問。

「她如果醒來，你要給她一百塊。」

「啊？」

知君沒解釋，摘下眼鏡，闔上電腦。

「我帶你去走一走吧。」

＊

療養院是一座天然屏障，把喧擾跟殺意都阻擋在山林之外。

「現在公司那邊怎麼樣？」

療養院天井。天光貼著泛黃的磁磚冉冉而下，點亮貼伏在牆上的細小水痕、生長在崎嶇縫隙中的苔蘚。天井裡只有知君跟大海，圍繞在四周的行廊偶有面色空洞茫然的病患來往走動。像藍色魚缸內渾然不知的觀賞魚。

大海點起菸，翹腳坐在天井中央的小水池旁。「有人來砸公司，我不確定是不是因為妳，反正先跑再說，等事情發生就來不及了。」

知君靠坐在一旁的行廊扶手上。「謝謝，我知道了。」

大海從夾克內層掏出一個折成四方形的資料袋，拋給知君。他慣將照片裝入紙袋中。也算是環保，從他手上接過來的紙袋都又皺又舊，每個柔軟的折痕上都冒著白邊，不曉得到底用了多久，除了這種大海式環保之外，他還喜歡把照片都洗出來。這是身為資深狗仔的老派浪漫。

「拍到的照片。」

光線關係，照片畫質模糊，此處並非大門，而是另外一個隱密的入口。拍攝角度可以看見好幾台名車駛進入口，前幾張照片大同小異，其中一張倍率被放到最大，隱約可見車窗內駕駛的面容。

大海吐出一口白煙，點掉菸灰，解釋道：「那是黃水清的司機，前幾張照片車主是誰也都核對出來了，我會再給妳名單。」

知君點頭。「知道了。」

大海想起些事，覺得好笑。「昨晚你們把會場弄得雞飛狗跳，又被發現有記者闖入，又搞到失火，現在他們人人自危，今天我讓狗仔們跟了半天，什麼毛都沒抓到。對了。」大海起身，來到劉知君身邊，挾著菸的那手舉得遠遠的，另一手在知君手中的照片翻來揀去，捏出其中一張。那是一台銀白色的Bentley。

「妹妹，妳知道這是誰嗎？」

光看一台車，知君一頭霧水。「是誰？」

大海笑出眼角的紋路，吸了口菸，眼睛放著狗仔的光。

「馬來西亞富商，做衣服的，猜猜看。」

知君腦袋一轉，立刻猜出是誰。「李明泰……他在臺灣？你怎麼知道是他？」

大海不能再更佩服自己靈敏的鼻子跟聰明的腦袋，表情很得意。

「可惜不是李明泰。他是李明泰的姪子李文俊。這幾年他頻繁露面，李明泰沒有兒子，他是得力左右手，聽說有機會接位。」大海問：「妳在裡面沒見到他嗎？」

知君細細想了想，這張照片裡的男人並不亮眼，就像一般三十幾歲的上班族，身形瘦削，臉頰瘦得內凹。光是這些特徵，都無法讓她從記憶裡挑出一個明確的印象來。

見知君搖頭，大海嘆。「真可惜，光拍到他的車，證明不了他人就在淫趴上，不然這件事就有得玩了。」

知君當然也明白。但無論這人究竟是不是在淫趴內，至少拍到了黃水清，就是一個焦點。她對大海面露感激：「我會再注意。大海，謝謝你。」

天井的光落在知君臉上。大海這才看清楚她的面色憔悴，雙唇也蒙上一層疲態的白。

大海心中突然起了一個感覺：好好一個女孩子幹嘛把自己搞成這樣。但這樣的念頭一起就煙消雲散。他很清楚，正是因為劉知君引火自焚，他才會一路跟著她，觀看這場火花。這就是他想要的景色。

「沒什麼好謝，妳是個好記者。」大海突然有感而發地說。

聽他這麼說，知君也認認真真地回應：「謝謝，你也是一個很好的狗仔。」

她這樣一說，大海就忍不住滑稽地笑出來。

長這麼大，他還真不知道什麼叫很好的狗仔。狗仔有很好的嗎？他心裡面全是用自嘲帶過的自我否定，自己一生都在陰溝裡走著，與劉知君的相遇不過是一場偶然的交錯，事過境遷之後，劉知君就會回到一個很好的地方。

大海確切不曉得那是什麼地方，因為很好的去處，他沒去過。

＊

西式花園。整座療養院雖然樣式老舊，處處都見悉心照料的痕跡。背對著整池的白色山茶花，大海坐在一側默默地抽菸。

他看著面前的母女兩人。老太太獨自坐在輪椅上，望著一片花海發呆，此處是花園還是病房，或者是不是一座療養院，對她都沒有意義。劉知君仍舊抱著她的電腦寫稿，對一旁的母親有什麼需求似乎也毫不在意。母女之間距離遙遠，不見溫情，卻又奇特地被緊緊綑綁在一起。

某一刻，老太太身體一動，眼神從記憶深處甦醒。她僵硬的膝蓋緩緩撐起瘦弱身體的重量，嘗試在花園中走動。即使如此，劉知君也是一點反應也沒有，甚至沒有分出一點視線給她開始隨處遊走的媽媽，直到老太太駐足在劉知君面前，伸出手。

劉知君熟練地從口袋裡掏出一張紅色鈔票，放到母親手中，再抽掉，再給，再抽掉，再給，再抽掉，再給……老太太心滿意足地獲得每一次的鈔票，抱在懷中、靠在頰邊，細細磨蹭。

看著母親滿足的神情。劉知君不厭其煩。

大海靜靜地看著她們，漫山的山茶花開。眼前這幅詭誕滑稽的景象，竟讓他內心異常地平靜。

但也就在此時，外部的世界已風起雲湧地起了變化。

*

夜裡。剛沖泡好的咖啡熱氣早已褪去，羅彩涵半口未動。她指甲下意識地靠在嘴唇上輕敲，妝都還來不及卸，就著急地坐在電腦前面，反覆播放劉知君帶回來的影片。

她眉頭緊蹙，維持著同樣地坐姿坐在電腦前已經許久了。她放大再放大，試圖看出黃水清上台之前，坐在他身邊的男人是誰。畫面倍率放到最大，羅彩涵喃喃自語：「真的假的……」

此時，電腦側邊跳出一連串的訊息，羅彩涵本是很不耐煩不想理會，直到眼角瞄到了關鍵字。

「這是妳們的記者吧？劉知君。」

訊息上的文字這麼寫著。

第九章

立週刊辦公室內。

劉知君對面坐著羅彩涵，兩人不發一語。知君檢視著手機螢幕上的照片，這是昨晚出現在爆料網裡的貼文，匿名的發布者只寫了一句：「記者素質不意外。」接著就附上了好幾張高級酒店派對那晚劉知君醉得衣衫不整、滿臉脹紅倒在 Vincent 懷裡的樣子。底下留言好多人猜測這記者的身分，寫著：「說個笑話：立週刊。」「又出事啦？」有人解惑：「給關鍵字，之前吃毒掛掉的女記者閨蜜。」

網路上每天有千萬則消息，這些照片目前還看不出流量的威力，按讚跟留言數不多不少，但即使如此，還是將劉知君的心拖著往下沉了半截。即使早就預想到會有這種場面，但真正看見自己裸露不堪的照片被放到網路上討論跟攻擊，內心羞愧跟憤怒的感覺仍欺騙不了自己。

「我是去工作。」過了許久，知君嘴中迸出這句話。

羅彩涵看了她一眼。「不用對我解釋，興風作浪的人也不是我。」她的桌上平鋪著好幾張派對那天知君帶出來的畫面擷取列印資料，她一邊檢視，一邊快速地在某幾張圖片上打勾。片刻，她將紙張蒐集起來，推還給劉知君。「就這樣吧。」

知君檢視這幾張畫面，感到訝異。羅彩涵挑的照片中，幾乎全都避開了有清晰拍到人臉的檔案，大多選擇了遠景或是極度模糊的圖。

「確定用這幾張嗎？」

「就是這幾張。有什麼問題？」

知君對她的反問感到更不解。「這幾張照片根本什麼也沒拍到，至少黃水清站上台的畫面應該要挑出來不是嗎？」

羅彩涵挑眉，傾身再挑了一張黃水清站在台上的照片。「這樣滿意了嗎？」

劉知君看著她，試圖從羅彩涵的表情中看出一點蛛絲馬跡來。她覺得羅彩涵對於這則新聞的態度有變，但確切是哪裡起了變化，她卻一時沒有頭緒。

「……是因為我的照片被貼上網路嗎？」她問。

「什麼？」

「是不是因為照片的關係，所以羅姐妳覺得這則新聞做不起來了？」

羅彩涵一愣，片刻反應過來，覺得好笑。「劉知君，妳也未免太往自己臉上貼金，想太多了吧。」

她涼涼地說：「我對每個稿子都是一樣，新聞就是新聞，跟妳是什麼樣的記者沒有關係。」

「是嗎？」這兩個字輕輕從知君口中吐出來，充滿了懷疑。

「不然呢？」她語帶嘲諷。「不這樣想，這行怎麼待得下去？劉知君，我的態度一直都沒變，我早就告訴過妳，我要的是一個記者冒著性命危險揭密的過程，既然是過程，妳就不要老是想著要揭謎底。」

羅彩涵語氣煩厭地繼續說：「到底誰受害我沒有興趣。我沒有妳這種偉大的情操。」說及此，她還嘲諷地笑起來。「真要說起來妳被拍那幾張照片我還要說恭喜，話題女王耶，我們就缺妳這種人才。」

劉知君看著羅彩涵挑出的這幾張照片，久久說不出話來。

見她還坐著不說話，羅彩涵又問：「怎麼了？還得給妳送花籃？」

「我很後悔。」

嘴裡迸出這句話，就連劉知君自己都訝異。她知道此時此刻不應該逞口舌之快，但又有發洩的快感與惡意。

羅彩涵問：「後悔？」

「這麼多能一擊斃命的照片羅姐不挑，偏偏挑這些不鹹不淡的畫面，我知道羅姐不是這種人，但真的忍不住懷疑妳是不是怕了還是受人指使。」劉知君四平八穩地說。她直視羅彩涵逐漸蘊起怒意的雙眼，發現自己除了覺得爽快，心底空曠涼快，不怕。

羅彩涵臉色一沉，一時沒有發火。她往後一靠，雙手交臂環繞，靜靜地看著劉知君。

「大記者，還有什麼心底話沒說完？」

確實有。劉知君接著說：「我很後悔，這麼多人裡面我第一時間選擇相信羅姐，把照片給了妳。有這樣結局，算我識人不清，還得再學習。」

奇特的是，她這麼連串地激怒羅彩涵，羅姐眼底的怒火倒是漸漸褪去。她細細地打量刺蝟一樣的劉知君，想從她身上看出究竟。

羅彩涵問：「劉知君，妳對娛樂新聞的想像是什麼？」

羅姐問得突兀，知君沒有被她突如其來的問題給嚇著，直接地回答：「我不管是什麼新聞，新聞得說真話。」

「妳認為我這麼做是在撒謊？」

「掩蓋真相算不算撒謊？」

羅彩涵沉默片刻。「劉知君，妳要記得，有時候記者是不是英雄、跟新聞本身能不能發光沒有關係。別絞盡腦汁想從新聞裡證明自己，不要把新聞當成妳一個人的作品。」雖是訓話，但她語調裡有躲藏不住的懷念。劉知君敏感地捕捉到這分情緒，但不知其從何而來。

「這件事就這樣吧。」羅姐說。

*

辦公室內，所有人看著知君的眼神都欲言又止。

現在時間還早，來的記者三三兩兩，但光是若有似無的探詢眼神，就夠讓劉知君感到渾身不自在。她沒有打算多留，收拾好東西就準備離開。

立週刊門口，碎了一地的玻璃渣早已經清乾淨，嶄新的玻璃門映著劉知君的身影。一切歸零，好像沒有發生過。

奚奚窣窣。劉知君不用回過頭，也不需要左顧右盼，她的心裡就已經投射了千萬道視線，全都在盯著她的一舉一動。那些眼神都在說：「好誇張，你看過她的照片了嗎？」「那些照片你看過了嗎？」

「放蛇？我看根本去賣身吧。」

還有個聲音說：「難怪她跟林姵亭這麼好。」

正出神，身後傳來黃慈方的叫喚。

「知君。」

知君回過頭，黃慈方正端著裝滿熱水的保溫瓶，面上帶著困惑的笑意。

「怎麼一直站那？」

熱水冒著薄薄的熱氣，蘊著黃慈方溫和的神情，一如往昔。好像兩人沒有過什麼芥蒂。

知君沒有回話，不知道該用什麼表情面對她。

黃慈方收斂起方才的笑容，看著蒸騰熱氣的茶水，這才說：「妳還好嗎？」

靠著大片落地窗的座位。二樓的高度，正好適合樹木枝葉照拂，凌亂錯落的綠葉鬚枝讓這個咖啡廳角落的沙發座位顯得分外隱蔽。這是一間連鎖咖啡廳，座位數非常多，即使是下午時分，人潮也非常熱絡，鼎沸的人聲幾乎要壓過輕快的鋼琴聲。

「妳早就收到那些照片了？」

背景的鋼琴樂音正激動，正巧在這個時候，咖啡廳裡的人聲消緩片刻。知君清清楚楚聽見黃慈方說：「對。」

黃慈方放下手中的咖啡。馬克杯碰觸到玻璃桌面，清脆的碰撞聲。
窗外的陽光隨著枝葉搖曳的節奏浮動，從杯緣到桌面。
她拿出手機，畫面上顯示著一個知君沒見過的名字，對方傳來了好幾張照片，照片中的女人一身的濃妝豔抹、爛醉與男人親吻相擁的模樣，雖然燈光不足，但仍認得出是劉知君。
那人說自己也只是收到了這些圖，提醒黃慈方，最近他們最好行事小心一點。
「抱歉，沒有第一時間告訴妳。」
這些照片的來源不清楚，根本找不到散布的源頭，只知道在所有人手機裡面東竄西竄，不過也就是一個因緣際會，就被貼上了爆料網的平台。劉知君看著黃慈方的手機畫面，突然就覺得很好笑。原來在她忙得團團轉的時候，別人已經用異樣的有色眼光在看待她了。
最好笑的是，這些照片既不過度裸露也不色情，根本不及那些小模被洩漏的私密照的百分之一，但即使如此，劉知君也逃不過內心的不堪感。
「只是一份工作。」想了許久，劉知君對自己的辯駁還是只有這句。
「我知道。」黃慈方毫不猶豫地說。
見知君面色訝異，黃慈方笑了笑，又說：「我帶了妳這麼久，怎麼會不知道妳的個性。」她說話的語調與羅彩涵有很大的不同，相較於總是咄咄逼人、語速極快的羅姐，黃慈方的聲調中性，像是一帖溫和潤肺的中藥，細火慢熬，不急不徐。「我知道妳最近跟羅姐在討論某些新聞，雖然不確定確切內容，但看到這些照片的時候，我就明白了。」

黃慈方仍是那個波瀾不興的平淡態度。「妳已經是一個獨立成熟的記者，有妳自己的做法，妳想怎麼做我不會過問。但有些事，身為妳的老師跟主管，還是要提醒妳，當初郵輪案妳還記得嗎？這新聞幸好是不了了之，我日後想想，總覺得是誰要害妳，借刀殺人。」

黃慈方主動提起郵輪案，讓劉知君頗感意外，但仍先忍住沒表現出來。

她問：「慈方姐知道是誰要害我？」

「我是想提醒妳，當記者最怕被利用，不是所有人給妳餌，妳覺得好吃就要咬一口。」

「馬姐的事情，我已經不想知道是誰搞鬼，也不在意有沒有人利用我。」她抬起頭看著黃慈方。「如果這個餌我喜歡，我為什麼不能吃？難道我就不是在利用他們嗎？」

黃慈方對她的回答不以為然。「妳確定妳吃得起嗎？」她敲了敲螢幕上那幾張照片。「我不知道妳到底在寫什麼稿子值得弄成這樣，但妳至少問問自己值不值得。」

「值得什麼？我拿到一個好新聞，不值得嗎？」

原本一派輕鬆宜人的午後時光逐漸凝固，滲入了隱約的火藥味。

黃慈方沒答話。

劉知君接著說：「我不想要只做無關痛癢的新聞，娛樂新聞老是被笑膚淺，我把這些女孩子的心聲做出來，妳能說我做得不對嗎？」

「所以妳在追求成就感囉？」不如知君語氣僵硬，黃慈方清淡地問她。「是嗎？」

知君坦然地說：「是，不行嗎？」

黃慈方沉默片刻，嘆了口氣說。「知君，妳是我最喜歡也最期待的學生。但妳個性太好強固執了，過剛易折的下場，妳應該很清楚是什麼。」

知君沒有回答。

黃慈方繼續說：「賭上自己的人生、賭上別人的人生換來的成就感，妳喜歡嗎？」

「我沒有後悔。」

她抬起視線望著對座的黃慈方，率性簡單的裝扮，襯托了一身的知性與溫柔。無論是待人處事或是人生道路，一直都是當初那個二十出頭的劉知君滿心嚮往的背影。

「慈方姐，妳今天約我出來如果是想說這些話，不如別說了吧。」

午後流光、成長歷程中的一場錯愛。全部都在終結。

劉知君說：「妳如果是以前的黃老師，妳就會信我。不是講這種好像關心的話，來告訴我我做錯了。」她語氣清淡，卻很堅定。「我不知道妳想指涉什麼，但這是我的工作，但求做得好不好，沒有對不對。」

知君將手機推回給黃慈方。「當學生時妳告訴我們，當記者要看看自己本來的樣子。也許我本來看妳就是錯認了一個人。是不是妳本來就是這樣的人？妳如果是當初我崇拜的那個記者，妳不應該會恐嚇我。」

那一瞬間，知君確實地看到了黃慈方眼底的受傷。

「不用再用關心的名義來告訴我這些建議了，謝謝妳，但我不想聽。」

無視她的眼神，劉知君說。

*

托不雅照的福，劉知君的手機裡塞滿了一大堆慰問的訊息，有些人與此事相關，有些人僅僅只是來探問八卦。知君心情疲倦，暫時都不看了。其實說來也好笑，走到了這一步，她身邊最在意的人沒剩幾個，她並不為此事過於擔憂，只是難免有些心煩意亂。且此時她內心的事沒有別的，她只希望可以盡快將那天晚上的稿子完成，然後等待出刊的那一天。

對於劉知君而言，自從林姵亭過世之後，她沒有一天不是在泥沼裡。夜中盡是惡夢，惡夢問她：什麼時候妳會甘心？

她心想，也許自己就在等這篇稿子面世的那一日，她就會見到那個心甘情願的結局。只是此時羅彩涵的態度曖昧不清，雖然沒有阻止她寫稿，但今天奇怪飄忽的說詞，一下子讓這場看到清晰終點的馬拉松似乎又被拉遠，她伸長了脖子探望，唯恐這又會是一場海市蜃樓。

只是劉知君內心的不安不知道該向誰說，她盡力壓抑心中的恐懼感，告訴自己一切是自己虛妄的幻想，但越是去壓抑那種念頭，念頭就越是把她佔據。

計程車後座。司機在前座裝置了一台小型的電視機，此時正在播放新聞。小螢幕上出現劉知君的身影，記者的聲音字正腔圓地向觀眾解釋，某八卦週刊的娛樂劉姓女記者，之前積極替因服毒過多死亡的同事林女捍衛名譽，近日在網路上竟流傳著好幾張劉知君醉倒在高級派對中、衣服裸露的畫面，讓人不禁懷疑她之前為林女發聲的用意……

畫面裡替她倆打上的薄薄馬賽克，幾乎遮不住什麼。

劉知君聽得坐立難安，此時司機瞄向後照鏡，詢問她：「小姐，前面停下來嗎？」

司機眼神這一看就耐人尋味了。他滿懷困惑地盯著後照鏡看兩秒，接著小心翼翼、以為沒人注意到地瞄了一眼小螢幕，這才又看回後照鏡。

知君面色尷尬。她說：「在這裡就好了。」隨即掏錢付款，直到她下車，司機的視線都跟在她身後。

劉知君拉起連衣帽，低著頭快步往租屋處走。租屋處一樓的鐵門虛掩，知君沒想太多，三兩步跨上狹窄的樓梯，快速上了樓。她低著頭，直到上了三樓，才回過神來覺得不對勁。紅色血跡點點地落在階梯之間。她腳步一頓，遲疑地、緩慢地往上走。

時間是下午三、四點左右，這棟幾乎每間房間都出租給上班族的老公寓非常安靜，沒有人聲。劉知君屏息往上走，每一個步伐都踏得極其小心。她心臟跳得很快，理智告訴她轉身快跑，但記者的直覺反應，仍讓她下意識地打開手機錄影存證。她想看看到底是什麼在樓上等著她。

一步、兩步……

劉知君蒼白纖細的手扶著牆，順著窄梯而上。這安靜的居住區此時竟然連車聲都沒有。她突然間覺得自己像在玩幼兒的捉迷藏，數到十，沒有躲好的那個人就死了。

地上骯髒的血跡越來越多，空氣裡瀰漫著令人不安的腥味。好不容易到了六樓，她頂樓加蓋的小空間。她停在五樓的轉角處往上望，看見自己的房門大大敞開。

劉知君腳步稍停。她捏緊手機，心想，等等如果出事，她就立刻報警，她不會有事、不會有事……

她上了六樓。

劉知君站在門外，她看見悉心照料的房間被摧毀。

所有的東西都被打碎、砸倒在地。

這個被摧毀的房間，是她工作以來，一點一滴積攢存下來的。當初她總算搬出暗無天日、氣味窒悶難聞的地下室小房間，來到這個頂樓加蓋的套房，雖然環境仍不算最好，每天工作累得要死還得爬六樓的階梯，但好歹是她親手打造出來的一個家。雖然她付著租金、雖然這個家不是她的，雖然她從小就已習慣每個好東西隨時會從她身邊被奪走，但這裡畢竟是她出社會以來難得感到安穩的地方。

現在這裡全被砸毀了，包括她那面親手漆出來的藍綠色牆面，也全是斑斑點點的血跡。

一顆被斬斷的貓頭滾在門邊，眼珠掉了出來。

那些涓涓細流的血，就是從這裡一路蔓延。

空氣裡全是血與死肉的氣味。

至此，劉知君才看見那具貓的身體落在她的床鋪上，滿床的內臟與糞臭。

沒有其他人。

她感到自己心臟無法負荷、呼吸短淺而急促。

劉知君逼自己深呼吸，保持冷靜。她拿出手機開始拍照，這時候她還記得要拍照，那自己肯定就還沒被擊倒。她想。只是手很抖，但手抖不是問題。她想，她要報警。她要報警但她想起了剛剛計程車司機的眼神。警察來了肯定也是那個眼神。

等這次的報導刊出就沒事了，一切就到頭了。她想。別怕，她要報警。

但越是這樣想，她呼吸就越是急促，最後逼不得已坐到了地上。

她找到了貓的另一隻眼珠，與她遙遙相望。

她想起剛剛在咖啡廳與黃慈方說的那番話。黃慈方問她，賭上自己的人生，也賭上別人的人生，這樣子做她滿意嗎？

面對滿目瘡痍，劉知君暫時想不到答案。她覺得再給她一點點時間自己就能夠振作起來。一直以來都是這樣，從小到大，她幾乎是野生茁壯的。生長過程中所遭逢的一切逆境，哪一次不是靠她自己站起來。她記得在每一個覺得痛苦的夜晚裡頭她告訴自己，別怕，再不濟還有自己陪著自己。

別怕。

劉知君情緒緩和下來，扶著牆正要起身，手機震動，是姵亭母親來電。

劉知君接了起來。

那頭趙小淳的聲音一如既往溫柔和煦，帶著幾分母親式的關懷。

「知君，我看到了新聞，很擔心妳。妳還好嗎？」

劉知君內心突然有一股酸楚，比過往的任何一刻都還要劇烈。

*

聯繫完房東和警察，處理掉貓屍，劉知君無處可去，便到了趙小淳的家。來過幾次的這個家，很有趙小淳的風格，樸素簡單。劉知君坐在客廳內細細打量老屋內的細節，見到客廳櫥櫃上，擺放著一尊細緻婉約的菩薩。知君盯著菩薩出神。

趙小淳端著熱茶回到客廳，樸質溫潤的茶杯輕輕地放到了桌面上，傳來清脆小心的磕碰聲。金黃色的茶水冒著蒸騰熱煙，趙小淳溫聲提醒：「小心燙，放涼點再喝。」

知君拉出一個感激的微笑。「謝謝阿姨。」

趙小淳家的電視關著。這個位於巷弄盡頭的老房子像是有一層保護網，把外界紛擾煩心的事情全阻隔在結界外頭。午後美好的陽光、巷弄內的鍋碗瓢盆流水聲、栽種在門前的小花小草，乃至於櫥櫃裡精緻素靜的菩薩。劉知君內心有一股很深沉的觸動，她已經很久沒有真正休息過了。她一直處於緊繃的戰鬥狀態，無論是誰到了她面前、不管善意或惡意，她都得提起一百分的精力應對。但這個小小的世外桃源，是她難得可以真正放鬆的地方。

趙小淳也不問她不雅照的真相，東拉西扯地說起一些瑣碎的事情，好像那件事也沒什麼好談，就算不問，趙小淳也百分之百相信她。

劉知君突然就明白了自己為什麼到了這裡心情這麼安靜。因為，這個房子，或者說是這幅景象，一直都是她心目中該有的歸處。如果從小到大必須要有一個家矗立在那裡，無論風雨等著她回來，那勢必長得就像是這個家。

無論是非對錯，只問她過得好不好。

知君內心酸澀，一瞬間恍神，漏了趙小淳方才的問話。她問：「阿姨，抱歉，妳剛剛說什麼？」

趙小淳看著她，神情很是體貼。

「沒什麼，我是想說，妳要不要在這裡住一晚？」趙小淳臉色有些不好意思。「姵亭的房間我一直有打掃，很乾淨，不知道妳會不會忌諱，如果會的話沒關係，不勉強……」

「不會。」劉知君打斷她，心裡很開心。她確實很需要在一個別人不曉得的地方好好休息一晚，而趙小淳的家是唯一能讓她感到放鬆的地方。「阿姨，很謝謝妳。」

趙小淳這才放下心。她想了想，拉過知君的手。劉知君日夜奔波，憂慮太重，手早已瘦成一根一根的細骨頭。

「妳跟姵亭很像，出了事就想自己扛。」

*

林姵亭房內。

姵亭的房間位於二樓，牆面上有一整排對外的玻璃霧花窗，往外看就能看到趙小淳悉心照料的小花圃。趙小淳將姵亭的房間保持原樣，定期打掃，窗框上一點灰塵都沒有。房間內沒有太多東西，雜物都已經被收拾整齊，一包包地塞在置物櫃裡頭。窗邊臨著一個學生式的木頭書桌，上頭擺放著幾本媒體相關的書籍，包裹著懷舊淡紫色花樣床單的雙人床靠在書桌邊，同款式的棉被整齊折好在床尾。林姵亭彷彿只是出門一趟而已。

此時已經入夜，劉知君坐在床邊，身邊是趙小淳為她準備的盥洗用品。

這裡的時間幾乎靜止。

她的手機不斷發亮，是大海傳來的訊息。

「劉記者，一整天沒消沒息，沒事吧妳？」

知君看著螢幕上的訊息許久，螢幕的光都暗了才拿起來，回覆大海：「我沒事。」

大海回得很快。「照片的事情不用擔心，把它當作替妳之後的報導造勢不就好了？」

劉知君笑了出來，這確實是很記者的思考方式。無論好事壞事，只要能做成新聞，都是可喜可賀的事。「想太多了，我沒有擔心。」

「妳家是不是被砸了？」

「嗯，大家都知道了？」

「唉，這也沒什麼啦，當記者的沒幾個仇人都不好意思說自己當過記者咧。」

這就是大海式的安慰方法了，劉知君領受。「謝謝，這下我是真正的記者了。」

「別急，還沒被打過，也別急著說自己是真正的記者。」

知君沒回，過一會，大海的訊息又來了：「別擔心了啦，心情不好的話出來玩啊，哥哥帶妳去喝酒解悶。」沒多久又傳來：「欸，這是友善的邀請，沒有要職場性騷擾不要又在那邊亂說話含血噴人喔。」

劉知君悶著頭笑起來。

「謝謝，但不用了。」她乾淨俐落地拒絕。

把手機螢幕朝下扔到床上，任由它去震去響。知君起身，細細檢視姵亭的房間。她坐到姵亭的書桌前，無聊地翻閱她桌上擺放的書籍，有些是媒體用書，有些是小說。知君注意到某一個櫥櫃格裡擺放著好幾冊立週刊的刊物，抽了出來，擺放的不多，時序不一，劉知君隨意翻閱，注意到有好幾冊是她們剛剛進公司時出刊的期數。翻到目錄頁，看見姵亭在「劉知君報導」、「林姵亭報導」的字樣，畫了螢光筆。

知君會心一笑。

之後的期數亂序擺放，知君正要擺回書櫃，就見其中一本底部露出白紙一角。知君動作一頓，將那張白紙抽了出來。

紙張上筆跡倉促地寫著：

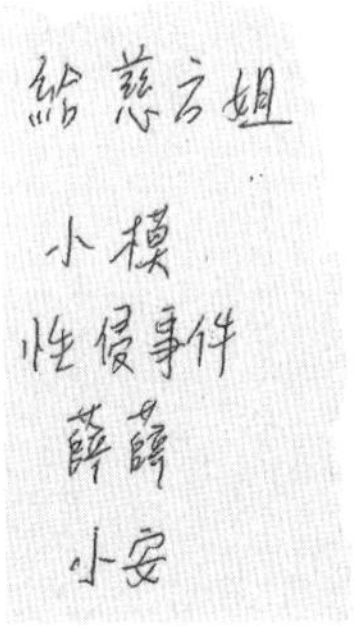

知君震驚地看著這顯然是被撕下來的白紙一角。她翻開夾帶著紙條的雜誌內文，赫然看見小安的照

片。

這是姵亭死前約四個月左右時出刊的雜誌，當時也許是因為沒有新聞好寫，因此找了漂亮小模來棚拍性感照。好死不死這時候負責的人是林姵亭，而被拍攝者是小安。劉知君推敲著時間點，所以林姵亭此時就已經接觸到小安等人了？是從這時候開始想要寫模特兒賣淫的事情？

劉知君有一個猜測，但與其說是聯想，又更像是記者的直覺。

黃慈方會不會從這時候就已經知道林姵亭打算做什麼？

如果知道，黃慈方為什麼不說？

難道說林姵亭的稿件被壓下來了？

許多想法竄進她腦袋中，她想立刻打電話給薛薛，確認她們當初接觸林姵亭的時間點，只是手機一抓起來，赫然就見螢幕上顯示著一封新郵件。

科技不能分辨生死，Kelly 的遺書顯示為一封新郵件，躺在知君信箱裡頭。

開頭寫著：

「我本來就該跟姵亭一樣去死。」

劉知君看著這些文字，從腳底到頭頂，渾身都在結冰。片刻，她幾乎是連滾帶爬地逃出趙小淳家，搭上計程車，趕往 Kelly 信中提到的自殺地點。

*

劉知君趕到的時候還是太晚了。

縱使她第一時間報了警，但當她趕到信中提及的大樓時，現場仍已是封鎖線與白布。地上有斑斑血跡。此時已經深夜，突如其來的巨響，吸引了不少住戶在窗戶前探頭探腦，在確認了這是一場自殺事件時倒抽了一口涼氣。

Kelly 自殺的地點不在夫家位於山上的豪宅。這裡是臺北市近郊新舊大樓、公寓交錯林立的住宅區。Kelly 摔下來的這棟七層樓的大樓老舊不堪，泛黃鏽蝕的磁磚縫隙與厚重陰暗的霧面玻璃，加之外露笨重的黑色冷氣機，密密麻麻沒有間隙地爬滿了整棟建築物表面。內部走廊狹長陰暗，兩側被雜物跟堆滿灰塵的鞋櫃佔據，發臭的垃圾被堆在樓梯間。這裡是城市角落等待被都更的一環。

「吳小姐已經回來好幾天了。」管理員跟警察做筆錄時這麼說。當時他正在值大夜班，監視錄影機所拍攝到的畫面裡沒有任何異常，地下廣播咿咿呀呀放送四、五〇年代的歌曲，他半夢半醒，在某個不留神睡著的五分鐘之間，監視器畫面上看見 Kelly 搭上電梯，到了七樓。七樓走廊的監視器看見 Kelly 推開那扇通往頂樓的門。短短的五分鐘畫面裡，Kelly 神態自然，腳步堅定。如果那時並非半夜兩點，這舉動看起來再自然不過。接著，管理員被一聲巨響嚇醒，附近的停車也被驚擾發出尖銳的警鳴聲。當時約是凌晨兩點二十分左右。

根據管理員的說法，自從 Kelly 嫁入豪門之後，他們全家就陸續搬出了這棟老宅，房子空了下來，好多年沒有人回來住。前幾天 Kelly 突然出現時，住戶還一陣議論紛紛，說她肯定是被拋棄了。然後就出現自殺這件事情，這下更坐實了住戶們的臆想。

「她沒什麼出門，很少看到她，偶爾，好像一兩次啦。」管理員這麼說。

警方聯繫 Kelly 的親人，能聯絡上的只有哥哥一家，近幾年父母相繼過世，Kelly 與哥哥關係疏遠，嫁入豪門後更是毫無聯絡。「有錢人都很可怕，」管理員小小聲地說，他說的是 Kelly 的婆家。「聽說都把她關在山上，她老公在外面早就不知道有多少查某了。」

當劉知君趕到現場看到這場面時，只覺得腦袋一片空白。

「不好意思小姐，妳不能靠近。」見知君走來，員警擋下她。「妳是住戶嗎？」

劉知君的視線始終盯著那團蓋在地上的白布。「我不是住戶。」

「不是住戶的話請不要靠近……」

「我是她朋友。我有收到遺書，然後就打電話報了警。」

劉知君絲毫沒因為警察的阻攔而慢下腳步。她這麼來勢洶洶，警察反而退了兩步。

「小姐，請妳不要這樣。」

劉知君停下腳步。知君看著年輕的員警，內心有一股奇特的堅持。她趕到這裡來，就是要見 Kelly 一面。

她張開口，似要再說話，卻是深呼吸了一口氣，趁警察一時不察，矮身衝進了封鎖區，來到那塊白布之前，警察在身後叫喊，她沒有猶豫，大力將布掀開。

白布掀開時，畫面難以入目。Kelly 是頭頂朝下著地，頭殼已經破碎擠壓得辨識不出面目，脊椎斷裂，爛肉與刺骨，腹部的肉鬆垮，但沒有孩子。孩子已經在一個月前平安出世，一個男孩，日後會受盡大家的寵愛，受盡苦難的母親沒有掌聲，被奪走了孩子，因醜聞被趕出名門。

劉知君看著 Kelly 的遺體，胃在翻騰，頭殼發脹，但她知道自己必須要看，一定要看。上次 Kelly 當面跟她說的話，不斷在腦中反覆播放：

「但是，我們兩個人都不知道該怎麼辦，我跟她說，算了，她說怎麼能算了，她非常生氣。我沒有告訴她，其實那時候我已經快撐不下去了，好像……好像我跟這世界對抗，是為了讓姵亭息怒。」

忽而知君腦中浮出的又是派對前刻的薛薛，年輕的面貌，眼中有星光閃爍：「知君姐，大部分的人都覺得我們這種女孩子活該。其實，有時候我也覺得，好像真的是活該。而且當我這樣想的時候，心裡就不痛苦了。」

最後她想到的是，在高級酒店中被餵藥而死的林姵亭。

Kelly 最後寄給她的文字，雜亂無章，幾乎不是遺書，也不是為了給任何人，只是湊巧落到了劉知君的信箱裡一樣。內容寫著：

「我很生氣姵亭，她明明知道我不喜歡她出現，但我也不知道為什麼我還是去見她，我覺得我好像還是很期待，但我不知道為什麼。她說她是想要寫新聞其實我早就知道她是想要這個，我覺得她很殘忍，我已經在過自己的日子了為什麼還要我說出以前的那些。然後後來她就死了，我好像害了她，我每天都受折磨，為什麼連她也要讓我受折磨。但我見到她的時候其實我只是希望她不是說新聞的事，我想要她跟我說從前的事情，高中的事情，不是大學的事情。高中被欺負的時候是姵亭牽著我的手我們在操場走路，那時候是一個晚上，空氣很涼每走一圈我就眼淚少一點點，然後眼淚就沒了。我們一直走一直走都是姵亭陪我。後來變成這個樣子，其實是我害了她。早知道不要告訴她我被強暴，這些事情後來就都不會發生了。如果我不要覺得那是強暴，就不會變成這樣了。」

月明星稀。劉知君蹲在 Kelly 的遺體旁痛哭失聲。她沒有這麼難受過。她一路追著林姵亭的影子，最後什麼也沒做到。

*

Kelly 當初雖然也曾在演藝圈中闖出知名度，但她退役已久，一個過氣的女藝人之死，顯然不被社會關心。受到夫家的刻意施壓，Kelly 抑鬱的貴婦生活直到最後一刻，都活在夫家的漠視下，連新聞都是雲淡風輕地淺淺帶過。如同她在遺書裡頭寫到的，「我每天都分不清楚自己是不是還活著」。從她的出身到她的身體，婆婆都不喜歡，她必須把握住丈夫願意回家的時候跟他上床，否則她不知道自己存在是為了什麼。為了討人喜歡，她變得有多漂亮、內心的洞就有多深。然後她的病重新受到山上的水氣召喚，跟鬼魅一樣在某一日突然就醒了過來。當病回來的時候，Kelly 只覺得惡夢重演。許多恐懼在她的身體裡面來來回回地爬，比方說，服藥會不會影響到生育、會不會讓她被拋棄……

透過警方的協助，劉知君看見了監視錄影器拍下的畫面。景框中的 Kelly 走上天台，幾乎沒有猶豫就掉了下去。

這已經是劉知君近一年來第二次進到殯儀館。Kelly的狀況特殊，無論是夫家或是親生哥哥那裡，都不想處理她的後事。Kelly的丈夫說兩人一個月前已經離異，對前妻的死避而不談，年紀差距甚大的哥哥一家早就搬到國外，對於這個嫁入豪門的妹妹之死，表現得異常冷淡。劉知君自掏腰包替她在殯儀館辦了一個簡單的後事，連唯一能紀念的遺照，也是她到姵亭母親那裡，向她要了那張Kelly與姵亭的合照後置辦的。那時她們還沒經歷風雨，眼角笑意都飛揚有力。

劉知君不知道由她來舉辦這場葬禮算不算諷刺，她心底很清楚，Kelly會跳下去，自己肯定也是背後推她一把的原因之一。如果人一生中所有致死的成分都可以定罪，那麼Kelly尋死的罪責攤開來，自己肯定是以殺人凶手的身分站在這裡。「那個明知道她痛苦卻仍窮追不捨的記者」、「明知她身陷困境，卻沒及時伸手相助的記者」。

但是那一天晚上，劉知君跪在Kelly的屍體身旁哭泣，並不全是因為自責。劉知君是個不輕易放過自己的人，如果僅僅是因為自責的話，眼淚應該是要往肚裡吞的。

那是一個微風清涼的夏夜，她知道在數年前的同一個夜空底下，一個長相漂亮、性情懦弱的女孩子，被她的好朋友緊緊握著手，兩人約好了走一遍操場眼淚就要少一點。她的好朋友告訴她，走到第十圈的時候，妳就不要哭了。

只是日後生活的苦難比起高中時期要來得複雜。遇到不適合的愛人，遭逢不公平的待遇，甚至是剝奪尊嚴的性暴力。承諾手牽著手就不會害怕的少女們最終是把手鬆開了，各自走上了不同的道路。

但劉知君沒有及早意識到，口口聲聲說著林姵亭自私的 Kelly，才是看到林姵亭死訊時最痛苦崩潰的那個人。姵亭的死同時宣告了她美好燦爛青春的終結，在那之後，沒有人會再如姵亭一樣，義無反顧地拉扯著她，告訴她：「無論妳喜不喜歡，我都會救妳。」

當時看著 Kelly 的屍體，劉知君突然無比清晰地明白了一件事。她處理的也許無關獨家、正義、申冤，甚至也不是新聞。攤開來看，其實講的都是破碎爛泥濕透的棉絮般，說不清楚的感情。

「恭喜。」

殯儀館外頭，大海蹲在門口吃麵包，這人不知道多餓，吃得狼吞虎嚥，見知君走出來，順手將塞在腋下的雜誌遞給她。

新一期的立週刊封面，斗大標題寫著：

直擊！上流社會荒唐淫趴

「記者劉知君」幾個字掛在頭條報導的標題下，光是這份報導，就足以回應近日流傳在每個人電腦裡、口中的揣測，劉知君確實是為了報導放蛇，不是去賣身。

劉知君面無表情地接了過來，翻了幾頁，見自己的稿子東刪西減，雖然確實保留了黃水清的照片，但整篇報導裡頭唯一被確切提到的只有他的名字，其他人臉都隱沒在報導之外。對讀者來說，固然是讀到了一篇上流社會的荒誕醜聞，但到底是誰舉辦？有誰出席？報導裡被刪改得模糊不清。

與此同時，黃水清對於被週刊點名一事表現得相當鎮定，只說他是以支持公益活動的心情支持該場慈善拍賣會，事前並不知道拍賣會的內容，對於週刊提及他的一切負面內容提出抗議，後續將訴諸法律，不再對媒體解釋。

另一方面，大選將近，黃水清所屬政黨的政敵此時被揭露了一串弊案，整個媒體的風向全吹向這場弊案身上，劉知君這篇被閹割過後的報導遭東刪西減，搔不到癢處，看起來像是老生常談，無法引起討論，頂多就是一些可有可無的小波濤，很快就歸於平靜。因此大海那句「恭喜」，還真是讓劉知君開心不起來。

知君將雜誌塞還給大海。

「我有些事情想要問清楚。」

「問清楚什麼？」

知君拿出那張在姵亭房間翻到的小紙條。

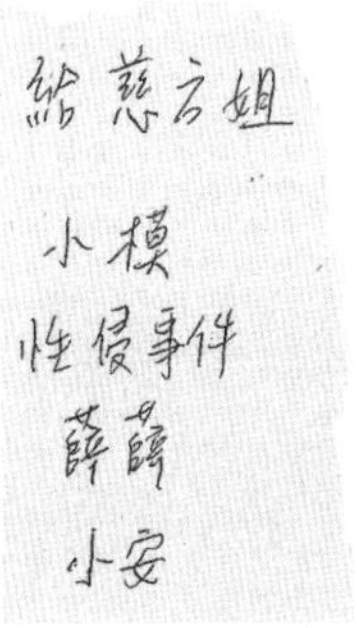

知君說：「我要再見薛薛一面。」

*

咖啡廳內。知君推門入內，遠遠地就見薛薛坐在窗邊，桌上放著劉知君寫的報導。腳步靠近，薛薛抬起頭，朝知君彎著眼睛打招呼。「知君姐。」

劉知君的視線停在雜誌上幾秒。她淺淺一個微笑，坐下。

薛薛指尖摸著雜誌平滑的紙面，面色有些複雜，看不出究竟是高不高興。「知君姐，這個，謝謝，我看到報導了，很謝謝妳的幫忙。」

報導裡如實地寫出了上流社會淫趴的荒唐，也寫出部分小模受迫參與這種聚會的無奈，包括酒醉吃藥後，多得是被隨意吃豆腐的狀況。這些確實都是薛薛要的，但整篇報導趨於平淡，根本沒有討論熱度。

知君語氣中有歉意。「不用謝我，我沒有幫上忙。」

她從包包中拿出有小安照片的那本雜誌，一攤開，那張寫著姵亭潦草字跡的紙條就平攤在紙面上。

「這是姵亭留下來的東西，我希望妳可以再仔細說一次，妳當初是怎麼跟她聯繫上的。」

薛薛沒想到知君約她出來竟是要說這件事，表情意外，但很快地皺眉思考起近乎一年前的事情。

雜誌上，小安的性感照以跨頁的方式呈現，她穿著裸露，趴著笑看鏡頭，兩顆豐滿的乳房半壓，姿態誘人、五官卻相當精緻清純。週刊上寫著她曾經當過模特兒，現今是小有名氣的網路直播主，光是乾爹們的「斗內」，就比過去當模特兒時期賺得多好多倍。

薛薛視線落在小安的臉上，一邊思考一邊說：「一開始會知道林姵亭，其實是小安那天棚拍回來之後告訴我的。小安說，有一個記者想要蒐集演藝圈性騷擾的事情，棚拍的時候，問了小安的經歷。小安她有點……」薛薛苦笑。「有點呆，人家問她事情，她就都講出來，林姵亭覺得小安的經歷不錯，就跟她說如果其他人有相關經驗，就去聯繫她。那時候我的想法也很簡單，既然有記者想幫忙，可以試試看。所以我就……一開始其實是，」她邊想邊說，思緒跟說話的內容都有些跳躍。「見過林姵亭一次之後，我就想到，如果林姵亭能夠自己進去一次那個淫趴，她就可以把裡面的事情寫出來，看那些有錢男人的嘴臉到底是怎樣。」

「她有答應嗎？」

「有啊，她很開心，但因為這個淫趴不是常常在舉辦，中間有一度我就跟她失去聯絡，那時候我想說，如果這個淫趴又舉行，我就告訴她。」薛薛想了想，「啊，中間我有問她這個新聞寫得怎樣，她一直都說她很忙。」

「她有說她在忙什麼嗎？」

薛薛搖搖頭。「事後想想她可能就是那時候在各個淫趴裡面臥底吧，所以才這麼忙。不過那次她有跟我道歉……」

「道歉什麼？」

薛薛皺眉苦思。「她說事情很複雜，好像就是稿子已經寫好了，但是主管覺得不ＯＫ，一直在重寫。」

聽見關鍵字，知君著急地問：「稿子寫好了？妳有看過內容嗎？」

薛薛無奈地笑：「她是記者耶，我哪敢問她稿子的內容？我再聽說她的消息，就是她過世的事情。」

劉知君陷入沉思。姵亭死後，收拾她公司物品的人就是劉知君自己，無論是紙本資料或是電子檔案，她都有特別留意是否有相關線索等蛛絲馬跡，但除了筆記本裡有零星的可疑線索之外，根本沒有看見姵亭將整起事件寫成稿件。姵亭告訴薛薛寫完了只有幾種可能，一是她欺騙薛薛、敷衍了事，二是她真的完成了稿子，但稿子被某人壓稿，永不見天日。

知君回過神，突然將雜誌往第一頁翻，指著娛樂組裡的名字：「羅彩涵」、「黃慈方」。

「她有告訴妳主管是誰嗎？對這兩個名字有印象嗎？」

薛薛想不起來，猶豫地搔頭，腦海中不斷重複播放當時林姵亭一臉不悅地向她抱怨的面貌。突然靈光一閃，她說：「主任……？她好像是說主任。」

「主任？」劉知君再次確認。「採訪主任？」

薛薛一臉茫然。「我不確定。」

第十章

一本過期的立週刊B本被放到了黃慈方面前。

黃慈方停下手邊工作，詫異地抬頭看面前的劉知君。她將筆收回筆蓋，面上帶著困惑的笑容，試圖緩和場面，語氣親和地說：「怎麼了？」

劉知君站著沒動，她語調平穩，看似波瀾不興，問話的內容卻直截了當。「姵亭給妳看過稿子對嗎？」

黃慈方一臉困惑。「什麼稿子？」

劉知君沒有解釋，她知道黃慈方聽得懂。

「姵亭給妳看過稿子，也跟妳討論過題目，都被妳壓下來了。對吧？」

「我們出去外面談吧。」

知君伸手，鎮定地將雜誌翻到小安那頁，又問：「是從這時候開始的吧？」

黃慈方臉色沉下來。「知君，我搞不懂妳在做什麼。」

劉知君無所謂地說。「妳放心，我不是來找妳碴。」

兩人講話聲音都不大，若沒仔細觀察，根本看不出兩人的針鋒相對和暗潮洶湧，周遭的人看兩眼後，就回頭做自己的事了，這反而讓黃慈方更顯動彈不得。她逼不得已得跟著劉知君壓低聲量，無法迴避地在大庭廣眾之下與劉知君討論一個死人的往事。

劉知君早將林姵亭的紙條影印備份過，此時拿出複印的紙張，攤開來壓在小安那幅跨頁的性感照上頭。

「我就直接這樣說吧。」知君拉了張椅子坐到黃慈方身邊，語調緩和輕柔地說：「妳從頭到尾都知道姵亭在做這個新聞，妳知道她在放蛇，妳也看過她的稿子但是被妳壓下來。到這裡，我說得對不對？」

黃慈方看著她，面色沉重，沒有回話。

「我不管妳是基於什麼原因壓她的稿，那些事情都已經過了。但妳明明知道她是為了報導而死，」劉知君頓了頓，萬分不解的模樣。「她死的時候、被抹黑的時候，妳一句話幫她解釋的話都沒有。為什麼？」

黃慈方不答。

劉知君追問：「到底為什麼？」

「我聽不懂妳說什麼。」

「稿子在哪裡？」

黃慈方閉了閉眼，「我真的不知道妳在說什麼。」

「好。」

知君起身，冷冷地說：「我只是提醒妳，別過得太心安理得。」

黃慈方仍是沒有回答。

知君抓起包包轉過身，就見雪倫站在身後不遠處，一臉尷尬地看著她們兩人。

「知君，羅姐說妳來了去找她一下。」

*

「妳可以不要寫了一個封面臉還那麼臭嗎？」羅彩涵說。

「我沒有。」

「沒有個屁。」羅彩涵看她這個死樣子就來氣。「現在妳劉大記者的稿還不能刪不能改了？要不要妳來坐我位置我叫妳一聲副總啊？」

知君無奈，「羅姐，妳給我機會我很感激，我也沒找妳抱怨這件事不是嗎？」

「一副死樣子。」羅彩涵還不解氣。

羅彩涵辦公桌上擺著不曉得哪來的禮盒，她此時正一邊拆箱，一邊恨鐵不成鋼地給劉知君教育：「我也是好心提醒妳，妳是個不差的記者，不要在同一個坑上繞來繞去，新聞過了就是過了，妳要是還想繼續幹這行，後面還有千百條新聞等妳。」

「我知道。」

羅彩涵從禮盒後看她一眼。「看妳的表情不像是知道。」

知君沉默片刻，索性直說：「我確實是有點失望，我以為羅姐雖然嘴巴壞，做事情是很公正的。」

羅彩涵捏著手指好不容易把禮盒給拆開了，裡頭是包裝精緻的鳳梨酥。她面色不悅，手一拍把禮盒給蓋上。「送這什麼東西，會不會送啊！」她重新看向劉知君，語氣嚴厲地問：「我怎麼做妳會覺得我公正？」

「至少不是把我的新聞改得不痛不癢吧。」劉知君淡淡地說。

羅彩涵定定地看著她，突然伸手從身旁抽出其他報社最近的頭條，扔到劉知君眼前。這場為了選舉扯出來的敵營弊案，最近正鬧得火熱。

「妳有沒有想過怎麼這麼巧這件事就冒出頭來？」

劉知君看著報紙，沒有說話。

「劉知君，妳要記得新聞只是新聞。」她將報紙跟禮盒堆在一塊，通通往劉知君面前推。「下個月就升主筆了，不要說羅姐對妳不好，這些送妳當禮物吧。」

*

小孟剛到公司，東西還沒放下就見知君一陣風一樣地走了，都還沒來得及跟同事們說上一句話。小孟一臉莫名其妙：「怎麼了？又發生什麼事？」她側頭問身邊的老蔡。

老蔡嘆氣：「不要問啦。」

「什麼不要問？是怎樣？」小孟又轉向問身邊的雪倫：「欸雪倫，妳知道嗎？發生什麼事了？」雪倫盯著電腦出神，小孟喊了好幾神，她才反應過來。雪倫眨眨大眼，反射性地擠出笑容。「嗯？怎麼了？」

「什麼怎麼了？我問怎麼氣氛怪怪的。」

「怪怪的？」雪倫偏頭想了想，彎著眼睛笑。「沒有吧。」

「是嗎？」小孟打開電腦，一邊朝著跳出來的對話框鍵入文字，講八卦一樣地隨口跟旁邊雪倫說：「欸我跟妳說，Andy 前陣子不是才被我們爆兩億元簽約金是假的，結果我今天發現他連榜都是假的，我這次開會就要提這個。」

雪倫沒回話，倒是老蔡湊了過來問：「什麼東西是假的？」

「哎唷他不是蟬聯了五週的銷售冠軍嗎？那個是給唱片行賺價差灌銷量洗出來的啦。」

老蔡聽了很失望，覺得沒意思。「現在什麼時代誰在買唱片啦？一萬張就是暢銷歌手了妳知道嗎？買一萬張才多少錢，唉聽妳說這個話就知道妳很窮。妳以為還在破百萬張的時代喔。老梗，妳開會提這個一定被譙翻。」

小孟很不服氣，瞪著眼睛反駁。「他連熱門搜索都買的耶，喂我娛樂組待比你久我會不知道喔？假會最行啦你。對不對雪倫？」

小孟回頭爭取雪倫支持，卻發現她從頭到尾都在神遊，不曉得想些什麼。

「雪倫？」

小孟又喊了一聲，雪倫這才回過神。

「什麼？」

「什麼『什麼』？」小孟皺眉，奇怪地看著她。「怎麼連妳也怪怪的？」

雪倫一愣。「我？哪有？」

小孟聳肩。「我怎麼知道，這要問妳啊。」

Gary從羅姐的座位回來，手裡提著一盒禮盒，放到大家面前。「羅姐請大家吃。」

小孟興奮地站起來往內一看，大聲哀嚎：「誰這麼沒天良送鳳梨酥啊？我們事情還不夠多嗎？」

另一頭，自劉知君離開後，羅彩涵就長嘆一口氣。她表情埋怨地在心裡罵劉知君搞事，一邊揉著太陽穴，隨手點開手機的對話框。

顯示著「社會組章哥」的聊天訊息內，文字來往的對話內容不多，倒是一連串的照片由羅彩涵這邊送出，傳送時間已經是三天前的事情了。

章哥只簡短回了一個字：「收。」

訊息往上滑，照片赫然全是那天被羅彩涵挑選刪減掉的淫趴照片。

照片上，每張人臉都相當清晰，其中一張照片可見跟在黃水清身邊的年輕男人。不是所有人都認得出來那是誰，若不是羅彩涵火眼金睛，還真就放過了這條漏網之魚。

那是李明泰的姪子，李文俊。

＊

「那個東西我不想要了。」

雪倫拿著電話，推開通往天台的鐵門。雲層厚重，迎面吹來的風挾帶厚重水氣，吹亂她及腰長髮。雪倫面色沉重，皺著眉對電話那頭說：「我真的沒有辦法，現在已經發生這麼多事情……」

電話那頭打斷了雪倫的話，雪倫張了張嘴，沒插嘴。她抱著胸聽一會對方的說詞，滿臉不開心。

「我已經說過了，我不是劉知君，沒有她那種情操。」

雪倫的聲線纖細，頂樓風大，她不得不揚高聲音說話。

她越講越不開心。「不是因為我是記者，你們給什麼我都得照單全收。」雪倫又說：「當時那個情況，我怎麼拒絕？」

雪倫面色不耐，仍是聽著對方把話說完。

對方的聲音隱約從話筒內傳出，復而飄散在風中。

「我是不喜歡林姵亭，但是……」雪倫一頓，天台的鐵門又被推開，她趕緊噤聲。

大海上來抽菸，見到雪倫，表情意外。

雪倫不便再多說，壓低聲音匆匆地交代。「反正你們要是不收，我會刪掉。」

她收了電話，朝大海甜甜一笑。

「大海哥。」

大海嘴裡咬著菸，也笑笑地說：「娛樂組事情真多。」

他這番不著邊際的話讓雪倫的假笑斂了斂。

「會嗎？可能海哥最近跟知君走比較近，才這樣覺得吧。」

「欸，不要亂傳、不要亂傳，我們只是朋友。」

大海刻意搞笑地說，雪倫沒被他牽著鼻子走，不回應他的耍寶。

「海哥放心吧，我習慣事情少一點。」

大海的菸還叼在嘴裡沒有點著，愣愣地看著雪倫錯身而過，離開了天台。

大海拿下嘴裡的菸，困擾地嘆氣。

「真難辦。」

＊

從高空往下望，細密的道路點點燈火，經緯相綜如整座城市的粗細血管，點燃了城裡的喧囂華光。有些人適合蟄伏在夜裡。數輛不知名的低調轎車在城市間時走時停，視線掃過每一個也許能大做文章的面孔上。

某間位於社區窄巷的小咖啡廳內，笑談聲伴隨著咖啡香氣，由厚重的玻璃門間隙傳出。狹長的室內末端，幾盞溫馨的暖燈，黃慈方姿態放鬆地坐在投影幕旁，面帶笑容地聽著底下的觀眾發問。

投影幕上寫著新聞從業人員經驗分享，主講人黃慈方，頭銜是資深記者、《立週刊》娛樂組採訪主任。設置簡潔漂亮的ＰＰＴ上放了張她幾年前的照片，與現在相比，氣質仍然嫻靜溫暖，但現在的黃慈方，臉上有明顯的疲態。

黃慈方講話慢條斯理，態度真誠，她的演講總是很受喜歡，雖然早就不在大學內教書，但不時仍會接這樣的小型分享會，與會者通常是嚮往進新聞業的學生，或是剛入行不久的小記者。他們看著黃慈方，眼裡總是閃閃發光，有欽佩也有羨慕。

剛剛發言的是一個即將從大傳系畢業的大四學生，外表看起來穩重早熟，詢問的事情與過往許多學生的煩惱大同小異：現在新聞業這麼艱辛，要怎麼確定自己適合走記者這條路？

即使被問過一百零一次，黃慈方也不見不耐，臉上溫溫的笑容，甚至有點懷念的感覺。

也是一百零一次的回答，黃慈方說：「記者很辛苦，先問問自己，做這些事妳有成就感嗎？」

對方又追問：「那什麼樣的特質妳覺得會是好的記者呢？」

黃慈方回答得幾乎可說是熟能生巧。她說：「隨時保持 turn on 的好奇心跟戰鬥力。」

另一個女孩子舉手，看打扮再聽她的自我介紹，果然是已經踏進業界一段時間的記者。她問黃慈方，固然有好奇心跟戰鬥力，對當記者也一直很有熱情，但熱情總有被磨損的一天，黃慈方做了這麼久的記者，如何調節這件事。

聽到這問題，黃慈方反應了片刻。她不是不知道該怎麼標準地回答，但此時竟忍不住苦笑：「其實也不僅僅是當記者，要在社會上生存，本來就有許多妥協跟忍耐，最近我也時常覺得……可能我還是比較適合回學校教書吧。」此話一出，眾人笑做一團，黃慈方趕緊說：「開玩笑的，真的是玩笑話。」

分享接近結束，黃慈方接著喚出下一張投影片，上頭只寫了一行字。

她看著這行字，心情複雜。數年前跟數年後說起，心境早就不同。但她自己也不知道為什麼，在準備投影片時，仍然沒有把這張刪去。

她回頭注視臺下的年輕人。「無論在座的各位日後是否會在記者這條路上走下去，都請你們記住自己現在的樣子。」

會後，幾個與會的觀眾留下來與黃慈方說話，其中一人拿了《立週刊》要給黃慈方簽名。這個小女生剛剛坐在最後頭，看起來非常害羞文靜，此時鼓起勇氣過來說話，說得結結巴巴：「黃老師，前陣子《立週刊》寫娛樂圈的醜聞，真的非常佩服。」

「那篇新聞不是我寫的。」黃慈方看她一眼，將名字簽在了封面。

「我知道，但真的就是很佩服，就是，妳們這麼有勇氣地刊登真相。」

不曉得聽見了什麼關鍵字，黃慈方笑著沒回話，將雜誌還給了女孩。

「老師。」

一旁的工作人員輕聲喚黃慈方，送來了她的手機。「您的手機從剛剛就一直響，您要不要看一下？」

黃慈方看了一眼，面色有些怪異，隨即朝面前的觀眾開玩笑：「記者的無奈。」

她示意暫時離開，拿著手機走到戶外，十六通未接來電全顯示著不知名來電。

最後一則是文字訊息：「妳在搞什麼？要我親自去找妳？」

黃慈方心頭沉悶，捧著手機，用力地深深吸一口氣，低下頭時，將對方的訊息給刪了。

＊

「劉記者，說實話，妳懷疑黃慈方，我是覺得很扯啦。」

一邊開車，大海劈哩啪啦地說：「她就上班下班沒事跑去演講，一個記者過得活像公務員，是要跟什麼啦。」

「這是記者的直覺。」

「我告訴妳啦，依照我狗仔的直覺，不可能。」車身上了大橋，夜裡橋面隱隱震動，底下是切割城市的一道巨大河水。

幾個小時前，劉知君收到了來自ＫＪ的消息。

「有一條劉小姐可能會有興趣的情報，要來談談嗎？」

這幾日劉知君本就在考慮是否要再聯繫ＫＪ，沒想到ＫＪ自己找上了門，對她來說實在是平白送上的禮物，當即就答應了。上次派對的照片早就送給了ＫＪ，後續沒見爆料網有什麼行動，也不曉得他要那些照片，究竟是個人珍藏，還是另有他用。

劉知君摸清楚與ＫＪ打交道的方式，其實清楚簡單，就是以物易物。只是這一次她不確定自己還能提供給ＫＪ什麼東西。

他們約在位於山腳邊的老洋房，許久沒來，景色並無不同。比之前第一次拜訪ＫＪ的忐忑不安，劉知君有今非昔比的感受。即使沒有籌碼，她也非常冷靜。

雜亂的電線散落在冰冷的磁磚地板上，一路領著他們往二樓去。一樣的場景，ＫＪ埋首於凌亂的電腦與機器之間，一抬頭，仍是那個疏離禮貌的科技怪人。ＫＪ跨過無數雜物，伸出手來到劉知君面前。

「劉小姐，恭喜恭喜。」

知君遲疑地跟他握手。「恭喜什麼？」

「新聞啊。」

意會到他指的是最近刊登的那篇淫趴新聞，劉知君不以為然，淡淡地道謝。

ＫＪ的笑容意味深長。「不滿意嗎？」

「是。」劉知君也不掩飾。

ＫＪ看了看他們兩人，大海落在後頭抽菸。

「聽到妳不滿意，我就放心了。」

沒理會知君困惑的神情，ＫＪ轉身回到電腦堆裡，冷光映在他白色襯衫上，更顯他與他人之間的疏遠涼薄。

他注視著螢幕，認真地操作機器。「劉小姐隻身一人潛入派對偷取新聞，真的讓人由衷佩服。很湊巧，最近我攔截到一個有趣的消息。」空白的牆壁映出投影畫面，在辨識不出位置的民宅外，一輛白色的車緩緩駛來。車內首先下來一個女人，過沒多久，民宅內就走出一個年輕人。畫面停在這裡。

大海目瞪口呆。他隨手將菸捻熄，湊近一看，確定畫面上的確實是馬姐。拍到馬姐不稀奇，走在外頭那個年輕人，知君也許認不出來身分，但他一看就來了印象。

他回頭對知君說：「黃水清的助理。」

知君神情鬆動。

ＫＪ點頭。「這就是我收到的情報。」

前幾日，ＫＪ收到了黃水清與馬姐碰頭的畫面，光是這個畫面，就夠讓人聯想翩翩。馬姐作為娛樂圈的龍頭，賣淫的錢在她眼裡不過是零頭，透過各種「聚會」所獲得的政治人脈，獲取各種內線交易的情報，才是她財源廣進、恭喜發財的管道。

黃水清在政治圈內遊走換取各種利益，而馬姐是他聚會樂子的穩定供給商。這也是黃水清會這麼大剌剌地出現在派對上，公然參與競標的原因。他根本就不怕，那裡只是他的遊樂場。而根據有效情報指出，最近正忙著競選的黃水清兩天後有一個特別的約會，地點位於鬧區某間隱密民宅裡頭。那處民宅一般人可能沒有概念，狗仔們倒是很熟悉。那是一個由某政商關係良好的藝人所開設的私人招待所，門禁森嚴，即使狗仔們在外面伸長了脖子，也從來沒有福氣到裡面開開眼界、拍幾張照片留念。

此時大海看著這張照片，像看到不世出的藝術品一樣垂涎。

「到底哪裡拿到的？」

ＫＪ神祕地笑，不答反問：「怎麼樣，想去裡面看看嗎？」

答案當然是肯定的。

＊

打從派對失火那天開始，劉知君就密切注意黃水清的動向。

黃水清這個人是這樣，講話大膽，懂得搏取媒體目光，在黨內的地位卻起起伏伏，總算坐到一個不錯的位置，他為人機靈，擅長替人跑腿給自己冒頭佔位，在幾個大人物身邊，總是有他的身影。

在密切注意他的過程當中，劉知君發現了一件有趣的事情。黃水清八面玲瓏，喜歡替人談事情、居中喬事，辦事的當下身邊總要有些漂亮妹妹當作潤滑劑。女孩子好找，但有個長期合作的夥伴就更好辦事了。ＫＪ這個寶貴的資訊，直接地給了答案。黃水清的合作夥伴就是馬姐。

平白得到這個令人振奮的消息，知君當然不會錯過。

知君跟大海研究了許久，最終決定還是要找一個妥當的人送進去，至於這個人選是誰，知君腦海中浮現薛薛的臉，但畢竟薛薛曾在之前的慈善派對中露過臉，她也不能肯定她的意願，聯繫薛薛商量時，語氣很保留。倒是薛薛沒有猶豫，堅持由自己來執行這次的任務。「這件事情不管是誰來我都不安心。」薛薛說，附贈給劉知君一個笑臉。「放心，我也能把自己打扮得我媽都認不出來。」

話雖如此，但要怎麼把人給塞進去，就是一大難題了。

知君重新找上了 Jimmy。自從上次夜店約會面後，知君跟 Jimmy 聯絡更少了。這次重新找上他，知君也不拐彎抹角，開口就是談要怎麼把人塞進私人招待所。Jimmy 當時一邊抽菸，目瞪口呆地看著劉知君。

那是他們時常碰面的天臺，天氣很好，抬頭見不到幾朵雲。Jimmy 就那樣挾著菸，張著嘴面目呆滯地愣了一會，突然笑了出來。他說，劉知君，妳好像有點變了。對於自己的這份感想 Jimmy 並沒有多做解釋，他只朝劉知君點點頭，說給他三天的時間，這個事情他會安排。

「但馬姐很討厭我，唉也難免啦，同行相忌嘛。」Jimmy 語調浮誇地說：「我只能想辦法把這人帶到馬姐面前，她願不願意把人帶進去，要看這個薛薛自己的造化。」Jimmy 語帶保留地說。

*

某高級大廈停車場入口，一臺黑色名車駛出，黑色車身反射一道街光，一小段距離開外，另一臺小轎車也啟動了，保持著安全距離，跟在黑頭車身後。車內的男人單手控制著方向盤，一邊對著話筒說：「開始了，劉記者。」

現在是晚上十一點鐘，鬧區人潮還沒散去，有些店家陸陸續續拉下鐵門，有些店家的燈正要亮起。隱密的小巷內，住商混合的區域，一棟灰撲撲的民宅被夾在擁擠建成的老公寓之間，看起來一點都不起眼。從十一點開始，陸續有人抵達此處。小巷旁的防火巷內有一扇在水泥牆上鑿出的鐵門，鐵門打開，恰恰能塞進一個人身的大小，每一次鐵門開啟，都隱約能見到鐵門內站著一個高大壯碩的西裝男子，目光爍爍地盯著外頭的任何動靜。

只是這個魁武凶猛的保鑣不知道的是，不遠處，兩輛車各佔據了民宅前後門的視野，靜伏一角，隨時監視著公寓。劉知君位於後門。她一手拿著對講機，隨時與另一臺車裡的大海聯繫，放在腿上的電腦則顯示著由薛薛身上的儀器所傳送出的監視畫面。薛薛漂亮的頸鍊上，細緻地鑲嵌了一個微型攝影機，這是ＫＪ的傑作。

此時薛薛人已經來到了鐵門旁，畫面清楚看到那壯漢的面貌。知君屏氣凝神地看著。

薛薛站在壯漢面前，拿出事先準備好的邀請函。

「我是薛薛。」薛薛的聲音忐忑。「是馬姐……」

壯漢並沒有要聽她多說的意思。他手一伸，粗魯地將薛薛扯到面前。薛薛嚇了一跳，畫面也隨之閃動。

「等等！」薛薛還來不及說話，手拿包已經被壯漢拿走，往後頭扔。

此時畫面訊號恢復，畫面上才看得清楚，門裡也站了幾個人，全都面無表情、冷冷地看著薛薛。氣氛緊繃，薛薛不敢再說話，眼睜睜看著自己的手拿包被扔到後面的大袋子裡。

「還有什麼？」壯漢問。

薛薛低著視線。「只有包包而已。」

壯漢沒打算輕易放過她。他接過長形的感測器，粗魯地在她身周擺動。感測器劃過她的肩膀、手臂、臀部，甚至輕蔑地挑起她的裙襬。感受到冰冷的儀器碰觸到自己的大腿內部，薛薛強忍著想退開的心情，故作輕鬆地說：「這裡這麼嚴格啊？」

壯漢看她一眼，感測器緩緩退出薛薛裙底。

他手一揮，示意薛薛上樓。

薛薛鬆一口氣，低著頭踏上樓梯，走沒兩步，卻對上樓下另一個年紀較大的男人視線。這人與門口的壯漢身著差不多的制服，耳邊戴著通話器，緊緊盯著薛薛看。此時兩人視線一接觸，他就出聲喊住薛薛：「等等。」

薛薛停下腳步，強作鎮定：「怎麼了？」

那人手勢比畫，示意薛薛的脖子。「去看一下她脖子那是什麼。」

壯漢收到指示，立刻幾步上樓梯，又跟抓娃娃似地把薛薛扯下樓。薛薛幾乎是用摔得跌下來，手臂被壯漢抓出了瘀青。

「喂！」薛薛的聲音來了火氣，指著自己手臂上的傷說：「我來工作，身上有傷要怎麼見人？」

男人們沒回話，但她這樣理直氣壯地替自己辯解，倒是讓氣氛有些許改變了。

年紀大的男人問：「脖子上是什麼？」

「項鍊。」薛薛扯了扯頸鍊，她餘怒未消地說：「這也不行，我是不是乾脆得卸妝？」

對方沒回話，一個眼神，壯漢拿了感測器，仔細靠近她的頸鍊。

薛薛吞了口口水，渾身緊繃。

金屬碰觸到頸鍊，一瞬間發出細微的聲音。

薛薛緊張地看著面前的男人。

那聲細微奇怪的電磁聲音過後，感應器沒有其餘反應。

男人看了一會，這才讓壯漢把感測器給收了。

「樓上請，薛薛小姐。」

薛薛臉上仍有不滿，刻意暗瞪了他們幾眼，轉身幾步上樓。她手心全是汗，但腰桿挺直。

薛薛這次的狀況跟知君很不一樣，雖然同樣有人在外頭守著接應，但她畢竟是孤身一人深入敵營，不如知君還有人在派對上充當內應。派對的內容也有很大差異，上次那個假扮成慈善派對的淫趴至少腹地廣、人也多，如果出了什麼事，還能以人海作掩護，但私人招待所內空間狹小，人數也少，薛薛只要一出事，就沒機會賴掉。即使如此，當知君找上她幫忙時，薛薛毫不猶豫，一口就答應了。

問她是否會怕，薛薛理所當然地說：「妳幫過我，我一定會幫妳，做人本來就是這樣。」

畫面輕微搖晃。薛薛上到二樓，裡頭別有洞天。樓中樓的挑高設計，中間吊著一盞巨大奢華的水晶燈，室內大量採用奢華的巴洛克式設計，燈光昏暗，一座座針織著繁複花紋的沙發座椅在室內圍成矩陣，厚重的紅色絨布隨意垂掛，巧妙地將沙發座分割成半隱蔽的空間。

馬姐已經到了。

馬姐本人的長相與她遠播的威名有很大差異。年過五十的她身材福態，笑容可掬，像是一個鄰家大姊一樣親切和善，講話輕聲細語，與人交談的字句中都是殷切關心的意思。與她經手的妹妹們不同，馬姐臉上妝容濃淡合宜，有時甚至胭粉未施，會發現她的皮膚好得驚人，二十年前就白皙嬌嫩的好肌膚，到現在五十歲，仍是光潔緊緻，保養得宜。只是也許皮膚能騙人，眼神卻藏不住年齡，她一雙看盡浮華光暗的眼睛裡面，全是走過半生的痕跡。
與和藹的外表不同，馬姐手腕高超，在娛樂圈內混得風生水起，到了這個地位，人人都得喊她一聲姐，手中經手的妹妹們無數。有人說，經營這種買賣，相由心生，醫美都救不回來。但馬姐可不這麼認為。
那些哭著跪在她面前求她的女孩子，哪一個不是她親手救回來的？如果不是她給了機會，世界上的漂亮女孩這麼多，只有老天能決定誰要冒出頭。這樣說起來，她是善事做的太多了。
馬姐一到，女孩們就乖順地低著腦袋。即使她面上堆滿笑容，看起來和藹可親，仍是氣場驚人，薛薛本能地害怕面前這個女人，彷彿只要被她的視線輕輕一瞥，自己就會立刻失去人身，現出不成氣候的小妖原型。
馬姐一個個審視今晚的女孩，她的腳步停留在薛薛面前沒動，多仔細看了兩眼。薛薛提著氣，緊張地盯著馬姐那雙貴氣逼人的鞋。
馬姐身邊的人出聲提醒：「臉抬起來。」
薛薛不能控制地顫抖。心想完了，還沒開始就被發現了？
她忍著恐懼抬起頭，漂亮的大眼不由自主地眨動，全是緊張的反應。
「真是個小可憐，怎麼怕成這樣，新來的？」馬姐笑笑地問。
薛薛答不出話，只敢點頭。
馬姐大姊一樣輕拍了拍薛薛的右頰。「不要怕，年輕是本錢。」

馬姐一經過薛薛身邊，薛薛立刻低下頭。她暗自閉眼吁氣，一放鬆才發現自己剛剛那一嚇，竟緊繃過度得有些脫力。

樓梯傳來一陣腳步聲，黃水清到了。黃水清身邊跟著幾個男人，看起來像是隨從或助理，他走在前頭，視線也沒看幾個漂亮的女孩，第一個就陪著笑臉往馬姐面前走。

「大姐，謝謝啊謝謝，真的勞煩了，還讓妳親自過來盯場。」黃水清熟稔地扶著馬姐往內走，女孩們跟在後頭，薛薛聽見黃水清壓著聲音說：「上次的那個記者……」

「不緊張，一個小記者能有什麼事。」

黃水清一陣笑。「現在時局比較敏感。」

攝影機畫面。

知君咬著指甲緊張地看著螢幕上傳來的影像訊號。黃水清口中的記者八成說的是她，只可惜監視儀器的能力有限，沒辦法聽見更清楚的談話。

與此同時，對講機裡傳來大海的聲音：「劉記者。」

「怎麼了？」

「看一下訊息，我拍到一臺車。」

知君察看大海發來的訊息，一輛銀白色的 Bentley。知君一下子認了出來：「李文俊？」

「嗯，他往那邊開過去了。」

大海這麼一說，劉知君當即拿出自己的手持式小型錄影機，等著李文俊的車往巷口開來，沒多久，果然看到那臺亮晃晃的名車駛入巷內，李文俊瘦長的身影彎著腰下車，出現在劉知君的鏡頭裡。

劉知君心臟緊張地急跳，她自語：「他為什麼會來？」

大海說：「證明了那天晚上他八成也在現場，只是妳沒遇到。」

劉知君不讓鏡頭晃動，一邊分心問：「你覺得他來做什麼？」

「選舉前夕，凱子、政客和老鴇全碰在一起，妳覺得是為什麼？」

知君想了想。「不好說……嗯？」她一低頭，見到攝影機畫面裡，馬姐似乎正在為了什麼事情生氣。

大海的聲音傳來：「怎麼了？」

「你看畫面，馬姐好像在發飆。」

畫面裡，馬姐氣沖沖地接過電話，對著電話那頭的人霹哩啪啦一陣狂罵。忽然，馬姐一回頭，視線看向薛薛，戴著微型監視器的薛薛嚇了一跳，趕緊轉過身別開視線，不敢再看。薛薛跟其他女孩子一起坐下，黃水清好像還在等人，對這幾個女孩興致缺缺，不斷跟身邊的人吩咐事情。

螢幕裡不見馬姐的人，倒是聽到馬姐的聲音。

「李總！歡迎歡迎。」

薛薛忍不住轉過頭去看，是李文俊上來了。他一到，氣氛瞬間活絡許多，黃水清也拉著笑臉迎上去。馬姐跟李文俊熱情地寒暄，過一會，就聽見馬姐抱歉地說：「李總，我還有點事情要處理，你們先談。」

薛薛跟著其他人轉向去服務李文俊，馬姐走出監視器畫面，看起來是往樓下走了。

知君趕緊抓著對講機跟大海說：「馬姐走了，看起來很急。」

「她要去哪？」

「我不知道。」

知君看到門口出現氣急敗壞的馬姐，一臺車停到她面前，她臭著臉上車。

知君相當焦慮。

「大海。」

「嗯？」

「我想跟上去。」她說。

「啊？」大海驚嚇。

「她這麼急，不知道要見誰，說不定能拍到好東西。」

「不要不要，」大海趕緊阻止她。「我現在 call 一個狗仔來跟，不不，還是我來跟。」

「來不及了。」知君的視線緊緊黏在馬姐揚長而去的車尾巴後頭。劉知君發動車子。

「我來跟，你看好薛薛。」她說。

*

知君握在方向盤上的手心冒汗。

她保持著一段安全距離跟在馬姐的車子後頭。隨車跟蹤，這是她生平第一次做這種事。記者出班，一定會有司機與攝影師相伴，此番為了把握這個題目，沒有告知公司就私下跟拍，甚至自己開車親自跟蹤，她內心很虛、沒有把握，但咬著牙還是得上。

她不確定跟著馬姐自己究竟能看到什麼，但當下就一個念頭：如果這次不跟，可能會錯過很重要的東西。

劉知君非常專注，每一個動作都堅定果斷，她視線直盯著眼前的那個車牌，小心翼翼地落在其他車輛後頭，卻又不致於弄丟目標。兩側車流，路燈、招牌、誰家燈火都在黑夜裡一閃即逝。城市裡沒有一點星光，唯一恆定的座標只有那寫有特定號碼的小小車牌。

做這些事情的時候劉知君的感知是漂浮的。她這才體驗到當一個人聚精會神到某個境界的時候，思覺與心念重合，她好像旁觀自己在做這件事。她問自己，究竟期待看見什麼？另一方面，又奇特地心無旁騖，心中沒有恐懼、也沒有雜音。

車身快速地在夜晚的城市裡穿梭，繞了幾個市區的主要幹道，很快地遠離市區，經過一個巨大的十字路口，這裡已接近山區，路口有一個閃爍著浮誇七彩霓虹燈的檳榔攤。

過了路口，車身開始爬上蜿蜒的山路。山區裡座落著一所佔地廣大的大學，在人文薈萃的校園之間，孕育出溫雅的住商混合型社區，寧靜街道內在深夜裡錯落著許多靜雅內斂的深夜咖啡館與茶館，暗夜裡小巷弄盈滿濃郁的玉蘭花香與茶香交錯，偶有香菸，與低語的人聲。

跟進巷弄內劉知君怕太過顯眼，刻意落了一段很長的距離，盡量在馬姐的車子彎入下一個路口後，才悄然跟進。馬姐並沒有走入任何一間咖啡廳或茶館，她的車子在一條隱蔽寂靜的巷子裡停下來，這條小巷內沒有任何店家。馬姐下了車，走進一間矮房。知君遠遠地熄火停車，猶豫片刻，見接送馬姐的司機將車子開出狹窄的巷弄，知君這才趕緊下車。她穿上外套、壓低帽沿，裝作是一個路過的行人。越接近矮房，裡頭的爭吵聲就越是清楚。

馬姐拔聲罵：「妳躲到這裡來是什麼意思？不接電話搞失蹤，妳幾歲人了？」

「我不想做了。」那人說。

馬姐有片刻的靜默。「妳不想做？」

「姐交代的事情，我真的做不下去。」那人說。

那人的聲音非常耳熟，劉知君早就認了出來。

她悄悄地靠到門邊，往內一看。矮房內，隱約能看到兩個人影，但實在看不清楚。劉知君大口吸氣，壯著膽子溜進庭院內，這社區什麼沒有就是樹多，她躲在某道樹蔭底下，在黑夜裡幾乎隱身。她矮著身子，從這個角度，正好看見馬姐的背影，以及那個人的面目。

劉知君抖著手，打開手機的內建攝影機，把倍率放大再放大、放大再放大……

馬姐一個字一個字，咬牙切齒地說：「黃慈方，如果不是我，妳以為憑妳的能力能坐一個主任的位置坐這麼久？妳早就該被羅彩涵那種貨色幹掉了！沒有我餵妳新聞，妳能有今天嗎？」

知君盡力穩住鏡頭，手機螢幕上顯示錄影中。

畫面模糊，看不清楚黃慈方的表情，她的聲音冷靜。

「我的記者已經在懷疑我了。」

「所以呢？」

「我已經死了一個記者。」

馬姐氣得一巴掌呼在黃慈方臉上。

清亮的巴掌聲在夜裡特別響亮。知君聽著自己的呼吸聲越來越急促。

「劉知君的事情妳怎麼處理了？」馬姐冷冷地問。

黃慈方直視著她。「為什麼姵亭會死，妳從來沒回答我。」

馬姐冷笑：「我怎麼知道？是我押著她走進飯店的？」

「我真的已經不能再這樣下去了，這麼多年，」黃慈方語氣漸漸失控。「什麼主任的位置，不要了行嗎？萬一事情曝光一切就毀了！我還能不能有點尊嚴？」

「喔，尊嚴？妳怎麼不想想當初妳發生那種破事時，是怎麼來求我的？」

「妳是救過我，但這麼多年我也還夠了吧？我能下車了嗎？」

馬姐輕蔑地看著她。

「黃慈方，要懂得知恩圖報，把自己裝得這麼委屈，妳敢說這幾年來我給妳的好處妳拿得不夠多、不夠爽？」

黃慈方沒有再回話。

馬姐抬頭看了看這間房子，像是覺得非常好笑。

「躲到這種破地方來。好啊，妳就去找妳要的尊嚴，以後別想著繼續在這行混下去。」她說：「劉知君我自己處理。」

馬姐離開，黃慈方站在原地愣了許久，好一會，也灰溜溜地往外走。矮房的鐵門闔上，發出粗糙乾燥的刺耳摩擦聲，隨後是落鎖的聲音。

劉知君還在角落蹲了好一會，確定人都走了，她這才跪倒在地，全身虛軟無力。

黃慈方是馬姐安插在媒體業裡的白手套。

直到現在，劉知君才了解了事情的來龍去脈。

所以林姵亭才會找上她？不，姵亭可能什麼都不知道，傻傻地就將稿子拿給黃慈方看，所以她的新聞才會被壓稿，一路壓到她都死了還不見天日……所以，所以黃慈方才不願意替林姵亭平反，因為她就是暗地裡推她一把的幫凶之一。往最壞處想，那個晚上林姵亭走進高級酒店內毒趴，說不定是早就設好的圈套，想要置這個到處生事的小記者於死地。

林姵亭的死，黃慈方可能不是幫手，壓根就是元凶。

許多過去的事情在她腦海中盤繞，她想起面試會上，黃慈方說：「知君是最好的，我直接在這裡說明白也沒關係，如果要我選一個人，我只會選知君。」又想起姵亭剛過世時，她不安地向黃慈方請教建議，當時黃慈方懇切地告訴她：「姵亭的事，如果真的有了證據，我們一起想辦法。」

很多的想法在分分秒秒內不斷生成又被另一個覆蓋，劉知君腦袋一片混亂。

她側耳觀察，確定附近已經沒有人，這才起身，動作迅速地來到鐵門前開門。由內而外的鎖並不難開，但這扇鐵門年紀老舊，她扯了一下沒能扯開，使盡力氣又拉了一次。

門咿咿呀呀地開了。

外頭站著去而復返的黃慈方。

*

劉知君與黃慈方對視。

黃慈方看著眼前這突然出現的知君，一愣。「妳……」

劉知君的反應比她更快，她伸手猛力一推，黃慈方突如其來被這樣一撞，毫無防備地被堪堪推倒在地。劉知君見機不可失，不敢多想，趕緊逃跑。

「等等，知君，不要過去！」

劉知君當然沒理會她的喊叫，跑沒幾步，就見馬姐竟然就站在不遠處，聽見動靜回過頭，看到知君，也愣了一會。

「快走啊！」黃慈方大喊。

這回劉知君拔腿就跑。

馬姐在後頭大聲喊叫，很快就有兩個男人一邊叫罵一邊追上來。劉知君不敢多想也不敢回頭，咬牙狂奔。這裡的道路由無數條橫豎巷弄交織而成，劉知君衝過一個路口，險些被右方來車撞上，車頭燈一下閃得所有人眼前一白，稍稍擋住追兵。劉知君趁機找到車子，上了車，哆嗦著插上鑰匙，接連失了準頭幾次，磕磕碰碰好不容易才將鑰匙卡進鎖孔中。

她發動引擎，方向盤一轉，渾身冒著冷汗，用力踩下油門。

車身滑出巷弄，劉知君止不住地短促呼吸，她看著後照鏡，後方來車緊緊跟著她。

後頭的車開得又凶又猛，知君意識到對方不僅僅是要攔住她，看那勢頭，壓根是想直接兩敗俱傷，把她撞死在這裡。

此時劉知君與大海的對講機早就因為距離太遠失去作用。她摸來手機撥號給大海，腦中一片混亂，僅能憑著直覺亂開。什麼單行道、逆向行駛，她已經無法顧及交通規則。

大海很快接起來：「劉記者，妳是跑去了哪裡……」

「他們要殺了我。」知君開口就說。

後頭的車突然加速撞上來，知君一聲驚叫，方向盤一壓，堪堪過了一個彎，總算開到了大馬路上。山路無人，空有一個紅燈，知君不管不顧，將油門踩到最底。

大海緊張起來：「怎麼回事？」

劉知君語無倫次：「被發現了他們要殺了我。」

「妳在哪裡？」

「我……我不知道……我在山上……」

又是一聲驚叫，接著是碰撞聲。後頭的車撞了上來，強力的撞擊力道讓知君片刻暈眩，但她仍本能地將油門踩到底，再度衝出一段距離。

那頭的大海著急地大吼：「劉知君！」

「我跟你說我看見……你，我把影片傳給你，你給，你給ＫＪ，無論如何給ＫＪ……」

知君壓抑著手不要發抖，將剛剛拍攝的影片傳送給大海。山上訊號不好，檔案傳送速度奇慢無比，知君將手機往座椅上扔，兩手掌握方向盤，拚命往山路下開。

「劉知君妳跟我說妳到底在哪裡！」大海的聲音從手機裡傳來。

「我在山上。」劉知君忍著極端的恐懼回答：「新店，我不知道，某個山上。」

「我去找妳。」

「不要，」知君趕緊阻止他。「你要等薛薛，你要確定她平安無事走出來，你……」

又是一聲尖叫，劉知君車身被撞飛。劉知君抓著方向盤，那一瞬間意識是空的，如慢動作播放，她感覺到自己騰空飛起，頭頂撞倒了車板，身體一彈，撞晃到椅背上，又狠狠地砸到方向盤上頭。擋風玻璃破了，亮晃晃的玻璃碎片往她飛來，知君瞇起眼，感覺到眼前一花，額頭傳來撕裂的痛。接著車身重重摔下，山路傾斜，車身順著下山的坡度一滾再滾、一摔再摔，劉知君暈得七葷八素，渾身是血。

不曉得經過了多久，車身總算停了下來。車子冒出難聞的黑色濃煙。劉知君不曉得此時的自己頭上腳下卡在扭曲變形的轎車當中。她只記得零星的幾件事情。第一，她看見車輛來往的巨大十字路口，幾輛大貨車經過，右手邊還有一個發著霓虹光亮的檳榔攤。第二，她看見落到耳邊的手機，資料傳輸已經

100%完成。

第三，大海的聲音。大海說，不要害怕，「我會找到妳。」

*

在大海腦子裡，內建了一個旁人無法理解的分類帽系統。他喜歡給每個第一次見面的記者做分類。基於他天馬行空，分類機制非常雜亂，時不時會冒出一些新角色跟新想法，但大抵上不出七小矮人，比方說，脾氣暴躁難伺候的羅彩涵，一看就是「愛生氣」，沒有其他選擇。娛樂組的雪倫很漂亮，把她歸類成白雪公主，小孟是糊塗蛋、Gary是萬事通，後來來娛樂組支援的老蔡是狗仔大海的開心果。如此一來，每次陪各組開會的時候，他就微笑不語地坐在一旁，看小矮人七嘴八舌，有時候還會吵架。他時常越看越開心，只差沒有拍手叫好。

劉知君的代表人物有好幾度的轉變。

初見劉知君，覺得就是典型的高學歷聰明女，先放到萬事通，後來看她好像不太說話有點害羞，於是有一段時間，劉知君在大海心中是小矮人裡的害羞鬼。

身為一個狗仔頭，每天要應付一堆鳥事跟記者們奇怪的要求，記者來來往往有時候一堆年輕人的臉他也記不太清楚，真正留意起劉知君這個人，是他發現劉知君為了carry沒題目可報的林姵亭一波，長達幾個月時間，在每次的編採會議，都會準備多餘的題目，看林姵亭缺多少題、她就給多少。

當大海偷偷觀察到這件事的時候他心想，這個小記者不得了，別人三個題目就擠得要死要活，她是去哪裡找來這麼多？而且還不是那種敷衍了事的爛東西？那時候劉知君在他心裡有一個新的稱號，超脫凡人，散發金光，叫做救苦救難觀世音菩薩。每次開會他就看到一尊觀世音菩薩坐在那裡發光，讓他心裡很惜福、很感動。

聽聞林姵亭死訊的那一刻，他心裡就在想，沒有人能拯救了，劉知君之後能做些什麼？他的視線一路跟著她走，看她經過風雨，沒有回頭。到後來他突然就明白了劉知君是誰。她不是萬事通、不是害羞鬼，也不是什麼觀世音菩薩，她是小美人魚故事裡的愛麗兒。

失去家庭、賣掉聲音，換來雙腿，最後發現此處無路，化作一攤泡沫消失在大海中。愛麗兒一路以為自己在追隨愛情，其實追著的是苦難。劉知君也是，她一路受苦，走到盡頭，看到的也許不是林姵亭、也不是失智再也記不起她的母親，是心中那個唯有如此她才能夠不再責備輕視自己的自己。

以前大海就討厭美人魚這個故事。

現在更討厭了。

*

「幹、幹、幹……」

大海沒有這麼慌張過。電話那頭的劉知君已經沒了聲音，他強迫自己冷靜下來，首先打電話報警，然後緊急聯繫了幾個現在應該在外頭遊蕩蹲點的狗仔。

「我不確定是哪裡，你們查一下，現在往新店方向，山區，有沒有嚴重車禍，摔車的那種，還有那附近的醫院，打電話去問有沒有車禍重傷傷患，立刻過去。我們的記者出事了。」

大海思緒逐漸恢復運轉。

他答應過劉知君會守在這裡等薛薛回來，他就不會食言。當狗仔當這麼久，蹲點是家常便飯，他什麼都沒有，耐心跟時間最多。這還是第一次他這麼煎熬，渾身坐不住，還得強迫自己盯著招待所門口、盯著螢幕裡的畫面。

大海點開知君最後傳來的一段影片，看了片刻，嘴裡罵了幾句髒話，隨後轉發給ＫＪ。

＊

通往山路的巨大十字路口。

此處鄰近產業道路，深夜裡僅有連夜趕路的貨車駛過。突然驚天動地的一聲巨響，一輛如破銅爛鐵的車滾了幾圈，總算停了下來，車體冒出濃烈黑煙。路面坑洞的積水映著不遠處檳榔攤的紅藍相間霓虹燈，一閃又一閃，一閃又一閃。

路口的紅燈換成了綠燈，貨車司機忘了踩下油門。

片刻，檳榔攤裡緩緩走出一個目瞪口呆的阿姨，她朝失事處靠近幾步，隨後不敢再走了。她抹著桃紅色唇膏的紅唇不斷喃喃自語：「天啊，天啊……」

此際抬頭，已能看見星星與月明。片刻，刺耳的救護車聲劃破黑夜，載著傷患一路向北。

最終章

當劉知君再度睜開眼時，大海靠在她耳邊，告訴她幾個消息。

薛薛沒事。還有。

林姵亭的稿子找到了。

劉知君渾身是傷，動彈不得，聽到這些話，睫毛動了動，連想說聲謝謝都說不出口。

但無論如何，心中一切恐懼與責難，至此總算放下。

劉知君大難不死，她躺在醫院休養的期間，外頭倒是一片腥風血雨。

黃慈方身為馬姐的白手套一事被公布，各種陰謀論甚囂塵上，這之中，倒是有個有趣的小道消息傳了出來。某個匿名消息透過他報表示，林姵亭生前追蹤小模被性侵的消息，因為報導已經牽涉到馬姐那邊的人脈，讓馬姐不堪其擾，因此要黃慈方自行按捺這個不受控的小記者，導致林姵亭忙了幾個月的報導最終不見天日。

這條消息一傳出來，熱中看八卦的社會大眾這才曉得，原來整件事竟又牽扯回年初的女記者命案，不勝唏噓，各種真真假假的網路傳言燒得亂七八糟，一會臆測黃慈方奉命要讓林姵亭永遠閉嘴所以把人殺了，又有人說林姵亭的死純粹就是一場意外。但無論是不是意外，黃慈方在林姵亭死後保持緘默，完全沒有站出來捍衛自家記者的名譽，這行為也已經夠讓人髮指。

各種說法眾說紛紜，黃慈方的事情在網路上爆米花似地爆個沒完，《立週刊》不得不處理這個老同事，黃慈方倒是在公司處分之前自行請辭了，離開前歸還公司公物，電腦已經清空，只留下一個舊日的文件檔放在桌面正中央。上頭寫著：「〈小模案〉姵亭稿第一版」。

某日下午，風光明媚。羅彩涵抽空來見了劉知君一面。那時劉知君已經能坐起身，也得做些簡單的復健工作。羅彩涵一踏進病房捲帶著她慣用的濃烈香水味，仍是一副趾高氣昂、生人勿近的模樣，大老遠就聽見她高跟鞋踏在地上的清脆聲響。她一頭俐落短髮，進病房還要摘下時尚的豹紋框墨鏡，露出一雙凌厲美眸。這一切都很羅彩涵，劉知君看著竟然頗是懷念地笑出來。

「笑什麼？」羅彩涵橫了她一眼，一見病房內的電視竟在播放林姵亭命案的後續發展，一審宣判此案相關人士分別以十年、十年九個月……羅姐隨手就把電視給關了。「妳有病啊。」

羅彩涵視線落在她包了石膏的腿上。「腳還在吧？」

知君臉上還是沒有血色，嘴唇蒼白。「幸好還在，還能跑新聞。」

羅彩涵冷哼。「命大。」她從包包裡抽出一本雜誌，扔到劉知君身上，自己慢條斯理地坐到窗邊。

「看一下。」

羅彩涵帶來的是《立週刊》最新一期的刊物，這並非劉知君熟悉的娛樂B本，羅姐帶來的是專寫政治社會新聞的A本。本期封面上寫著驚爆立委參與國際洗錢案，黃水清本是該黨參與此次市長選舉的競選團隊重要核心人物，這一爆立刻引起譁然，競選團隊火速與黃水清劃清了關係。翻開內文，在各種資料中，最重要的一條線索是由一名十九歲的小模提供，小模指稱親眼見到私人招待所內，黃水清與馬來西亞富商李文俊碰面商談錢的事情，且有影片為證。而影片究竟是怎麼流出來的，各方說法都有不同。

另一件事倒是很清楚，黃水清擅長找錢找關係，那些他用來暖場的漂亮妹妹，全由馬姐所仲介。這是一條生產鏈，美女們是其中的調味劑，也是用完就扔的免洗餐具。

整起事件正由警調偵辦中，黃水清此次捲在風暴當中，百口莫辯，許多人說他這次中箭落馬可能得引咎辭職，但未來走向如何，目前還沒有人能夠一口說死。倒是敵對黨派的市長候選人競選團隊士氣高昂，抓著這把柄要將黃水清一干人往死裡打，整起選舉風向吹得亂七八糟、東倒西歪。至於馬姐，這件事竟是沒讓她撼動絲毫，她僅是沉潛噤聲，盡量低調度過這次的鋒頭。

也是在這個時候，先前劉知君所寫的高級酒店淫趴新聞又被翻了出來，有名嘴指出，黃水清很可能在這場派對當中，就已經跟李文俊碰頭，輿論甚至要求警調，查明這個聲稱自己是「慈善拍賣會」的派對背後資金流向，到底有沒有真的將錢捐作善款，還是有一部分的資金，悄悄流到了不該去的地方……

劉知君躺在病床上，細細讀著這篇報導，而後看向羅彩涵。

羅彩涵說：「這不是娛樂組能處理的新聞。」

知君沒有回話。

羅彩涵語調平靜地說：「妳自己都不曉得妳在派對上拍到了誰吧？」她示意劉知君翻到下一頁，赫然是當初知君從淫趴裡帶出來的清晰照片。「在妳大記者撞成豬頭之前，我就已經把這幾張照片轉交給章哥了。」

羅彩涵自嘲地笑。「我本人比較低俗，做娛樂的，沒有妳劉記者偉大的使命感啦，這件事我處理不來。妳要記得娛樂新聞的極限，有些新聞會飛能跑，就不要硬把它留在八卦雜誌裡頭。」

停頓片刻，羅姐此時的聲音聽來竟是苦口婆心。

「新聞很多條，妳的命只有一條。別把新聞強留自己身邊。」

劉知君並沒有什麼好反駁，事到如今，她不能說羅彩涵處理得不對。羅彩涵起身，又恢復她擅長的嘲弄語調：「既然腿沒斷，好了再回來工作吧。妳把黃慈方搞走了，公司很頭痛耶。」

羅彩涵離去前，知君喊住她。

「羅姐，謝謝。」

羅彩涵沒回頭，沒回話，手揮一揮，瀟灑走了。

*

事發過後，劉知君還見過黃慈方一面。

那時黃慈方已經離開週刊，更確切來說，是已經離開了新聞界。黃慈方是馬姐白手套一事雖然曝光，身敗名裂，但畢竟記者的身分本就如無間道，跟任何人接觸都能夠解釋成養線民、跑新聞，無論如何，都是「工作」，牽扯不上刑責問題，僅是淡出了原有的生活圈。再見到她，是在黃慈方離開臺北前的那一天。

彼時劉知君已經能從病床起身，一早起來，就見黃慈方站在門口。

劉知君很難形容當下是什麼樣的感覺。

她曾經崇拜過這個人，也恨過這個人。事過境遷，覺得她可憐，但看著她來了，竟然仍有懷念。

「老師。」她說。

黃慈方淺淺地朝她笑。

兩人來到戶外的花園，知君拄著枴杖，看黃慈方點起一支菸，清瘦的手指與淡薄的眼神，與過去無異。

「身體恢復得還好嗎？」黃慈方問。

知君沒回答，只說：「聽大海說，救護車是妳叫的。」

黃慈方失笑。「他什麼都知道。」

兩人有片刻靜默。

「一開始是因為官司。」

黃慈方突如其來一句話，不著邊際，劉知君困惑地看她。

似在猶豫該怎麼說，黃慈方面色自嘲，多吸了兩口菸，掩飾心裡的侷促。

「妳還記得我跟妳說過，不要當被利用的記者。」說這些話時，她始終沒看著劉知君，視線在遠處的行人過客間擺盪。「我也當過小記者，別人給新聞，開心得不得了，以為撿到大便宜，結果根本是被利用來寫新聞，事後線人翻臉不認帳，惹了一身腥，法院跑了好長一段時間。」

黃慈方這麼說，劉知君來了印象。從過去的言談中，確實曾聽她雲淡風輕地說這則往事。當記者誰身上沒背幾條官司，那時劉知君聽了雖然感慨，但並未想多。

「但是那條太大條了，根本背不住，那時剛入行沒多久，沒有人可以求助，妳也知道公司不會出面幫記者解決官司問題，」黃慈方聲音黯淡。「我真的走投無路。」

黃慈方的語氣陷入他人濛濛不得窺探的往事中，眼中全是過往塵煙。

她繼續說：「馬姐是那時候唯一幫我的人，即使是現在，平心而論，我仍然認為她是個好人。幫我這樣一個，淹沒在茫茫業界裡根本也沒人在乎的小記者。那時候如果不是她幫忙，我早就死得屍骨無存。」

說起這些話，她語氣有些觸動。黃慈方淡淡地說：「但人情是要還的。」

劉知君許久沒說話，對這些往事，她不知道該如何下評論。

片刻，知君說：「應該也拿了不少好處吧。」

聽她這麼說，黃慈方也不氣，反而坦蕩蕩地笑了。「當然有啊，多到我說出來妳會怕。」到了此刻，她才看向劉知君。「我可以坦白告訴妳，我的工作都是馬姐安排的，double 的薪水，還有源源不絕直接送到面前的新聞。名牌包、顧問費，拿都拿不完。羨慕嗎？這些都只是冰山一角。」

劉知君沒有回應她的問題，她的視線看進黃慈方心底，知道那裡全是火山熔岩，坑洞傷疤。

「後悔嗎？」知君反問。

黃慈方的笑容幾乎可用悽慘形容。

「我一直都後悔。」

年初微寒，帶著乾淨水氣的冷風吹過她們的眉角髮間，往日的晦氣好像不這麼重要了。

「我那時候看妳。」黃慈方突然開口。她點掉手中的菸灰。「大學的時候，妳不是問過我嗎？」

知君沒想到她竟提起這麼久以前的事情。她側過臉，等著她往下說。

「妳做得很好，始終如一。」黃慈方的笑很疲憊，裡頭有歉意。雖然歷經了一切的不解與可惡，依然是當初待她真誠的那個人。

滿庭都是早春的花，呼吸間空氣清冷冰涼。劉知君深深吸了一口，她知道自己已經不需要黃慈方的肯定，但那些都是她的青春年少。看著黃慈方，就像直面看著那個二十歲出頭，懵懵懂懂，沒有好的過去、也看不見未來的自己。

劉知君其實想問她，直到哪一刻，她才決定自己百般忍讓妥協的記者路途不再把腰彎得更低，不再想要把自己壓到土底、懇求別人給她的任何一點施捨。在那千分之一、或者萬分之一的思量當中，有沒有一瞬間是想起了幾年前的她們。在最好的年歲裡，黃慈方仍是她的老師。

劉知君千頭萬緒，本有許多事情想問，但到了此刻，竟都覺得不必再問。

在兩個月前那個車輛翻覆的巨大十字路口。
摔成爛鐵的車、濃烈的黑煙、路面的積水、變形車體中頭破血流的身體。
在霓虹閃爍中，一臺車在尖銳的煞車聲中趕到。車門打開，黃慈方跌跌撞撞地走了出來。她跪在地上，血跡漫地。泣不成聲。

*

一個月後。
劉知君拄著枴杖回到辦公室，發生了這麼多事情，沒有掌聲跟同情，僅有一些同事私下問候她的傷勢，辦公室內一切如常。
站在人來人往的辦公室中間，劉知君環顧四周，匆忙與冷調並存。她熟悉的媒體業。許久不見，她竟然有點懷念。
劉知君拄著枴杖辛苦地要回到娛樂組的座位上，斜裡雪倫伸出手，扶了她一把。
見是雪倫，知君一愣，隨即說：「謝謝。」
「這麼拚，不等傷都好了再回來？」
知君無奈。「羅姐問我要裝死多久。」
雪倫露出明白的笑，坐到知君身旁。

兩人坐在娛樂組的一小角，雪倫說：「有些民眾送花來給妳。」一見知君聽到「花」時的反應，雪倫隨即說：「我幫妳丟了。」

知君沒想到雪倫會做這麼「貼心」的事。當記者最怕有人送禮送花，姑且不談收賄的可能性，光是高調，在職場裡就不是好事。

「謝謝。」知君誠心地說。

雪倫輕聲說：「說實話，我是滿討厭妳的，一副自己最行最認真的樣子。」

劉知君不為所動，裝出一副虛心領受的樣子：「我知道。」

「但就這件事上面我敬佩妳。」

雪倫後來接的這句話讓知君很驚訝，她怎麼也沒想到，會從雪倫口中聽到一句發自肺腑的稱讚。

雪倫扯了扯嘴角。「我可能就是羨慕妳跟林姵亭，永遠都有目標。我即使坐在這裡，也不知道自己想要的是什麼。」

她伸出白嫩纖淨的手，往桌上一放。退開時，桌面上多了一個體積小巧的USB隨身碟。她淡淡說：「之前做小模淫照的新聞時，有人給了我這個。我不知道還會有什麼用處，但反正我也不想留，就給妳吧。」

小小的隨身碟如一塊深沉磁石，將一年多來各種無以名狀的情緒召喚回眼前。劉知君沒有多說什麼，將潘朵拉的盒子收入手中。

交付出一個祕密，雪倫的神情、笑容，又回到過去不冷不熱、分不清真情假意的模樣，只記得那天談話的末尾，結束在一來一往、不著邊際的「加油」、「謝謝」上頭。自此，這段十幾分鐘的短暫交談就鎖在兩人記憶當中，沒有誰對外談過，雪倫也不曾問過她，是否曾看過隨身碟裡的內容，見過之後，又有什麼想法。

畢竟都無須再提。

那只USB隨身碟裡裝了好幾個對話截圖，說起來，確實也沒什麼用途了。從截圖的視角，是受訪人將當初與林姵亭的對話一一拍下來，受訪人不一，粗估有超過十人，這些截圖被整理成一個合輯。對話裡透露了林姵亭如何挨家挨戶訪問每個女孩子，詢問她們受暴或是性交易的經驗。問到最後，有幾張截圖透露了一些不知道重不重要的訊息。有人問林姵亭，妳要不要自己來做看看？林姵亭開口問了市價，也問透了行情。

沒有新意，全都是過往的感情。

後來的內容劉知君沒有再看下去。

*

海潮聲。

綿延了整個中部的沙岸，海水沖刷岸上的枯枝與垃圾，幾隻又小又黑的螃蟹堪堪走過，一不小心就被埋進了海與沙之中。

劉知君在夢中睜開眼。這是她做了千萬次的夢，習以為常。

但這次有所不同。

首先是溫度。她伸出手臂，國小孩童細小的骨架上，竟有夏日裡暖陽的溫度。陽光在她手心流動。而後是味道。海風的腥鹹味與童年盛夏的芒果香氣混作一塊。

她的雙腳逐漸走出泥沙，兩條細瘦的小腿上，密布著被鄉下蚊蟲叮咬的紅點。

最後是音樂聲。

童年時來自檳榔攤的歌聲穿透熱風，越過腥鹹的魚塭，那是一條指引她去到母親身邊的路途。

循著熱風與歌，她緩步前進，快步、跑起來。那座高高架起棚子的檳榔攤就矗立在不遠的眼前。青藍色的防水布與芒果樹的枝葉，幾顆爛熟的果實砸落在地，空氣中全是濃郁的野果香。

檳榔攤內隱約可見身穿大紅洋裝的女人身影。風姿綽約，一生放浪無情。

劉知君停了下來。

她曾想再往前，見那個女人一面，卻沒再邁出那最後一步。

「我其實不需要再見妳了。」

不知為何，心裡生出了這句。

*

故鄉的海瑟瑟地灌湧著冷風。

此時沒有來往經過的砂石車捲起風砂，也早已經沒有那個設在路邊的卡拉ＯＫ檳榔攤。

在反覆失望的年歲裡，劉知君長大成人。小時候怨嘆母親對誰都世故涼薄，此時看著自己，劉知君卻突然驚覺，或許真是母女同心也不一定。

其實，無論是反覆出現在夢裡那個美麗張揚的母親，或是畫著妖豔濃妝、頭也不回踏進高級酒店裡的林姵亭，劉知君知道，也許她追尋的東西，一直都是一樣的。

劉知君打開懷中的小盒子，緩緩地將裡頭的灰粉倒入湧上岸的浪濤中。

白浪冒著泡，一口氣就將那些她捨不得放不下的東西，全都吞入這片童年舊海裡。

碧空如洗。

劉知君白色的二手轎車流暢地走在蜿蜒的海邊公路。

手機響起，來電人是大海。

「劉記者，您好。請問您又消失去哪了？」大海語調仍是一貫的慵懶無奈。

「海哥，我要回公司了。」

「妳的資料沒給，我們新來的小狗仔去哪裡拍照？我們聘的是狗仔，不是靈媒會通靈欸。」

知君笑了笑。

「我知道了，很快就到。」

她掛了電話，一路返回公司。

沿途經過的風景當中，海浪仍在湧退。

真相、真話、真實，全都混在海潮聲中不斷拉扯變形，有時有嬌豔鮮花綻放，時而也有不忍直視的惡臭枯花。

更行更遠還生。

後記

收到改版的消息，編輯邀請我新寫一篇後記，雖然很開心，但想了幾天實在不知道該怎麼下筆。若是回到二〇一八年底，將這份任務交給剛寫完這本書的自己，大概是能寫下一篇血淚交織的創作心得，只是這本書從完稿至今畢竟也六年了，要是那時有哪個國中生不湊巧在圖書館讀到這本書，現在甚至已經是個大學生。

因此，要調動記憶找回寫作時的心境是有點難度，只大約記得從寫第一個字到完結，我都是戰戰兢兢，害怕寫得不好，反覆修改，折磨死編輯（每交一版就告訴編輯，我前面又改了，拜託你再看看，編輯叫我別改了，趕緊先寫後面的劇情，我回：做不到）。在寫《死了一個娛樂女記者之後》之前，已經好久沒有寫小說了，茫然不知道該怎麼做但已經跟編輯誇下海口寫得完，約都簽了開始膽戰心驚，安慰自己，沒事沒事，又不是要寫什麼曠世鉅作，既然寫的是娛樂記者，那標準就是要足夠娛樂。從此，寫完每一場戲，就問自己，這樣好看嗎？回頭想想那應該是自己創作的最初衷，寫故事沒什麼願望，主要是讓別人看得開心，沒有技巧，全是感情。

在那個（虛構的）國中生考上大學的時間，知君的故事並沒有隨全文完告終，六年裡，也一直在往前走。書出版之後不久，就拍板定案成了鏡文學的自製劇，我也加入了編劇團隊。將這個故事交到團隊手中，它就是個集體創作了，無論是知君、姵亭、大海，在劇本中都是經過團隊日以繼夜地討論重新鍊成。一版又一版的劇本，光是會議紀錄列印出來大概就比小說還厚，定版劇本完成大約花費了三年。在這個故事裡，所有人都投入了誠意真心，這實在是當初寫小說時想不到的福氣。寫小說時，大多數時候是自己苦惱，但轉譯成劇本的過程，跟一群才華洋溢的人一起沒辦法睡覺，想想就高興。

這劇本寫了三年，團隊都努力地想要做到更好，回想起來都不記得寫過多少個版本，知君已經不僅僅是我個人創作的角色，她當然變得跟書裡有點不一樣，但有另一份靈活深刻，無論是哪一個劉知君我都很喜歡。因為知君，我有了很特殊的三年，與一群傑出的夥伴一起工作，也不斷不斷地重新打磨創作技巧，反覆琢磨人物心境，直到他們也都成了我心中另一種形式的朋友。雖然過程中也不免希望這些朋友活過來，自己的劇本自己寫，別再折磨我，但幸好編劇團隊足夠堅強，就算我倒下了後面還有隊友扛著。最後我們都因為這個劇本胖了不少。

接著進入製作階段，我的任務功成身退，期間偶爾像是參加小學同學會那樣，問一下最近過怎樣，基本上就沒再為孩子操過心。去過讀劇一次，第一次看到林予晞，I人嚇死，瑟瑟發抖，只能偷看她的美貌，不敢說話。予晞好像有想跟我說點什麼（抱歉也可能是我的記憶美化），但那場合我渾身上下充滿了現在就得逃走的大I人本能，沒什麼發揮。接著去探班一次，看的是劇裡招待所那個場景，景是搭的，有夠華麗，我在裡頭興奮地晃來晃去，跟遊客沒有區別。

那時候，距離寫這本書已經好多年了，我其實沒什麼原作者的感覺，更覺得是故事長出了自己的生命，有了屬於知君自己的命運。後來，跟夥伴們一起看了初剪、聽說了補拍、直到定檔，團隊即使到最後階段都是用盡全力。能有這麼多人一磚一瓦地創作出這部劇集，首先要靠故事中劉知君的堅定，走完整趟英雄旅程，接著這份信念又在不同的時間階段裡，不斷交棒，直到劇集完成並上架的那一刻，交到觀眾手上。

在創作的過程中，我們反覆地在問，知君想為姵亭翻案的動機是什麼？我們希望可以在影像化的過程中，把這個重要環節更具體地展現出來。三年間你來我往的討論，要為這題目另外寫本書都沒問題，不過時至今日為了後記又重新看了看小說，知君的想法其實始終如一的純粹，姵亭是她窒悶的生命中，那道透光的裂縫。她嘴上縱有千萬種理由，但內心想向陽而去。

我曾經思考過，想要成為一個什麼樣的創作者，走過這幾年再反思，其實與當初想的差不多，只是更確定。創作要善良，然後逗很多人開心。

最後，請讓我好好地感謝一路走來的夥伴們。最要感謝的是子薇姐，從小說的第一個字她就是最忠實的讀者與最可靠的顧問，子薇姐手把手替我梳理娛樂記者的細節，即使是半夜都不辭萬難為我解惑。那時的我比現在更資淺，面對一個需重頭學習的職人故事，遇到子薇姐是我最大的幸運，我也很慶幸，直到劇本完成的最後一刻，都有她陪伴在故事身邊。姐教給我的不只是怎麼寫娛樂記者，更是一個人可以善良寬厚如斯。此外，以雖千萬人吾往矣的氣魄推動《死了一個娛樂女記者之後》影集版的製作人兼編劇統籌 Lily，在三年劇本鍊金術裡讓我看見自己缺乏的勇氣跟毅力，Lily 不僅是前輩，更是我心裡面很喜歡的姐姐。還有同在一條友誼小船上載浮載沉的小夥伴編劇志濤跟執行製作范軒，工作還能交到朋友，想不到吧。

最後感謝在成書過程中，為這本書的行銷努力奔走的小夏，以及我的精神依靠編輯老王、毓瑜、佩璇，沒有你們這些優秀又有毅力（講了幾次毅力就知道我多沒毅力）的編輯我都不知道該怎麼辦我還只能是個小寶寶。走過漫長幾年，《死了一個娛樂女記者之後》的影集終於跟大家見面，最感謝的是出版後收到無數讀者的鼓勵，因為你們，讓我開始長點信心能寫小說，也希望今後還有更多讓你們讀了開開心心的小說面世。不太確定什麼時候，如果想念我，也能去看看我寫的劇，開頭忘了說，我的正職其實是編劇。

柯映安 2024/12/16

鏡小說 078

死了一個娛樂女記者之後　【同名影集原著小說】

作者：柯映安
故事原型與素材提供：段子薇
責任編輯：柯惠于、林毓瑜、李佩璇、陳孟姝
責任企劃：藍偉貞
整合行銷：何文君

執行總編輯：張惠菁
副總編輯：陳信宏
總編輯：董成瑜
發行人：裴偉

封面設計：張巖
內頁排版：宸遠彩藝有限公司

出版：鏡文學股份有限公司
114066 臺北市內湖區堤頂大道一段 365 號 7 樓
電話：02-6633-3500
傳真：02-6633-3544
讀者服務信箱： MF.Publication@mirrorfiction.com

總經銷：大和書報圖書股份有限公司
242 新北市新莊區五工五路 2 樓
電話：02-8990-2588
傳真：02-2299-7900

印刷：漾格科技股份有限公司
出版日期：2025 年 1 月 二版一刷
ISBN：978-626-7440-62-9
定價：490元

國家圖書館出版品預行編目 (CIP) 資料

死了一個娛樂女記者之後【同名影集原著小說】/柯映安著. -- 二版 -- 臺北市：鏡文學股份有限公司, 2025.01
328 面；14.8*21 公分 . -- (鏡小說；12)
ISBN 978-626-7440-62-9 (平裝)

863.57　　113019453